블랑선

나의 섹슈얼리티 기록

붉은선

홍승희
글·그림

글항아리

화장실에서 초조하게 임신테스트기를 바라보던 어느 날 오후, 두 개의 붉은 선이 선명하게 드러났다. 외마디 비명이 나왔다. 붉은 선은 '너의 삶은 이제부터 정지될 예정'이라고 선고하는 것 같았다. 예감은 실제였다. 임신중절수술 후 몇 개월 동안 두통과 복통, 외로움과 배신감에 떨었다. 내 몸속에 정자를 배출한 애인은 사회 정의를 연구하는 학자가 되겠다며 갑자기 연락이 되질 않았다. 그는 부모님 뒤로 숨었고, 그와 유명한 페미니스트인 그의 어머니는 아들이 한 짓을 공개하지 못하도록 내 성노동 경험을 아웃팅하겠다며 협박했다. 임신중절, 성노동, 섹스. 그 모든 게 내게 불리한 붉은 낙인이었다. 붉은 선 앞에서 나는 주저앉았다.

뱉는 것보다 안 뱉는 고통이 클 때, 사람은 글을 쓰기 시작한다. 꾸역꾸역 참아왔던 내 몸의 이야기를 쓰기 시작했다. 더불어 사람들의 협박도 시작됐다. 오래전 헤어진 전 애인은 자신에 대한 글을 내리지 않으면(그를 특정하지도 않았는데) 내 성노동 경험을 폭로하겠다고 협박해왔다. 어떤 사람은 내가 성노동 경험이 있다고 아웃팅하기도 했다. 그들은 뭐가 그렇게 두려웠던 걸까.

더러운 년. 창녀. 걸레. 열다섯 첫 경험 이후, 아니 그 이전부터 '더러운 존재'라는 낙인은 계속 나를 따라다녔다. 침묵은 내 생존 수단이었다. 그런데 내가 입을 떼자 그들이 두려워하고 있다. 나를 가둔 눅눅한 독방에 빛이 들어왔다. 단지나는 내가 있던 방에 대해 이야기했을 뿐인데. 나를 협박한 그들이 인권과 민주주의 따위를 말하는 인간이라는 게 화나고 답답해서라도, 낙인찍히고 금기된 내 몸을 더 뻔뻔하게드러내기로 했다. 그래, 나 더럽다. 어쩔래.

임신중절 경험을 증언한 후로 데이트폭력, 데이트강간, 첫 성경험, 첫 자위, 첫 오르가슴, 성폭력, 성추행, 성노동, 비독점적 다자연애, 비혼, 비출산 등 사적인 것으로 탈락된 이야기들을 쓰고 또 썼다. 여성인 내가 섹스와 임신중절수술,

특히 성노동 경험을 말하는 건 붉은 선을 밟는 일이었다. 표지로 사용되기도 한 그림은 알몸의 내가 붉은 선을 밟거나 넘어서고 있는 지금의 모습이다. 붉은 선은 견고한 금기로 보이지만, 사실은 누군가가 멋대로 쳐놓은 허술한 실타래다. 누구도, 어떤 존재도 저 붉은 선 안에 나를 가둘 수 없다. 알몸인 나는 완전히 발가벗었지만 수치스럽지 않다. '붉은 선 위의 비체', 기존 질서에서 비껴난 더러운 몸. 더러워서 고유하고 규정지을 수 없는 존재.

돈이 많지 않은 가부장이 지배하는 가정에서 태어난 여자인 내게 세상은 부조리투성이였다. 사춘기에 접어들면서 나는 어른 여성이 되어야 한다는 압박에 스스로 코르셋을 입었다. 학교와 사회는 쓸모없고 산만한 인간들을 내동댕이쳤다. 이런 세상이 참을 수 없이 잔인하게 느껴졌다. 세상을 어떻게 바꿔야 하는 건지 고민하고 실천했다. 대체 왜 바뀌지 않을까, 세상은. 사회주의 혁명도 있었고, 민족해방투쟁도 있었는데. 그것이 제대로 성공하지 않아서일까. '현존하는 것이 진리일 리는 없다'는 말처럼, 현존하는 사회 담론에서 깊은 층위의 중요한 무언가가 빠져 있다는 걸 느꼈다. 섹슈얼리티가 그것이다. 남자/여자 역할극의 섹슈얼리티.

세상이라는 극장에서 누구나 생의 역할극을 한다. 태어날 때부터 모든 인간은 각자 남성과 여성의 역할을 맡도록 주문받는다. 남성은 폭력성을, 여성은 의존성을 연기하는 배우다. 남성은 요람에서 침대, 전쟁터까지 남성성을 학습·연기한다. 그들은 '계집애 같은' 남자, 비인간 동물, 여자를 경멸하면서 이성적이고 합리적인 자기에게 도취하고, 세계를 지배하는 전쟁 놀이를 하면서 호모소셜*의 연대를 탄탄히 한다. 그들의 연대는 국가의 기반이 된다. 가족을 기본 단위로 하는 국가, 국가 생산력을 위한 어머니 여성과 아버지 남성의 역할극은 진리처럼 받아들여진다. 국가와 가족, 남자/여자의 역할극은 인류의 가장 오래된 종교인 것이다. 여성은 명예남자가 되어 전쟁터에서 함께 싸우거나, 남자의 명예를

● 이브 세즈윅은 성적인, 성적이지 않은 남성 간의 유대를 호모소셜 Homosocial이라고 표현했다. 이는 '동성'을 의미하는 homo와 '사회적인'이라는 뜻의 social을 합친 개념이다. 단어로만 보면 동성 간의 사회관계이지만, 개념상으로는 '남성 간의 유대'를 의미한다. 즉 호모소셜은 남성들이 지배하는 사회·문화에서 성원으로 인정되는 그들끼리의 인정과 유대를 뜻한다. 이 유대관계에 포함되려면 "넌 남자로 인정한다"라는 남자의 인정이 필요하다. 남성 연대에 인정받기 위해서는 동성인 남자를 욕망하지 않고 여성을 욕망할 것이 조건이 된다. 여성을 자기 밑에 두고 욕망의 대상으로 밀어내야 남성 연대는 유지된다. 이 책에서 나는 남성들 간의 유대를 기반으로 한 남성연대사회와 그것에 권위를 주는 문화를 아울러 '호모소셜'이라고 표현했다.

돕는 모성을 수행하면서 호모소셜에서 '성공한' 남성성에 자기 삶의 권위를 주고, 그들의 언어를 우러러보게 된다.

침대에서 수행하는 성 역할극이 확장된 것이 전쟁터 같은 이 세계다. 지배하고 정복하는 포르노 감수성은 '자연스러운' 감정으로 둔갑한다. 여성을 인간으로 보지 않는 섹스 서사는 매혹적이다. 남성이 여성을 포함한 만물을 자신이 다스려야 하는 것으로 인지하고 사고를 왜곡하는 뿌리에는 남자/여자 역할극의 섹슈얼리티 무의식이 있다.

요람에서 침대, 무덤까지 수행되는 섹슈얼리티 역할극을 끝장내는 방법은 무엇일까. 밑바닥에서부터 뚫고 나오는 에너지가 필요하다. 음란한 것보다 더 음란한 것. 음란: 음탕하고 난잡함. 혼외婚外, 매춘賣春, 변태, 미혼 남녀의 성교 등 모든 비정상적인 성적 문란 행위를 일컫는 말이다. 맙소사. 내 모든 섹스는 음란이었다. 균열은 예상치 못한 곳에서 일어난다. 포르노보다 더 음란한 관능을 드러내고, 금기가 된 더러운 몸이 "나도 너와 같은 입체적인 인간이다"라고 목소리를 낸다면. 그래서 성 역할극의 허구를 폭로해버린다면 세계는 폭발해버리지 않을까 하는 비약적이고 시원한 상상을 한다.

이 책에서 섹슈얼리티의 정의, 분류, 개념을 고안하진 않왔다. 내가 서 있는 위치에서 감각과 기억을 더듬어 말할 수 있을 뿐이다. 흐물흐물하고 삐뚤빼뚤할 수밖에 없는 몸의 언어다. 그래야 균열이 될 수 있지 않을까. 그들의 언어가 아니라 흐물흐물한 내 언어로 뻔뻔하게 중얼거리기.

몸이 통과한 고통을 추적하고 기록하면서 아프기만 했던 것은 아니다. 알몸으로 바닷속을 헤엄치는 것처럼 홀가분하고 자유로웠다. 어쩌면 글을 쓰는 동안 아주 많이 치유된 것 같다. 망가진 걸 고치는 치료가 아니라 버려진 걸 줍는 치유. 특히 1장 '몸'에서 오르가슴과 클리토리스 감수성 이야기를 쓸 땐 오르가슴을 느끼는 것처럼 황홀했다. 4장 '독방'에서 성노동에 관한 글을 쓸 땐 그동안 쌓여 있던 응어리가 터지면서 해방의 희열을 느꼈다. 그러면서도 빠뜨린 맥락이나 실수한 부분이 있지는 않을까 조마조마했다. 내가 나 스스로를 납작하게 써내려간 것은 아닌지 걱정되기도 했다. 글을 쓰던 때의 감정에 따라 문장이 빨라지기도, 느려지기도 한다. 기복 있는 문장과 마주치면 '아, 이 사람이 이때는 감정이 격했구나. 이런 실수도 했네!' 하고 믿고 거르며 읽어주셨으면 좋겠다.

연인이 아닌 사람과 섹스하고, 섹스를 거래하고, 연애라는 관계를 규정짓기 싫은 내가 이상하고 문란한 건가 생각하며 오랫동안 스스로를 의심했다. 다양한 존재 방식의 언어를 만난 후에야 나는 자기 의심을 멈췄다. 관계를 규정짓지 않고도 서로를 믿고 존중하며 뜨겁게 교감하는 사랑은 가능했다. 5장 '사랑'과 6장 '우리'에서 이 고민과 갈등과 경험을 기록했다. 이성애 독점연애 관계와 결혼이 표준으로 자리잡은 관습의 폭격에서 우리의 오늘을 지켜내려고 싸워온 서사다.

이런저런 기억을 토해내는 내게 사람들은 말한다. 용기 있다, 안쓰럽다, 수치스럽다, 왜 사적인 걸 공개적으로 말하느냐 등 칭찬하거나 동정하거나 멸시하거나 무시한다. 멸시나 무시는 익숙해서 괜찮지만, 나를 동정하거나 칭찬할 필요는 없다. 누군가의 말처럼 나는 인당수에 빠지는 심청이의 마음으로 '용기'를 내서 '희생'하는 게 아니다. 안쓰러울 정도로 비극적인 삶을 산 것도 아니다. 모든 삶이 그렇듯 실수하고 성찰하고 좌절하고 다시 일어나며 살아온 내 리듬이다.

나를 양보하지 않으려고 쓴다. 세상의 이름과 규정이 더는 나를 대신하지 못하도록 이름을 뚫고 말 거는 거다. 그렇게 하지 않으면 화병이 나거나 몸이 간지러워서 죽을 것 같으니까. 당신 속에 있는 나를, 비체가 된 나를 당신이 소외시키지 않았으면 한다. 그래서 편지를 부치는 마음으로 삐뚤빼뚤한 글과 그림을 책으로 만든다.

30점에 가까운 그림을 책에 실었다. 요즘은 야생초를 그린다. 아무 데서나 아무렇게나 자라나 눅눅한 풀 냄새가 나는 풀잎, 한쪽은 썩어 문드러지고 한쪽은 뻗어나가 균형 없는 꽃잎, 부드러운 털과 까칠한 가시가 동시에 너덜거리는 줄기. 이런 붓질을 하는 절실한 이유는 복잡하고 괴상한 내 무엇이 기존 세상에서 존재할 곳이 없기 때문이다. 그러나 혼자만의 유토피아에 머물고 싶지 않다. 방문을 열어놓듯, 책 안에 그림을 열어두었다. 언어로 다 담을 수 없는 생동을 그림을 통해 교감하고 싶다.

캔버스나 노트북 말고도 이 세계에서 나를 해명하지 않아도 되는 사람들이 곁에 있다. 내가 살고 있는 바닷마을에도 시린 가을바람이 불고 있다. 해초의 비린내와 함께. 우리는 횟집에서 내다 버린 소라 껍데기를 주우러 간다. 이제 나는 더 크게 숨 쉬고, 더 깊게 잠수할 수 있을 것 같다. 내가 나의 꾸물꾸물한 오늘을 지켜냈으면 좋겠다. 이 책을 만나게 된 당신도 당신을 양보하지 않았으면 좋겠다.

2017년 9월

바다 냄새 나는 마을에서

「붉은 선 위의 비체」, 2017

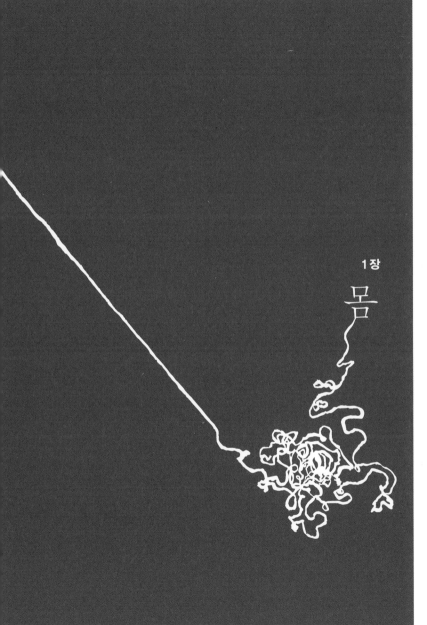

1장

몸

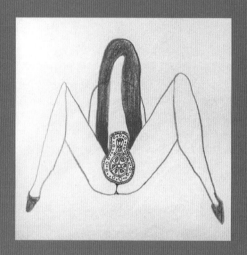

「여자」, 2016

첫 경험

:
너 는
보물이 아니라
인간이야

학교와 집에서는 공부를 하지 않으면 인생에서 낙오된다고
협박했다. 중학교에 들어가자 여자인 나에게는 협박 하나가
더 생겼다. '몸을 함부로 굴리고 다니면 걸레가 된다.' '여자
가 손해니까 몸조심해라.'

학교는 어른들이 아이들을 데려다놓고 온갖 거짓말을 가
르치는 곳이었다. 학교라는 '우리'에 우리를 가두어놓고, 여
러 금기를 정하고 그걸 넘어서는 안 된다고 했다. 수업이 끝
나면 곧장 집으로 가지 않았다. 아침부터 잠들기 전까지, 아
니 잠든 후에도 아빠의 욕설과 발소리, 문을 쾅쾅 닫는 소리
가 지배하던 집은 내게 또 하나의 감옥이었다. 친구들과 밤

거리를 걸었다. 술에 취해 비틀거리는 사람들과 별을 구경하면서 싸한 밤공기를 마시는 건 내게 허락된 거의 유일한 자유였다. 그리고 또 하나의 해방구, 연인이라는 관계는 나를 인간 취급 해주는 몇 안 되는 공간이었다. 적어도 여기서는 일방적으로 욕을 먹지도, 아이 취급을 당하지도 않았다.

'무덤 끝까지'
가져가야 할 비밀

열다섯 살 때 두 살 연상의 남자친구를 만났다. 종종 부모님 없는 그의 집에서 간식을 먹으면서 텔레비전을 보거나 인생 고민도 털어놓고 장난을 치다 보면 날은 어두워졌다. 어느 날 그가 말했다. "화이트데이에 뭐해? 우리 맥주 한잔 때리자!"

여느 때처럼 그의 집에 찾아간 날, 그와 그의 친구들이 모여 있었다. 이미 한잔한 상태였던 그들은 나와 남자친구를 축복하며 맥주를 따라줬다. 처음 보는 낯선 남자들 사이에서 위험하지 않을까 생각했지만, 곧 한껏 기분에 취해 맥주를 들이켰다. 몸에 힘이 풀리고, 어지러웠다. 화이트데이인데. 이런 중대한 기념일을 망치고 싶지 않았지만, 그의 방에 들어가 혼자 쉬기로 했다.

누워서 얼마나 잤을까. 그가 방으로 들어와서 토닥여주었다. 그가 내 옆에 눕고, 서로 마주본 우리는 서로의 몸 구석구석을 만졌다. 그의 손이 점점 밑으로 내려가더니, 속옷 안으로 들어왔다. '이게 뭐지? 지금 이 상황은?' 초등학교 때 봤던 '내 몸은 보물이에요' 성교육 비디오가 생각났다. "싫어요!"라고 말해야 한다. '나는 아직 준비가 안 됐어. 이런 식의 첫 경험은 싫어. 지금은 상태가 좋지 않다고.' 마음속으로 몇 번이고 되뇌었지만, 입 밖으로 말이 나오지 않았다.

그가 물었다. "좋아?" 좋지 않다고 말하지 못했다. 내가 싫다고 했다가 그가 싫어하면 어떡하지? 분위기를 깨는 게 아닐까? 역시 싫다. 그런데 술기운 때문인지 몸은 말을 듣지 않는다. 거실에서는 친구들이 웃고 떠드는 소리가 들린다. 강제도 동의도 아닌 흐지부지한 상태에서 이질적인 그의 성기가 내 몸 안으로 들어왔다. '순결'이라는 단어가 머릿속을 헤쳐놓았다. 엄마의 얼굴이 천장에 두둥실 떠올랐고, 걱정스런 눈으로 내게 또박또박 말하고 있다. "여자는 순결을 지켜야 해." 그는 삽입을 한 후, 그다음 키스를 했다. 첫 경험이고, 첫 키스였다.

순결주의를 주입받았던 나는 순결한 섹스를 상상하곤 했다. 예쁜 침대와 이불, 따뜻한 불빛 아래 나누는 섹스. 그러나 내가 있는 곳은 그늘진 비좁은 방 안이다. 누런 곰팡이가 천장 모서리마다 새겨진 방. 아무렇게나 흐트러진 이불, 차가운 바닥에 누워 있는 내가 나를 보고 있다. 시체처럼 누워서 힘없이 흔들리는 다리를 보다가, 눈을 질끈 감고 그대로 잠들어버렸다.

나중에야 알게 되었지만, 이건 데이트강간, 약물강간이었다. 나는 저항할 수도, 판단할 수도 없는 상태였다. 그와 단둘이 한방에 있는 것도 좋았고, 뽀뽀를 하거나 손을 잡고 포옹을 하는 건 좋았지만 섹스를 원하진 않았다. 그러나 내 발로 그의 집에 찾아갔고, 그가 주는 술을 다 받아 마셨다. 모든 것이 내 과실처럼 느껴졌다. '무덤 끝까지' 가져가야 할 비밀이라고 되뇌었다.

어둑해진 저녁이 되어서야 눈을 떴다. 푸르스름한 어둠 속에서 불을 켜고 속옷을 주워 입었다. 피가 묻어나왔다. 이게 처녀막인가? 붉은 피는 생명이자 죽음의 상징이라고 했던가. 핏자국은 내게 "너는 처녀가 아니야. 너는 이제 끝났어"라고 선고하고 있다.

남자친구는 괜찮냐며 나를 다독였지만 그가 하는 말이 하나도 귀에 들어오지 않았다. '나는 더러워졌다'고 생각했다. 지끈거리는 머리를 움켜쥐고 뻐근한 다리로 걸었다. 집으로 돌아가는 길에 언니와 마주쳤다. 언니는 목욕탕에 다녀오는 길이었다. 비누 향기가 나는 언니와 멀찌감치 떨어져 걸었다. '걸음걸이가 이상해 보이지 않을까? 나한테 이상한 냄새가 나지는 않을까? 더러워. 친구들도 나를 더럽다고 말할 거야.' 집으로 돌아가 비누로 몸을 벅벅 긁고 뜨거운 물로 한참을 헹궜다.

여자 중학교에 다녔던 나는 친구들과 여자애들의 잠자리 소문에 대해 수군거리는 걸 즐겼다. '쟤 남자친구랑 잤대.' '어느 고등학교에 어떤 언니가 임신을 해서 자퇴를 했다더라.' '걔 걸레래.' '더러워.' 그런 더러운 짓을 내가 했다. 게다가 친구들도 있었던 그의 집에서. 소문이 나지 않을까? 내 몸이 역겨워서 구역질이 날 것 같았다. 몸과 나를 분리시키고 싶었지만, 밖으로 돌출된 남자의 성기와 달리, 어둡고 눅눅한 동굴 속 질 벽은 이미 오염된 것 같았다.

어느 날 친구가 나를 불러 세우고 물었다. "너 ○○이랑 잤어?" "아니, 걔랑은 손만 잡았어." "진짜? 너 걔랑 잤다고 소문 쫙 났어." 함께 야동을 보며 시시덕거렸던 친구는 행동거지를 조심하라는 듯 건조하게 나를 바라봤다. '쿵!' 나는 그때 '쿵' 소리를 들었다. 하늘이 쩍 갈라지고, 땅에서 올라오는 묵직한 소리. 아무도 듣지 못했지만 나는 그 소리를 들었다.

　친구들도 뒤에서 나를 흉보지 않을까? 학교에서 나는 걸레로 낙인찍힌 걸까? 더러움은 집요하게 내 등 뒤에, 귀에, 다리 사이에서 맴돌고 새겨졌다. 그가 나와 잤다고 말하고 다닌 걸까? 그에게 따져 물을 수도, 그럴 기운도 없었다. "더러운 년." 익숙한 말이다. 아빠는 엄마의 귀가가 늦어지는 날 우리에게 말하곤 했다. "더러운 년. 걸레 같은 년. 가벼운 년. 너넨 남자들이랑 더러운 짓 하고 다니지 마." 귀가가 늦는 내게 아빠는 엄마에게 했던 말을 똑같이 반복했다.

　연인이었던 그와의 관계는 계속됐다. 가끔 술에 취하면 그를 찾아갔다. 우리는 몇 번의 섹스를 더 했다. 망쳐버린 첫 경험을 다시 제대로 하고 싶었다. 나를 '따먹은' 게 아니라는 그의 마음을 확인하고 싶기도 했고, 그와 섹스해주지 않으면 나를 좋아하지 않게 될까봐 걱정됐다. 그와 멀어진 후 다른 사람과 몇 번의 연애를 했다. 10대에 했던 섹스에서 오르가슴을 느낀 적은 없다. 그저 살을 부비는 느낌이 좋았고, 나중에는 섹스를 하면서 스스로 정복당하는 '여자' 역할에 도취됐다.

강간 판타지는
학습된다

열세 살 때 클리토리스를 만지작거리다가 우연히 오르가슴을 느꼈다. '클리토리스를 자극하는 것만으로도 우주로 날아가버리는 쾌감인데, 이걸 느끼려고 어른들은 (굳이) 섹스를 한단 말이야?' 섹스는 열네 살 때부터 야동으로 자주 접했다. 야동의 종류는 '백인 여자/일본 여자/한국 여자'와 하는 '모자이크 없는/모자이크 있는' 것으로 분류됐다.

처음에는 야동을 보면서 흥분을 느끼지 않았다. 흥미진진한 연극을 보는 것 같았다. 나와는 다른 여자들의 천편일률적인 몸매를 보면서 '저게 말이 돼?' 생각했다. '남자의 성기를 여자의 성기에 찌르고, 때리고, 쑤시는 것이 섹스구나.' 삽입 섹스는 불쾌하고 더러워 보였다. '저 거시기가 내 질 속으로 들어온다고? 아플 것 같아. 더러워.' 하지만 반복되는 장면을 보면서 나중엔 흥분을 느꼈다. 고통과 환희 중간의 신음 소리를 내는 여자와 정복하는 남자의 사정이 '섹스' 하면 떠오르는 장면이었다. 강간 문화, 강간 판타지는 남성과 여성 모두에게 학습될 수 있다.

성인이 된 후에도 나는 습관적으로 야동에서 학습한 흥

분대로 섹스를 했다. 침대는 남자 역할, 여자 역할의 연애 역할극에서 가장 중요한 클라이맥스 무대였다. 청소년의 성 범죄 피해를 줄이기 위해 '의제 강간'(기준이 되는 연령 이하의 사람과 성관계할 경우 강간으로 간주해 형사처벌을 할 수 있게 하는 것) 기준 연령을 상향 조정한다고 하는데, 그게 대체 어떤 효과가 있는지 모르겠다. 스무 살이 지나서 한 다른 친구들의 첫 경험은 열다섯 살의 내 첫 경험과 별반 다르지 않았으니 말이다. 오히려 그보다 좋지 않은 경험도 많았다. '좋은' 첫 경험은 흔치 않다. 많은 여성의 첫 경험은 강간이라는 정희진 선생님의 말은 사실이다.

내 글을 읽고, 내가 '성적 자기결정능력'이 없는 청소년이었기에 이런 첫 섹스를 하게 된 거라고 판단할까봐 걱정된다. 나는 자기주장이 강했다. 억압적인 학교와 집에서도 내가 원하는 것을 고집하고 저항했다. 하지만 섹스에서는 그렇게 하지 못했다. 그것이 정말 '나이'와 '미성숙'의 문제일까? 성숙한 여성도, 나이 많은 여성도 강간을 경험한다.

내가 10대에 접할 수 있는 섹슈얼리티는 '네 몸을 지키라'고 가르치는 성교육 비디오와 야동, 친구들이 수군거리는 성적 뒷담화와 음담패설, 무성한 소문이 전부였다. 성교육은 "싫어요!"만 가르쳤다. 내가 원하는 섹스를 하기 위해서

가 아니라, 내 몸은 '보물'이니까. 남성이 만들고 남성이 보고 남성이 즐기고 남성이 사정하면서 끝나는 야동은 적나라한 섹스를 알려주는 유일한 자료였다. 여자는 수치심과 욕망 사이를 줄타기하고, 신음 소리로 오르가슴을 연기한다. 성교육, 야동, 왕왕한 소문 사이를 헤집던 내 몸은, 그러니까 여자의 몸은 어디에서도 주인인 적이 없었다. 내 신음 소리에서도 내 욕망은 소외당했다.

열다섯 내가 페미니즘을 만났다면 어땠을까. 나를 괴롭게 했던 '첫 키스' '첫 경험' 판타지와 '순결' 이데올로기의 실체가 뭔지 알았다면. '여성혐오'와 '강간 문화'라는 용어를 알고 있었다면. 내 몸은 '보물'이 아니라, 고통받고 욕망하고 살아 움직이는 '비체'•라는 걸 알았다면.

• abject. 여성학자 이현재는 『여성혐오, 그 후』(들녘, 2016)에서 이를 기존 질서에서 비껴난 존재, 분비물처럼 더러운 액체성을 가진, 혐오의 타깃이 되는, 대상이 아닌 페미니즘 주체로 명명했다.

열 다 섯 나 에 게

"쿵." 너는 분명 그 소리를 들었어. 하늘이 쩍 하고 갈라지고 땅이 진동하는 소리를. 아무도 그 소리를 듣지 못했지만, 너는 그 소리를 들었어. 너는 네가 못된 짓을 했으니까 심판을 받는 거라고 생각했어.

너는 어른이 되고 싶었어. 자고 싶은 만큼 잠을 자고, 완벽한 무언가가 되라고 멱살 잡힌 내 오늘을 숨 쉬게 해주고 싶었어. 그러려면 어른이 되어야 한다고 생각했어. 텔레비전에 나오는 예쁜 연예인들은 섹시하거나, 귀엽거나, 청순한 아이콘으로 분류되었고, 나는 그중 어떤 여성이 되어야 할까 고민했어. 여자가 된다는 건 아이에서 어른이 된다는 뜻이었으니까.

어른 여자는 섹스를 두려워하면서도 즐긴다고 배웠어. 낮에는 요조숙녀, 밤에는 묶었던 머리를 푸는 반전이 있는 여자가 진짜 여자라고 배웠어. 나와 친구들은 모여서 '어떻게 하면 남자친구가 좋아할까, 남자들은 이런 걸 싫어할까, 저런 건 좋아할까' 하며 고민을 나눴어.

「비체」, 2016

그런데 이상하지 않아? 거기에 우리 욕구는 없었어. 왜 나는 성 서비스를 제공하는 역할만 고민했을까. 그가 어떤 애무를 좋아하는지가 아니라, 내가 어떤 자세일 때 오르가슴을 느끼는지. 너는 어떤 방식으로 자위를 하는지 왜 말하지 않았을까. 여자가 종류별로 나왔던 야동 때문일까. 여자를 순결한 여자와 발랑 까진 여자로 이분화하던 그 선생님의 말 때문일까.

섹스를 감행한 미성년자인 너는 '보물 같은 네 몸을 지키라'는 말에 반항하고 싶었던 걸까. 아니면 일탈하고 싶었던 걸까. 사람의 체온이 그리웠던 걸까. 그를 사랑해서 그랬을까. 무엇이어도 괜찮아. 네가 원하는 섹스를 마음껏 해도 괜찮아. 다만 그들의 포르노그래피에 너를 가두지 마. 여자라는 섹스 인형이 너를 대체하도록 두지 마. 너는 쉬운 여자도 아니고, 어려운 여자도 아니야. 지금 나처럼 고통받고, 욕망하고, 실수하고, 성장하는 인간이야.

네가 그 남자에게 강간을 당했든, 그 남자가 너를 따먹었다고 말하고 다니든, 너는 더러운 존재가 아니야. 네 몸은 섹스할 때마다 닳아버리는 '보물'이 아니니까.

글을 쓰면서 열다섯의 나로 돌아갔다. 이틀 동안 열다섯의 나와 대면하면서 냉기와 통증이 올라왔다. 글을 쓰다가 무기력해져서 여러 번 잠이 들었다. 기근, 전쟁과 살인당한 여성에 관한 꿈을 꿨다. 12년이 지난 지금의 나는 전처럼 수치심을 느끼지 않는다. 여전히 실수를 하고, 고통받고, 욕망하며 살고 있다. 나는 아직도 열다섯 살의 나를 모른다. 누구도 그녀를 알 수 없다. 사실 누구나 그렇다. 지금 열다섯의 누군가는 여전히 수치심에 떨고 있겠지. 그녀에게 닿기 위해 글을 쓴다.

「자위」, 2016

첫 오르가슴
:
혼자만의
신세계

초등학교 졸업반, 인생을 별 낙 없이 살아가는 하루하루였다. 밤이면 아빠가 내뿜는 담배 연기를 피하고자 이불을 뒤집어쓰고 자야 했다. 여느 때처럼 이불 속으로 들어가 코를 박고 잠자리에 들려던 참이었다. 바지 안에 손을 넣고 클리토리스(그때는 클리토리스인지도 몰랐지만)를 만지작거리면서 누워 있었다. 겨드랑이를 만지는 것처럼, 내 성기를 만지는 일도 무심한 습관이었다.

클리토리스는 생김새가 특이하고 느낌이 독특해서 자주 만지작거렸다. 몸에 있는 이상한 기관이었다. 오줌이 나오는 구멍 위로 윗입술같이 생긴 작은 돌기가 톡 튀어나와 있고,

돌기를 살짝 들어 올리면 그 안에 또 다른 분홍색 돌기가 있었다. 오줌이 나오는 구멍도 아니고 자지가 들어갈 구멍도 아닌데 이건 뭘까. 요도의 지붕 같은 건가? 비밀을 간직한 듯 보이는 그곳에 자극을 주면(샤워기로 그곳을 자극하거나 의자 모서리에 그 부분이 닿을 때) 간지러운 느낌이 들었다.

그날따라 전과 다른 이상한 기분이 느껴졌다. 손바닥으로 클리토리스와 질 입구 전체를 만지기 시작했다. '끝까지 만져보면 어떻게 될까?' 모험심에 손바닥으로 요도의 지붕처럼 보이는 그곳을 살살, 조용하고 빠르게 문질렀다. 그렇게 몇 분이 지났을까, 얼얼해진 성기가 경련을 일으키는 것 같았다. 더 건드리면 안 될 것 같으면서도 더 만지고 싶은 손바닥의 탄성을 따라 움직였다. 갑자기 오줌이 마려운 느낌이 들고 못 참겠다고 느끼는 그 순간, 그것이 왔다. 오르가슴이.

갑자기 눈앞이 깜깜해지면서 자궁인지 항문인지 심장인지, 아니면 내가 누워 있는 이불 밑 어딘가 알 수 없는 심연에서 몸을 빨아들이는 느낌이 들었다. 그리고 다시 끝을 알 수 없는 곳에서부터 펑! 튀어 올라가면서 온몸에 전기가 통하는 짜릿한 쾌감이 느껴졌다. 끔찍한 쾌감이었다. 끝날 것 같지 않은 쾌감, 모든 게 끝나버릴 것 같은 쾌감, 이런 쾌감이라면 악마와도 거래할 수 있으리라는 상상을 하게 되는 쾌감. 이대로 죽어도 좋을 것 같은 쾌감 말이다.

이런 느낌은 태어나서 처음이었다. 몇 초 후 몸이 이완되면서 배꼽 아래쪽에서 샘물이 콸콸 솟아나는 것 같았다. 찰나의 순간이 지난 후 음소거 되었던 텔레비전 소리, 아빠의 한숨 소리, 냉장고가 윙윙거리는 소리가 귀에 들어왔다. 서둘러 팬티에서 손을 빼고, 콩닥거리는 가슴에 손을 얹어놓았다. 무미한 일상은 그대로였지만, 오르가슴을 느끼기 전과 후의 내 몸은 완전히 달라져 있었다. 누군가 그때 나를 봤다면 내 눈은 어둠 속에서도 반짝거리고 있었을 것이다. 내 몸에 이런 신비한 능력이 감춰져 있다는 게 놀라웠다. 한껏 달아올랐던 몸이 식으면서 피곤이 몰려왔다.

'남자들의 자위' 이야기만
무성한 사회에서

이 신비로운 경험을 누군가에게 말하고 싶었지만 친한 친구들과 친언니에게도 말하지 못했다. 왠지 더럽고 추잡해 보일 것 같았다. 자위에 대해서 나 자신도 그렇게 느꼈다. 내가 이상한 건지 궁금했지만, 여성의 자위에 대한 정보를 얻을 곳은 많지 않았다. 다른 친구들도 나처럼 자위를 할까 궁금해서 운을 떼봤다. "남자애들은 매일 자위한대." 친구들은 더럽다는 듯 눈살을 찌푸렸다. 성교육 시간에는 남자애들의 자위 얘기만 했다. 사춘기 남자애들은 원래 그렇다고 덧붙이면서. 여자애가 오이를 질속에 넣고 자위를 하다가 오이가 부러져서 병원에 갔다는 이야기가 우스갯소리로 들리는 게 전부였다.

여성의 질 안은 예민하므로 무엇이든 넣는 게 좋지 않다는 조언은 들었지만, 뭔가를 삽입하지 않고 클리토리스를 만지작거리는 것만으로 오르가슴을 느낄 수 있다는 사실은 누구도 알려주지 않았다. 내가 성욕이 많은 건가? 내가 또래 친구들보다 성적으로 문란한 건가 걱정됐다. 자위하는 것도 문란하다고 느낄 만큼 열세 살의 내게 오르가슴은 너무 낯설었다. 특히 여자인 내가 또래 남자애들처럼 자위를 하는 게 부끄럽게 느껴졌다.

그래도 자위는 멈출 수 없었다. 오르가슴은 그러한 두려움을 거뜬히 누를 만큼 강력한 쾌감이었다. 나는 종종 자위를 했다. 시험공부가 하기 싫을 때 책상에 앉아 바지 속에 손을 넣고서, 학교에서 돌아와 집에 왔는데 열쇠가 없어 들어가지 못할 때 아파트 복도에서, 자기 전에 이불 속으로 들어가서, 혼자 샤워를 하면서 샤워기로, 남자친구와 주고받은 문자를 보면서, 휴대전화 진동이 울릴 때 다리 사이에 끼고서……

손가락을 깨끗하게 씻지 않고 자위를 한 다음 날은 오줌이 자주 마렵고 아랫배가 아팠다. 성인이 되어서야 이런 증상이 방광염이라는 걸 알게 되었고, 이후로는 손가락을 깨끗이 씻고 자위를 했다. 손가락으로 클리토리스를 살살 치거나 좌우-위아래, 둥글게, 혹은 알파벳 a부터 z까지 그리는 것처럼 문질러주면 2분, 길게는 5분 내에 오르가슴을 느낄 수 있었다. 클리토리스뿐 아니라, 질 입구 아래쪽에 튀어나온 두세 개의 돌기를 살짝 건드려도 쾌감이 느껴졌다.

클리토리스를 건들면서 질 입구에 촉촉하게 맺힌 물기를 가져다가 성기 전체에 문지르고, 다시 클리토리스를 자극하고. 이것을 반복하다보면 오르가슴이 왔다. 한 번 느낀 후 몸이 이완되고, 다시 간지러운 느낌이 들 때 클리토리스를 만지면 그 전과는 다른 느낌의 쾌감을 또 느낄 수 있다. 체력(정력)이 좋을 땐 그렇게 두 번, 세 번 더 오랫동안 만지면서 여러 번 오르가슴을 느꼈다.

클리토리스를 건드리는 데는 손가락 하나로도 충분했다. 내 손가락으로 직접 강도와 속도를 조절하는 게 효율적이고, 느낌도 좋았다. 사람마다 오르가슴을 느끼는 방식은 다를 것이다. 나는 클리토리스 자극만으로 먼저 천국을 맛보았기 때문에 이외에 별다른 모험심이 생기지 않았다. 성인이 된 후에 가지에 랩을 싸거나 딜도에 콘돔을 끼고 질 속에 넣어보기도 했지만, 역시 클리토리스를 함께 건드려주어야 강력한 오르가슴을 느낄 수 있었다. 물론 손가락 한 마디만 한 알 모양의 바이브레이터는 클리토리스를 자극하기에 알맞았다.

자위할 때 자연스럽게 다리와 엉덩이에 힘이 들어가는데, 그 힘에 따라 오르가슴의 속도와 감각이 배가됐다. 두 다리를 나란히 붙이고, 뿌리 차크라라고 불리는 항문과 엉덩이에 온 기운을 집중하면 된다. 힘을 너무 많이 주면 종아리에 경련이 일어나는 듯 떨리고, 다음 날까지 엉덩이와 다리가 알이 밴 것처럼 아팠다. 나중에 알게 된 사실인데, 항문에 힘을 주면서 질을 수축하는 이 느낌이 여성의 성감을 높여주는 케겔 운동이었다. 중학교 때 선생님은 '남자의 성기를 잘 조여주기 위해서, 질이 헐거워지지 않기 위해서' 하는 여성의 질 수축 운동이라고 케겔 운동을 소개했다. 그러나 케겔 운동은 오르가슴에 도달하기 위한 내 성기의 자연스러운 호흡이었다. 남자에게 만족을 주기 위한 것이 아니라, 내 성감을 위한 것이었다.

청소년기에 친구들과 섹스에 대한 이야기는 많이 나눴지만 자위에 대해선 말하지 않았다. 성인이 되고 나서야 동성 친구들과 자위와 오르가슴에 대한 솔직한 이야기를 나눴다.

그리고 나는 놀랍고도 무서운 사실을 발견했다. 대부분의 친구가 자위를 해본 적이 없고, 남자와 섹스할 때 오르가슴을 느끼기는커녕 오르가슴을 느끼는 척 연기하는 감정노동을 하는 데 신경을 쓰고 있었다. 오르가슴을 느껴본 적 없는 친구도 있었다. 나는 친구에게 간곡하게 말했다. "제발, 집에 가서 꼭 자위를 해봐."

대부분의 남성은 일찍이 자위를 통해 자신의 성감을 충분히 알게 된 뒤에 섹스를 경험한다. 여자는 남자와 달리 자신의 몸과 클리토리스, 오르가슴과 친구가 되어볼 기회가 적다. 적절한 신음 소리를 내고 섹시한 몸매를 만들어야 한다고 세뇌하고, 여성을 순결하게 보호해야 하는 대상으로 조명하는 포르노와 강간 문화 속에서, 여성이 자기 욕망에 집중할 틈이 있겠는가. 여성이 섹시함을 의식할수록, 정작 자신의 원초적 감각과는 멀어진다. 마초와 가부장이 만들어놓은 섹시함보다 더 관능적이고 야성적인 에너지가 우리 몸에 존재하는데.

여성의 섹시함은 끔찍할 정도로 관심을 받지만, 여성의 성욕은 소외되는 지독한 아이러니다. 이 사회는 여자가 남자의 욕망 대상으로 자기 스스로를 '섹시함'에 가두는 행위를 응원하고, 자신의 욕망에 집중하는 관능적인 여성은 배

척한다. 오르가슴을 느끼는 여성을 마녀로 몰아붙이던 역사는 그리 오래전 일이 아니다. 그녀들이 자신의 감각을 믿고, 원초적 감각이 깨어나는 것은 가부장 체제에 위험한 일이기 때문이다.

'삽입 오르가슴'이라는
가부장 신화를 넘어

나는 클리토리스가 그냥 '돌기'라고 생각했었다. 하지만 클리토리스는 엄청나게 복합적이고 부피 있는 신경다발이자 '기관'이라고 한다. 눈에 보이는 클리토리스의 면적은 빙산의 일각이다. 사람마다 다르지만 클리토리스도 발기가 되고 오르가슴을 느낄 때는 꾸물꾸물 떨기도 한다. 최근 연구에 의하면, 지스팟이라고 불리는 부위의 성감도 실은 질이 아니라 클리토리스의 커다란 신경조직을 자극해서 느껴지는 것이라고 한다. 한 번 사정하고 끝나는 것이 아니라 연속으로 여러 번, 계속해서 느낄 수도 있는 오르가슴의 화산. 꿀 같은 유토피아가 내 클리토리스 안에 있다.

가부장제는 남성 중심의 섹스 판타지를 통해 견고해진다. 섹스에서 주도권은 남성이 쥐어야 하며, 여성은 성욕이

「바다를 나는 나비」, 2016

없거나 남자보다 적을 거라고 간주되고, 여성은 자위도 안 할 거라는 환상 위에서 강간 문화는 힘을 얻는다. 여성의 오르가슴은 남성의 성기가 여성의 질 안으로 들어와야만 느낄 수 있는 거라는 오만한 착각이 남성들로 하여금 여성을 정복하고, 지켜주고, 따먹어야 한다는 환상을 갖도록 부추긴다. 하지만 그들의 착각과 다르게 여성은 자지가 없어도, 꼭 질 안에 무언가가 들어오지 않아도 얼마든지 오르가슴을 느낄 수 있다.

성인이 된 후엔 파트너와 섹스를 하면서도 혼자 있을 때는 자유롭게 자위했다. 몇 년 전부터는 오르가슴을 느끼는 순간, 눈을 감은 상태에서 만다라 형상이 보인다. 분홍색, 연두색, 노란색 생명의 만다라 형상, 초록색 새싹이 두 갈래로 갈라지거나 나비 날개가 양쪽으로 펼쳐지는 형상이 보인다. 그때 다리를 활짝 벌리면 하늘을 날아다니는 나비가 된 느낌이다. 다리는 나비의 날개, 클리토리스는 나비의 몸체가 된 것처럼. 이런 현상은 호흡 명상과 같은 효과를 낸다고 한다. 빠르고 깊게 호흡하면서 생명의 원초적 형상이 보이는 것이다. 그래서 자위를 할 때 의식적으로 깊게 들이쉬고 내뱉으며 호흡한다. 자위는 원초적인 명상이다.

어린 시절 매캐한 담배 연기를 피해 들어간 이불 속에서 오르가슴을 느꼈던 것처럼, 내게 오르가슴은 여전히 쾌쾌한 현실의 해방구다. 도피로서의 해방구가 아니라, 내 감각 속으로 들어가는 내밀한 해방구다.

한 여성이 한번 오르가슴을 느끼게 된다면, 다시는 이전의 몸으로 돌아갈 수 없다. 오르가슴은 두려움보다 강하고, 기존 질서보다 생생한 현재의 감각이다. 강간 서사와 섹스의 습관을 무너뜨릴 만큼의 거대한 힘이다. 모든 여성이 자신의 성기와 대화하고, 자신의 클리토리스와 좋은 친구가 될 수 있다면. 힘겨운 날, 외로운 날, 우울한 날, 아무렇지도 않은 날, 심심한 날, 기쁜 날, 언제라도 클리토리스를 만지작거리며 오르가슴 속에서 자유할 수 있다면. 수천억 개의 세포가 분출되는 세계에서 헤엄치고, 바다 위를 날아다니는 나비처럼 자유할 수 있다면.

나는 오르가슴을 경험한 여성이 세상을 바꿀 수 있다는 신념을 지니고 살아왔다. 성적으로 억압당하지 않는다는 것은 정치적으로 사회적으로 경제적으로 억압당하지 않는다는 것을 의미한다. 억압당하지 않는 여성은 누구도 가로막을 수 없다. 만일 모든 여성이 오르가슴을 경험한다면 세상은 훨씬 평화로운 곳이 될 것이다. _델 윌리엄스

「감각 만다라」, 2016

클리토리스
감수성
:

섹스에서
소외되는
오르가슴

열세 살 때 처음 자위를 하면서, 사람들이 이런 오르가슴을 느끼기 위해 섹스를 하는 건지 궁금했다. 좋아하는 사람과 살갗을 맞대고 오르가슴을 함께 즐기는 게 섹스라면 어서 해보고 싶었다.

하지만 현실은 달랐다. 첫 경험, 아니 첫 강간을 당했을 때 오르가슴은커녕 아프고 불쾌한 느낌만 들었다. 돌이켜 보면 불쾌한 섹스는 대부분 강간이었고, 그런 일들을 사춘기 때부터 20대 초반까지 숱하게 겪었다. 내 몸을 수치스럽게 느끼는 순간이 잦아졌다. 수치심은 몸의 감각이 열리는 걸 방해했다. 어느새 포르노, 야동처럼 섹스는 어딘가 불결하고 불편하고 거추장스러운 것이 되었다. 내게 오르가슴은 섹스와 별개였고, 꽁꽁 문이 잠긴 독방에서만 느낄 수 있는 것이었다.

섹스와 자위는 멀고 먼 섬과 섬처럼 느껴졌다. 섹스라는 대륙에서 나는 남자의 사정을 중심으로 신음 소리를 내고 몸을 움직였다. 자위의 대륙에서는 온전히 내 손가락에 의지해 편안하게 쾌락의 산에 오를 수 있었다. 섹스에서는 남자의 사정과 그의 오르가슴이 중심이 됐지만, 자위에서는 나의 오르가슴에만 몰입할 수 있어서 좋았다.

20대 초반까지 나의 섹스는 야동에서 봐왔듯이 늘 격앙된 분위기에서, 아주 격렬하게 애무하고 피스톤질을 하면서 인상을 잔뜩 쓰고 남자 혼자 땀을 뻘뻘 흘리다가 사정을 하고 끝났다. 이따금 '너무 좋아' '살살' '세게' '빠르게' 등의 대화가 오가긴 했지만 여유 있고 느긋하진 않았다. 우리는, 나는 무엇이 그리도 급했던 것일까. 남자의 페니스가 질 안으로 들어왔을 때 꽉 차고 불편하고 이질적인 느낌, 이게 쾌감일까. 이렇게 반복해서 페니스를 넣었다 뺐다 하면 내가 클리토리스를 만지작거리면서 느낀 오르가슴에 정말 도달할수 있는 걸까. 감이 오지 않았다.

상대방과 대화를 하라는 조언은 많이 들었지만, 내게는

쉽지 않았다. '여기 만져줘' '저기 만져줘' '클리토리스를 이렇게 만져줘'라고 말하는 것도 한두 번 시도하고 포기했다. 섹스에서 오르가슴을 느끼는 것이 이렇게 어려운 일인지 몰랐다. 물론 나와 섹스했던 그들은 내가 내는 신음 소리만 듣고 오르가슴을 느꼈다고 착각했을 것이다.

남자친구와 섹스를 하고 집으로 돌아오면 자주 자위를 했다. 섹스할 때 오르가슴을 느끼지 못했기 때문이다. 생각해보면 많은 남성이 나를 만족시키기 위해 노력했지만, 그럼에도 그들은 자신의 욕구에 충실하게 오르가슴을 향해 돌진하고 집중했다. 그러니까 그들은, 나와 섹스할 때도 혼자 있을 때 자위하듯 섹스를 한 것이다. 그런데 나는 왜 집으로 돌아온 후에 따로 자위를 해야 했을까.

자위와 오르가슴에 대해 직설적으로 이야기하기엔 두려움과 부끄러움이 있었다. 이 사람이 나를 이상한 사람으로 오해하지 않을까 하는 조심스러움, 상대가 불편해하지 않을까 하는 걱정, 내가 이상한 게 아닐까 하는 내 감각에 대한 불신이었다. 그렇게 몇 년간 나의 오르가슴은 섹스에서 제외됐다. 우리의 섹스에서는 '그의 사정과 오르가슴'이 중심이 되어 클라이맥스를 장식했고, 나의 오르가슴은 그러지 못했다.

언제부턴가 나는 섹스할 때 오르가슴을 느끼지 않아도

상관없다고 체념했다. 흡입 섹스에서 클리토리스와 질 입구 밑에 돌기처럼 자란 작은 세포들이 자극되면서 느껴지는 약간의 쾌감, 그의 숨소리, 체취와 살갗의 부드러움, 포근함에 만족했다. '육체적 오르가슴보다 정신적 교감이 더 중요한 거니까!'라며 '자위'했다.

자위와 섹스의 만남

한 친구를 만나기 전까지 오르가슴은 혼자 하는 자위에서 느끼는 은밀한 쾌감이었다. 마광수와 야한 여자를 좋아하던 그 친구는 여성을 신비로운 존재라고 여겼다. 바로 그 점이 불편하기도 했지만, 그래도 성에 관해 유일하게 솔직한 이야기를 털어놓을 수 있는 이성친구였다. 우리는 종종 만나서 서로의 성 상담을 해주었다.

친구의 집에 누워 다리를 벽 쪽으로 세우고 오르가슴에 대해 이야기하던 어느 날이었다. "너도 자위해?" 친구가 물었다. "당연하지. 여자는 자위 안 하는 줄 알았어?" "응, 주변에서 들은 적이 없어서. 너도 하는구나!" 여성은 성욕도 없고 자위도 안 하는 줄 아는 남자들이 많다. 이 친구도 그랬다. "여자는 어떻게 해?" 호기심 많은 친구에게 클리토리스를 만지작거리면 된다고 이야기해주었다.

"우리 같이 오르가슴 느껴볼까?" 나는 친구에게 말했다. 우리는 흡입 섹스 말고, 각자의 자리에서 자위를 하기로 했다. 편안하게 누워서 벽 쪽으로 다리를 올리고 자위를 시작했다. 하얀 커튼 뒤로 햇살이 밀려오고, 기분 좋은 바람이 들어왔다. 손이 움직이는 속도가 빨라질수록 왠지 부끄러웠지만 절정에 다다를 것 같아 멈출 수 없었다. 서로의 신음 소리를 들으면서 이따금 옆을 바라봤다. "느낄 것 같아." 거의 동시에 오르가슴을 느낀 우리는 행복한 표정으로 서로를 바라봤다. 타인이 보는 앞에서 하는 자위는 처음이었다. 이렇게 좋은 걸, 왜 지금까지 하지 않았지? 왜 혼자 있을 때만 하려고 했을까? 자위가 뭐라고. 오르가슴이 뭐라고. 친구와 나는 이후로도 종종 만나 자위를 했다. 우리는 섹스를 한 걸까. 성기가 직접 만나지 않았을 뿐, 우리는 깊게 교감했다.

이후부터 나는 좋아하는 사람과 섹스를 할 때 그의 눈을 보면서 자위를 했다. 각자의 성기를 만지면서 함께 자위하기도 했다. 자위가 점점 부끄럽지 않게 되었고, 내 쾌락을 드러내고 말하는 것도 한층 쉬워졌다. 물론 내가 자기처럼 성욕이 있고 오르가슴을 좋아하는 인간이라는 사실을 알게 되면 당황해하는 사람도 있었다. 여자는 자위를 하지 않고 남자보다 성욕이 없다고 생각했던 남자들이 그랬다. 하지만 대부분은 더 대범하고 자유롭게 함께 쾌감을 즐겼다.

내가 나의 성감을 따라 몸을 움직이는 만큼, 상대도 나의 성감을 따라 움직였다. 내 클리토리스와 질 입구에 분포해 있는 돌출된 세포들을 자극하기 위해, 그의 눈을 보면서 온 감각을 집중해 허리와 엉덩이를 살짝 들고 감촉을 즐겼다. 자위할 때처럼 자연스럽게 허리가 위아래로 움직이고 엉덩이에 힘이 들어갔다. 상대가 발기가 안 되거나 먼저 사정을 해서 피스톤 운동을 하지 못해도, 내 손가락이나 그의 몸의 굴곡을 활용해 오르가슴을 느낄 수 있었다.

외딴섬처럼 있던 자위의 대륙과 섹스의 대륙이 만난 그날 이후, 나의 클리토리스는 섹스에서 소외되지 않았다. 클리토리스가 침대 위에서 감각을 열어놓자, 흡입 섹스 말고도 다양한 섹스의 감각과 서사가 생긴 것이다. 파트너도 더 이상 '발기가 안 되면 어쩌지' '여자를 만족시켜줘야 하는데 어쩌지' '오래 해야 할 텐데'라는 부담 없이 섹스를 즐겼다. 누구도 연기하지 않는다는 점이 좋았다.

내 감각이 '나'다

언제 흥분하고 어디를 만져야 기분이 좋은지는 자기 자신이 먼저 알아야 한다. 내 촉감은 나다. 내 감각이 곧 나다. 내 몸이 나인 것처럼. 나의 쾌감은 누가 알아맞혀주는 것도 아니고, 많은 사람과 많은 섹스를 한다고 해서 능숙해지거나 쾌감이 증폭되는 것도 아니다.

나는 만나는 상대에 따라 내 성감이 달라진다고 생각했다. 물론 나를 달아오르게 하는 취향이 어느 정도 맞아야 하지만, 적어도 그가 얼마나 오랜 시간 피스톤 운동을 하는지, 얼마나 다양한 체위를 구사하는지는 중요하지 않게 되었다. 남성 상위 자세일 때도 허리를 적극적으로 움직이면 오르가슴에 도달할 수 있다. 다른 자세에서도 몸의 굴곡을 이용해 다양한 감각을 자극할 수 있다. 중요한 건 자위할 때처럼, 내가 잘 느낄 수 있는 자세와 위치, 힘을 조절하는 것이다. 내 경우에는 항문과 질에 힘껏 힘을 주거나, 여성 상위 체위로 알파벳을 그리면 성감이 배가된다. 또는 자위를 하다가 오르가슴을 느끼는 순간 파트너의 성기를 삽입하면 엄청난 쾌감이 느껴진다.

물론 섹스에서 오르가슴이 목적이고, 그 과정은 수단이라고 얘기하는 건 아니다. 오르가슴을 꼭 느끼지 않아도 된다고 생각한다. 그래도 굳이 오르가슴을 거부할 필요는 없으니까 오르가슴을 챙긴다. 사랑하는 사람과 서로 자위를 하면서 마주보는 눈빛은 황홀하다.

옛날엔 흥분하려고 남자친구와 함께 포르노와 야동을 보곤 했다. 커다란 화면에서 보여주는 그들의 체위를 따라하면서. 포르노 감수성을 좋아하고 거기서 흥분을 느낄 수는 있다. 그러나 야동에서 섹스를 배우면 똑같이 어디 어디를 애무하고 삽입하고 사정하고 끝나버리는 섹스를 하게 된다. 이상한 일이다. 먹는 음식도 매일매일 다르고, 심지어 각자 가지고 다니는 휴대전화도 이렇게 다양한 세상인데, 왜 섹스는 포르노 감수성으로 획일화되어 있을까. 그리고 나는 왜 포르노 감수성에 나의 감각을 끼워 맞추려 했을까.

가부장 세계의 섹스 서사는 포르노와 삽입 감수성이다. 다양한 개성이 춤추는 사회라고들 하지만 정작 살아가는 방식도 사고하는 틀도 획일적인 것처럼, 섹스 감수성도 획일적이다. 어릴 적 즐겨 봤던 야동의 섹스 서사는 남성의 사정이 클라이맥스를 장식했고, 정복당하는 듯한 여자의 신음 소리와 정복하는 남자의 피스톤 운동이 주를 이뤘다.

야동은 남자의 사정이 곧 섹스의 완성인 것처럼 느끼게 한다. 여성인 내가 야동을 보며 배운 '여자 역할'은 남성이 해주는 애무와 삽입에서 적절한 신음 소리를 내는 것이었다. 특히 섹스에서 신음 소리는 아주 중요했다. 억지로 내는 것이 아니라, 홀리듯 흐느끼듯 참지 못하겠다는 듯, 그러면서 참는 듯 해야 한다. 그러다가 남자가 사정을 할 때 즈음 못 참겠다는 듯이 터져버리는 울음처럼 비명을 질러버리는 것(그러나 부담스럽지 않게 크지 않은 목소리로). 어려운 연기였지만 해낼 수 있을 것 같았다.

그리고 옷을 어떻게 입어야 하고, 아예 벗고 있는 것보다는 조금은 걸치고 있는 것이 흥분된다는 것, 몸매를 잘 가꾸어야 한다는 것(야동에서 여성들의 몸매는 천편일률적으로 날씬하고 볼륨감 있었다) 등을 충족시키기 위해 노력했다. 사랑하는 사람에게 성적 만족감을 주기 위해 그렇게 해야 한다고 생각했다. 그것이 사랑의 표현이라 여겼다.

감각의 축제,
다양한 섹스 감수성

인도에서 만나 사랑에 빠진 사람이 있다. 그와 처음 섹스를 할 때, 나는 지금까지 했던 '섹스'를 잊었다. 생각해보면 자기 서사가 없는 사람과 대화를 할 때 무료함을 느끼는 것처럼, 섹스도 마찬가지였다. 삶의 서사가 풍부한 사람은 감각의 상상력도 풍부했다. 당연히 섹스도 풍부한 감각의 축제가 되었다.

그는 자신의 삶을 몽땅 데리고 다니는 사람이었다. 지금까지 다니던 직장을 그만두고, 그리고 싶은 그림을 그리면서 자신의 삶을 돌아보고 직면하기 위해 한국을 떠나온 것이다. 그만큼 자기 자신에게 진실하고 어디에서든 의미를 발견할 수 있는 내면의 힘이 있었다. 그의 눈빛과 촉감은 당연하게도 내 몸을 달아오르게 했다. 창문으로 들어오는 환한 햇빛과 고요한 엠비언트 음악, 향에서 나오는 연기로 채워진 공간에서 우리는 우연히 섹스를 했다. 요가를 하듯, 서로의 손바닥을 등과 어깨에 가만히 대고 기운을 나눴다. 시간이 정지된 것처럼.

흡입 섹스를 할 때는 우주로 날아가려는 우주 나비의 날갯짓을 떠올렸다. 우리는 그것을 '우주 나비 섹스'라고 부른다. 그렇게 기운을 나누다가 잠시 담배를 물고 쉬고, 다시 내 클리토리스를 그의 허벅지에 비비고, 서로의 손가락 마디마디에 키스를 하다가 잠들고, 잠결에 다시 몸을 매만지고…… 거기에는 빨간색 불빛이나 야한 속옷, 헉헉거리는 격렬한 숨소리, 거창한 체위가 필요 없었다. 야동에서 보는 것처럼 누가 쫓아오기라도 하듯 심각하게 인상을 쓰고 격렬하게 피스톤 운동을 하다가 남자의 사정으로 폭발하고 끝나버리는 것이 섹스가 아니었다. 우리에게 섹스는 그림, 대화, 춤, 명상, 퍼포먼스였다. 섹스는 성기로 하는 게 아니라 눈빛과 대화로 하는 것이라는 걸 그때 알았다.

이제 나는 포르노를 봐도 흥분되지 않는다. 그보다 나를 흥분시키는 건 삶의 부피, 투명한 눈빛, 나비의 날갯짓 같은 상상이다. 섹스는 함께 즐기는 상쾌한 스포츠가 될 수도 있고, 깊고 고요한 명상이 될 수도 있다. 성기가 섹스의 중심이 아니어도 좋았다. 상대의 발이나 무릎에 키스를 하거나 내 손가락 사이사이와 발등을 만져줄 때 짜릿함을 느꼈다. 특히 손과 발처럼 일상적으로 쓰는 신체 기관이 야한 촉수로 탈바꿈될 때의 쾌감은 정말 짜릿하다. 몸은 정말 신비롭다. 매일매일 생성되고 쇠퇴하고 움직인다. 어디든지, 언제든지 예민한 촉수로 변할 수 있는 감각 덩어리. 야동보다 더 야한 것들이 내 몸과 세계에 이렇게나 많다!

섹스만큼 이 사회에서 왜곡된 감각이 또 있을까. 섹스에 대한 다양한 상상력이 필요하다. 온전한 감각의 회복이. 섹스에 묻은 때가 너무 많다. 이것들을 벗겨버리고 모든 것과 알몸으로, 알맹이로 만나고 싶어서 요즘은 탄트라를 공부하고 있다. 섹스의 본질이 뭘까, 인류라는 종족은 왜 존재하게 된 걸까, 이런 질문을 던지면서. 탄트라에서 섹스는 '우주의 본질과 자아의 합일'이라고 한다. 심오해 보이지만 생각해 보면 자연스러운 말이다.

포르노 섹스 서사를 즐길 수도 있다. 그러나 그것만이 섹스가 아니라는 걸 아는 건 중요하다. 포르노 서사에 갇혀 지극히 협소한 쾌락 안에서만 노니는 교감이 안타깝다. 포르노 서사를 걷어낸 섹스는 나와 나 이외의 모든 타자와 관계 맺는 감각의 개성을 드러낸다. 인간은 몸의 동물, 어쩔 수 없는 감각의 존재다. 가장 밀접한 감각의 교감인 섹스에서 어떻게 타자와 관계를 맺고 이야기를 만들어나가는가는 그의 삶의 방식과 닮아 있다. 섹스에서 다른 방식의 이야기를 만들어갈 수 있다면, 다른 삶의 가능성도 풍부해지지 않을까.

클리토리스
감수성의 세상

　　　　　　　열세 살 때 느낀 오르가슴의 평화는 포르노와 강간이 쳐놓은 수치심과 순결 이데올로기, 타자의 욕망을 뚫었다. 그리고 타인 앞에서 자위를 하면서, 내 감각을 수치스러워하지 않게 되었다. 수치심의 코르셋과 섹시함의 문이 닫히면서 야성의 벌판이 펼쳐졌다. 이제 겨우 나는 내 몸이 즐거워하는 게 뭔지 안다. 눈치 보지 않고, 욕망의 대상이 되지 않고도 오르가슴을 즐길 수 있다.

여성의 오르가슴 소외만큼 오래된 소외가 있을까. 알몸으로 서로 뒤엉켜 있을 때도 내가 그랬듯 대부분의 여성은 신음 소리를 연기하고, 만족했다며 남자를 다독이고 치켜세워 주는 감정노동을 해왔다. 이는 여성 개인뿐만 아니라, 인류 전체의 비극이다.

클리토리스 오르가슴 같은 세상을 꿈꾼다. 남근을 여성의 '구멍'에 박고, 찌르고, 쑤시고, 정복하고, 이기고, 지배하고 굴복시켜서 느끼는 권력의 쾌락이 아니라 마주치고, 문지르고, 쓰다듬고, 연결되는 고요하고 뜨거운 쾌락의 세상. 이런 감각을 클리토리스 감수성이라고 부르고 싶다.

2장

여자

「너와 나의 온전한 시간」, 2016

역할극 섹스

:

남자 역할
여자 역할

열아홉 살 때였다. '남자다운 남자'가 이상형이었던 나는 세 살 연상의 남성스러운 학군단 남자를 소개받았다. 그는 공중화장실에서 손을 씻을 때 수도꼭지를 맨손으로 잡지 않을 만큼 깨끗한 사람이었다. 사람들과 다 같이 만나도 말수가 적었고, 꼭 필요한 말만 했다. 그런 과묵한 모습이 마음에 들었다. 대놓고 허세를 부리는 남자들보다 훨씬 성숙해 보였다. 학군단 동기들 사이에서도 그는 존경받는 남자였다. 호모소셜에서 인정받고, 가족들에게도 인정받는 든든한 장남. 그런 그에게 믿음이 갔다.

언젠가 그의 블로그에서 이상형을 적은 글을 본 적이 있다. 1번부터 20번까지 죽 써내려간 글에는, '머리띠가 잘 어울리는 여자' '흰색 원피스가 잘 어울리는 여자' '춤을 잘 추는 여자' 등이 쓰여 있었다. 입맛이 섬세한 그답게 여자 기호도 섬세하구나 느끼면서도 나는 그의 기호에 맞는 여자인가 하는 생각이 들었다. 어딘가 꽤 불편했지만, 이 마음을 설명할 언어를 찾을 수 없었다. 나는 그의 여자 기호에 맞춰서 원피스를 자주 입었다. 머리띠는 불편해서 포기했지만.

화이트데이였다. 나는 찝찝한 첫 경험 이후 화이트데이를 별로 좋아하지 않게 됐다. 정확히 말하면 모든 기념일이 싫다. 어쨌든 그는 화이트데이를 기념하기 위해 줄 것이 있다며 나를 집으로 초대했다. 알았다. 우리가 섹스하겠구나. 뭘 입고 갈까 고민하다 여성스러운 원피스를 입고 그의 집으로 들어갔다. 버섯을 깨끗하게 씻고 칼로 송송 자르는 그의 손이 아름다웠다. 깨끗하고 계획적이고 책임감 있고 남자다운 그가 요리하는 모습이 이색적이고 신선했다. 나는 남자가 여자에게 선물을 주는 날인 화이트데이임에도 하트 모양 초콜릿을 만들어서 그에게 선물했다.

크림소스 스파게티를 먹고 상에 나란히 앉은 우리는 키스를 하게 됐다. 치맛자락을 만지작거리던 그의 손이 다리

사이로 들어왔다. 그의 침대가 있는 불 꺼진 방으로 들어갔다. 그는 입술, 목, 가슴을 애무하면서 손가락으로 내 성기를 만졌다. 손가락이 더러웠을 텐데, 나는 씻으라는 말도 못했다. 분위기를 깨는 게 아닐까 해서.

몇 번의 피스톤 운동 후, 그는 콘돔을 치우고 다정하게 말했다.

"잠시 화장실 좀 다녀올게."

그의 옆자리까지 다리를 벌리고 우두커니 침대에 누워 천장을 바라봤다. 까만 천장에 그가 열고 닫은 문틈에서 빛이 한줄기 그려졌다. 나는 여기서 뭘 하고 있는 거지? 깜깜한 천장에 그려진 빛을 보면서 생각하는데, 화장실에서 샤워기 소리가 들린다. '씻고 오는구나. 그래, 깨끗한 사람이니까 씻어야겠지.' 시간이 멈추고 영영 혼자인 듯한 느낌이 들었다. 10분쯤 지났을까, 드디어 그가 화장실에서 나왔다.

그에겐 산뜻한 비누 향기가 났지만, 내 몸은 끈적였다. 내 몸은 찝찝한데, 산뜻해진 그의 몸에서 이질감을 느꼈다. 섹스할 땐, 아니 정확하게는 그가 삽입을 하고 사정을 할 때까지는 몸을 포갠 하나였는데, 사정이 끝난 후 우리는 다시 각자의 존재로 뚝 떨어졌다. 이질감은 외로움이 되었다. 입이 닫혔다.

멀뚱히 그를 바라보는 내게 팔베개를 해주고 머리카락을 두어 번 만져주더니 그가 입을 열었다.

"좋았어?"

친구들과의 대화가 떠올랐다. 남자들은 '오늘 정말 좋았어. 최고였어!'라고 꼭 말해줘야 진짜 좋아한다고. 그래야 다음 섹스 때도 '기죽지' 않고 열심히 할 수 있다고. 진심으로 좋기는커녕 더 외로워지기만 했는데도 나는 그를 좋아하니까 그냥 좋다고 했다. 아예 싫은 건 아니었으니까.

"응, 너무 너무 좋았어요. 정말 최고야."

나는 명예남자였다. 명자!

이벤트 사랑밖에
하지 못하는 관계

안 그래도 긴장의 연속인 이 세상에서, 섹스할 때조차 서로를 소외시키고 여자와 남자를 열심히 연기한다. 알몸으로 교감하는 이 행위에서도 내가 나의 몸을 소외시킨다는 건 얼마나 슬프고 허망한 일인가. 왜 나는 '손가락 씻고 와줘요' '손가락으로 애무하는 건 안 좋아해요'라고 말하지 못했을까. '섹스가 끝난 후에 그렇게 후다닥 혼자 일어나버리는 건 상대방을 배려하지 못하는 행동이에요' '섹스는 삽입만 있는 게 아니에요. 함께 몸의 진동을 음미하는 거라고요'라고 왜 말하지 못했을까. 나는 여자 역할을 연기하느라 바빴다.

그에게 섹스는 자신의 성기가 삽입되는 것, 나에게 섹스는 그의 성기가 내 성기로 들어오는 것이었다. '전희-삽입섹스-후희'가 섹스인가? 애무는 삽입을 위한 도구이자 수단인가? '머리 어깨 무릎 팔 무릎 팔' 하는 노래처럼 '입술, 목, 가슴, 성기' 애무도 비슷하다. 남성들이 공동으로 배우는 섹스 교재가 있는 걸까? 야동에서 삽입 장면만 봐서 그럴까? 우리는 오늘을 수단화하고, 서로를 에너지 드링크처럼 소비하듯 애무도 수단화해버린다. 애무는 삽입을 위한 수단이고, 삽입은 섹스이고, 사정은 섹스의 완성이 된다. 사정 후 섹스가 훌륭히 끝났다고 생각한 그는 화장실로 달려가 후다닥 씻고 나온다. 내 섹스는 끝난 게 아닌데…….

우리의 섹스는 하나의 이벤트로 끝이 났다. 엄청난 폭죽(남자의 사정)과 함께 열렬히 불타버리고 다시 차가운 일상으로 돌아가는 화이트데이 기념일처럼. 이후에도 우린 차마시고, 영화 보고, 밥 먹고, 섹스하는 데이트 코스를 밟다가 여느 청춘 로맨스 영화가 그렇듯 애틋하게 헤어졌다. 이벤트 사랑, 이벤트 섹스, 이벤트 관계였다.

호모소셜에서
인정받는 수컷성

그 말고도 참 많은 한국 남자는 섹스가 끝나고 물었다. "어땠어? 좋았어?" "응, 좋았어. 오늘은 100점 만점 중에 애무는 구석구석 해주어서 70, 삽입은 아주 꽉 찼기 때문에 90, 시간은 길지 않았기 때문에 20, 강도는 조절을 적절히 했기 때문에 50, 오르가슴은 엄청나게 느꼈기 때문에 100점이었어." 이렇게 채점해주길 바라는 걸까? 전형적인 마초와 반대되는 부드러운 곡선과 섬세한 목소리를 가진 남성들도 침대 위로 올라가면 똑같이 일직선으로 피스톤질을 하고 섹스를 끝냈다. 그리고 자신의 수컷성을 인정받으려고 발버둥 쳤다. 그런 애잔한 모습에 성욕은커녕 연민이 든다.

강약 조절, 적어도 한 시간 동안 피스톤 운동을 하는 것, 여자를 '느끼게' 해주었는가 등이 수컷 능력의 객관적 지표가 된다. 정말 그녀를 위한다기보다는 자신의 능력을 인정받고 싶은 거다. 섹스머신이 된 남자는 스스로의 수컷성에

도취되어 인정받기를 바랄 뿐, 여성이기 전에 인간으로서 타자와 교감하는 기본자세는 갖추고 있지 않다. 식사를 할 때 앞에 앉은 상대방이 어떤 메뉴를 좋아하는지 함께 고르지도 않고, 혼자서 한꺼번에 식사를 주문하고는, 상대방이 식사를 마치지도 않았는데 자기 앞의 음식과 상대방 그릇의 음식까지 후루룩 해치운 뒤 혼자 화장실에 들어가버리고 식당을 나와서 "음식 맛있었지?" 하고 묻는 상황과 비슷하다. 식사 자리였다면 나는 당연히 그의 태도에 항의하고 예의가 없다고 말했을 것이다. 그러나 침대에서의 나는 불편함을 각오하고 솔직하게 그에게 말할 용기가 없었다. 나의 여성성에 상처가 날까봐.

'남자다운' 그는 호모소셜에 불편함 없이 적응했다. 나는 호모소셜에서 인정받는 남자에게 줄곧 끌렸다. 예를 들면 학군단 내에서도 리더, 학교 총학생회장 출신, 무슨 기업 대표처럼 사회적 위치가 있고 나이가 많고 사람들에게 존경받으며 아버지같이 듬직하고 책임감 있고 근면성실한 사람. 그런 그들과 만나는 동안 나는 반복되는 소외감과 고독을 느꼈다. 호모소셜을 내면화한 그와 한 침대에 누워 있을 때 나는 당연히 소외감을 느낄 수밖에 없었다. 그의 진지한 세계는 남성 집단 안에 있었고, 나와의 관계는 사적이고 사소한 이벤트에 그쳤다. 그러면서 나 역시 호모소셜에서 인정받고자 하는 욕망이 있었기 때문에 비슷한 연애 상대와 연애 패턴을 반복했다. 지켜주는 남자와 보호받는 여자의 순정만화 이야기처럼. 그들도 여성을 혐오했고 나도 여성을 혐오했다. 그래서 그들은 자신이 우월함을 느낄 수 있는, 불안해 보이고 연약해 보여서 보호본능을 자극하는 여자인 내게 끌렸고 나는 나를 지켜줄 수 있는 남자를 원했다. 내 안의 여성혐오를 발견하고, 내가 스스로를 여성으로 대상화했다는 걸 알게 된 순간부터 나는 나를 지켜주고 싶고 사랑한다고 말하는 그들에게 매력을 느끼지 못했다. 나를 혐오하는 사람과 어떻게 사랑을 할 수 있을까.

그의 과묵함은 자신의 감정을 이야기하지 못하는 말하기 능력의 부족이었음을, 그의 듬직함은 가부장이 될 수컷으로서의 정체성이었음을 이제 안다. 나는 이제 남자다운 남자가 싫다. 내가 여자 역할에서 아무런 의미를 느끼지 못하는 것처럼, 그들의 남자 역할극에서 매력은커녕 연민을 느낀다. 뻔하고 진부한 역할극이 지루하다. 호모소셜의 세계관과 가치관을 내면화한 남자는 여자인 나를 수컷으로서 인정받기 위한 수단, 액세서리, 여자 기호로 대할 가능성이 높다. 나는 남성 집단에서 웃자고 하는 여자 따먹는 농담과 군

대식 가부장 문화에 적응하지 못하는 비위 약한 부적응자가 좋다. 나처럼.

한 때 사 랑 했 던
그 들 을 추 억 하 며

3월 14일. 남성이 좋아하는 여성에게 사탕을 준다는 날,
그는 내게 사탕을 줬다.

그는 나를 무척 사랑했다. "너는 정말 다른 여자들과 달
라" "너 같은 여자는 처음이야"라며 날 특별한 여자 사람으
로 대접해줬다. '개념 없는 다른 여자들'과는 다른 여자인 나
를 좋아하던 그. 내가 정치와 역사에 대해 이러저러한 이야
기를 하면, "아이고, 그런 것도 알고 기특하다"며 이타적이
고 개념도 있는 사랑스러운 여자친구가 자랑스럽다고 했다.
존재 의미를 나누고 싶어하는 내 갈증은 그의 눈에 기특한
애교로 보였고, 실존에 대한 깊은 고민은 현실을 잘 모르는
어린 방황 정도로 여겨졌다. 퍼포먼스를 하는 내 모습은 그
의 방 액자에 걸린 근사한 그림으로 감상됐다. 그는 뮤즈 애
호가, 여자 애호가, 예술 애호가였다. 나는 액자도, 상품도,
뮤즈도, 여자 기호도 아닌데.

그의 일상은 미래 계획을 위해 존재했고, 나는 주말마다

「His」, 2017

의 색다른 이벤트로 존재했다. 그는 매년 찾아오는 기념일에만 온 존재로 사랑을 했다. 혁명을 말하는 날, 인권을 기념하는 날, 빼빼로를 주는 날, 만난 지 100일이 되는 날, 여성을 위한 날에만 삶을 데리고 나온다. 1년 365일 중 기념할 만한 20일 정도만. 나머지 345일, 그러니까 기념일이 아닌 날에는 혁명이나 진실, 삶에 대한 사유, 행위, 사랑은 서랍 속에 넣어둔다.

그가 가부장으로서, 성과를 내고 결과를 축적하고, 훌륭하고 위대한 무엇이 되어야 하고, 나라를 지켜야 하는 '사내대장부'로서의 사명감을 버리길 바랐다. 부푼 남성 정체성은 과잉 자존심과 낮은 자존감으로 이어졌다. 그의 낮은 자존감을 지탱해줄 수 있는 건 호모소셜에서 인정받는 일이다. 그의 준엄한 삶의 계획과 근엄한 현실은 내가 가서는 안될 보호구역, 성역으로 존재했다. 관계에도 유리천장이 있는 걸까. 가부장 자본주의사회에서 '진정한' 세계라고 불리는 그곳. 동성 친구들과 있을 때 그는 나와 있을 때와는 다른 사람이었다. 삶의 중심은 동료 남성들에게만 고스란히 털어놓았다. 그는 나와는 다른 언어로 다른 역사를 쓰고 있는 듯했다. his story, 그의 역사.

그는 사랑을 가여워했지만 신뢰하진 않았다. 사랑은 성스

럽고 아름다우며, 어머니의 것이고 여성의 것이라 숭배했지
만 그게 정의를 담보하는 것이며, 정치 원리나 세계의 작동
방식이어야 한다는 것에는 동의하지 않았다. 그의 세계에
서 사랑의 언어는 여성적인 것, 사적 영역의 것으로 탈락됐
다. 그는 내가 바라보는 것을 사랑했지만, 그것이 현실적이
지 않다고 생각했다. 나는 본질을 말했지만, 그는 이상이라
고 했다. 그는 액자 속 진실을 사랑했지만, 진실 속으로 삶
을 데리고 나오지 않았다.

　그는 우리가 든든한 조력자 관계이길 바랐다. 함께 발전
하는 건강하고 미래가 있는 관계. 나에게서 얻은 영감과 느
낌표는 모조리 그의 성과와 결과로 환원됐다. 그는 뮤즈인
나를 맛있게 먹어치우고 일상으로 돌아가기 바빴다. 식인
종. 지금 나는 그의 이상형이 아니다. 다행이다.

「행진하는 당나귀」, 2014

감춰야 하는
여성성

:

혁명과
섹슈얼리티

2008년, 열아홉 살이던 나는 또래 친구들과 달리 대학 졸업 반이었다. 답답한 고등학교와 세상이 싫어서 상대적으로 자유로워 보이는 대학에 들어갔고, 사회문제를 공부하면서 세상을 바꾸기 위해서는 여러 실천을 하는 게 중요하다고 느꼈다. 학교 여기저기를 다니면서 대자보를 붙이고, 서명 운동을 하거나 집회에 나갔다. 어느 날 나는 미국산 쇠고기 수입 반대 촛불집회에 하이힐을 신고 미니스커트를 입고 갔다. 나에게는 이 차림이 평상복이었고, 불편하지 않았다. 그때 광장에서 자주 마주치던 친구가 내게 물었다.

"너는 집회에 데이트하러 왔니?"

집회할 때는 하이힐을 신고 미니스커트를 입으면 안 되는 걸까? 당시는 '촛불 소녀'라며 언론과 시민사회 전체가 교복 입은 여학생들에게 열광하던 때였다. 교복 치마와 미니스커트는 얼마나 달랐던 걸까.

촛불집회는 시간이 지날수록 힘찬 구호로 가득찼고 일정한 대열이 만들어졌다. 그 속에서 동떨어진 옷을 입고 있는 나는 이방인 같았다. '도서관에 짧은 치마 입고 오는 여자들 이해가 안 돼'라는 수군거림처럼, '집회 나오는데 치마 입고 하이힐 신은 것 봐' 하는 수군거림을 들었다.

한일군사협정에 반대하는 대학생 통일대행진을 할 때였다. 당시 나는 동료들과 함께 생활할 때, 화장실에 몰래 숨어서 화장을 했다. 왜냐하면 광장에서 치마를 입었을 때와 마찬가지 느낌을 조직 사람들에게서 받았기 때문이다.

여름날 뜨거운 거리에 서서 지나가는 시민들에게 고엽제 진상 규명에 동참해달라는 유인물을 돌리고 있을 때였다. 송골송골 땀이 맺힌 나를 한 선배가 불렀다. 선배는 내가 너무 짧은 바지를 입었다고 주의를 주었다. 시민들을 만나는데 옷이 너무 짧으면 보기에 좋지 않다는 게 이유였다. 궁금했다. 짧은 바지는 진정성이 없어 보이는 걸까? 조직에서 나는 치마 혹은 짧은 바지를 입거나 화장을 하면 운동의 진정성을 의심받았다.

생리가 터진 날, 몰래 생리대를 챙기느라 굼뜨게 움직이다가 선배에게 따끔하게 비판을 받았다. 그의 눈빛은 내게 말했다. '여자라고 해서 봐줄 생각 없어. 너는 여자가 아니라 혁명가야.' 혁명가일 때 나는 여자의 옷을 벗어야 했다.

정치적으로
'잘 팔리는' 여성

그런데 이런 조직 분위기와 같은 듯 다르게, 여성성은 집회에서든 어떤 이슈에서든 부각되고 활용됐다.

가령 대학생 반값등록금 집회 때는 유치장으로 연행된 여대생들에 대한 브래지어 착용 금지 논란으로 이슈 몰이가 되었다. 나는 기습 시위를 하다가 종종 실신을 했었는데 '여대생' 실신이라고 기사가 나왔다. 당사자들이 외친 중심 이슈는 반값등록금이었는데 여대생 실신, 여대생 브래지어가 이슈가 되는 식이었다. 이슈가 되는 조건은 피해자여야 한다는 것이다. 여성은 절대 먼저 나대거나, 자기 목소리를 과도하게 내서는 안 된다. 이기적이거나 관심받고 싶어서 목소리 내는 여자로 오해받기 때문이다. 실신하거나, 경찰에게 탄압을 당하는 등 피해자 서사로 읽힐 때 가장 많은 사람으로부터 호응을 얻는다. '우리가 저 여성을 지켜줘야 합니다!' 그래서 사람들은 내게 묻는다. (그렇게 작은 몸으로, 연약해 보이는 몸으로) "어떻게 그렇게 용기 있게 실천하는 거예요?" 나에겐 별 용기가 필요 없는 일인데도, '나는 연약한 여자임에도 이렇게 합니다'라고 말해야 하는 대본이 정해져 있는 것 같았다. 나는 그냥 내가 맞다고 생각하는 대로 말하고 쓰고 행동하는 것뿐인데. 거기에 용기가 필요한가.

내가 피켓 시위를 하거나 퍼포먼스를 할 때도, 작업 내용이 아니라 '정치에 관심 있는 여성'이라는 의외성이 부각됐다. 모든 이슈에서 여자를 다루는 방식과 마찬가지로 나도 개념'녀', 광화문'녀'로 불렸다. 대한민국 효녀연합 퍼포먼스를 할 때도, 국정교과서 반대 피켓 시위를 할 때도 그랬다. 나는 촛불 소녀도 아니었고 광화문녀도, 개념녀도 아니었는데 사람들은 나를 그렇게 불렀다. 보수 진영, 진보 진영 할 것 없이 모두가 그랬다. 여성을 성적 상품으로 유통시키면 잘 팔리니까 그렇다.

그럼 나는 어느 장단에 맞추어야 할까? 이슈화하기 위한 전략으로 내 여성성을 활용해야 하는 걸까 하는 고민은 깊어졌다. 모든 존재를 상품으로 취급하는 사회에 저항하는 일인데, 내가 나를 여성으로 상품화하면서 저항하는 건 얼마나 모순적인 행동인가.

　나는 자주 울고, 분노하고, 쉽게 들뜬다. 운동을 하는 사람들 내에서 그런 내 모습은 '여성적인 것'이었다. 친언니와 함께 운동을 하면서 우리는 종종 세트로 묶였다. 자매라는 것과 여성이라는 점이 부각되어 칭찬받거나 불신을 받았다. 사람들은 언니와 나에 대해 말했다. "홍자매는 너무 감정적이야." 또 시간이 지나도 여전히 열심히 활동 중인 우리를 보고 말했다. "너희는 금방 그만둘 줄 알았는데 오랫동안 열심히 하는구나."

　어떤 사람들은 말했다. "너희는 ○○의 간판이야." "너희가 오니까 환해진다." 외모를 과도하게 꾸미면 진정성이 없다고 비판받고, 외모를 적절히 꾸미면 칭송을 받는다. 다른 사회 조직에서와 마찬가지로 운동 조직에서도 여성성은 칭송의 대상이 되거나 감추어야 할 대상이 된다.

　진보정당 활동을 하면서 만난 남자친구는 내게 말했다. "그 여자 선배는 이랬어. 대모처럼 사람들의 고민을 다 들어주면서도, 자기의 소신이 뚜렷해서 사람들에게 정신적 지주이기도 했지. 그런 사람이 필요해." 그러면서 그는 자신이 생각하는 이상적인 여성 운동가를 묘사했다. 나는 그의 기대에 따라 시원시원한 명예남자면서도, 넓은 포용력을 지닌 어머니 같은 혁명가가 되어야 했다. 그런 시선과 기준에 부합되지 않으면 나의 진정성은 의심됐다. 폴리아모리(비독점적 다자연애)를 지향하는 나는 그와 만나면서 다른 사람들과 이성애 감정을 나눴다. 이런 나를 보는 그의 시선은 혹독했다. 혁명을 한다면서 자의적으로 행동하는 자유주의자이거나 혹은 '문란한' 여자면서 정의로운 척한다고 비판받기도 했다. 그런 시선이 두려웠던 나는 나에게 맞지 않는 갑옷을 입어야만 했다. 때로는 여자, 어머니, 때로는 명예남자의 갑옷.

혁명에서조차 여성의 역할은 정해져 있다. 홍보와 선전에서 '가련한' 여성임에도 '투쟁적'이라는 식의 이야기가 대중의 심금을 울린다. 어머니 같은 혁명가이거나 위험한 미인계, 색계가 되기도 한다. 가부장은 '문화' 코드로 해석되어 보수적인 사회 분위기의 '정서'에 맞춘 실천 투쟁을 해야 한다고 생각한다. 그래서 가부장의 심기를 불편하게 하는 '문란한' 여자는 혁명에서도 배척된다. 혁명에서조차 대상화되고 도구화되는 여성들이 자신의 불편을 말하면 그들은 이렇게 말했다. "해일이 오는데 조개나 줍지 말자고, 동지."

그들의 정치,
나의 정치

　　　　　　　　나는 왜 화장실에 숨어서 화장을 해야 했을까. 화장을 하건 안 하건 여자이기 전에 인간으로서 내가 원하면 하는 거고, 원하지 않으면 안 하는 거다. 그런데 여자인 나는 진정성이 없어 보일까봐 숨어서 화장을 하고 짧은 바지를 내려 입어야 했다.

　시간이 지나, 나뿐 아니라 많은 여성이 같은 불편을 토로하는 걸 알게 됐다. 해방을 외치는 혁명적 조직뿐 아니라 어떤 조직에서든 여성이 입어야 하는 적절한 옷은 정해져 있었다. 나는 적당히 청순하고 적당히 과감한 것이 여자의 미덕이 되는 사회의 시선에서 해방되고 싶었는데, 해방을 외치는 운동 조직에서조차 내 존재는 검열됐다. 나는 더 이상 여성성을 파기해야 하는 것으로 여기면서 어머니를 칭송하는 혁명을 믿지 않는다. 나는 정의로운 여자도, 문란한 여자도, 어머니 혁명가도 아니다.

　페미니즘을 말하고 읽고 쓰는 내게 어떤 사람들은 말한다. "상처가 많아 페미니즘에 빠졌구나. 안타깝다." "부디 대의를 위해 활동해주세요." "여성운동 말고 인권운동, 페미니즘 말고 휴머니즘을 해주세요." 여자인 내가 섹슈얼리티를 말하는 것은 사적인 것이지만, 거대한 자본주의와 국가권력, 제국주의와 싸우는 것은 공적인 대의가 된다. 여성의 목소리는 사소하고 작은 것이라고 느끼는 바로 그 인식이 투쟁의 대상이 되어야 한다.

생각해보면, 같은 '정치'에 관심 있는 남성들과 나는 시작점과 결 자체가 달랐다. 그들에게 정치란 힘의 확대, 우리 편의 쪽수, '승리'와 '전략'의 게임판이었다. 나는 일상의 섬세한 상호작용과 감수성, 공감이 확장된 세상을 바랐다. 그 가치가 확장되는 관계망 자체가 정치라고 생각했다. 이러한 내 생각을 밝히면 나는 현실을 모르거나 전략도 모르고 감정이 앞선다고 비판받았다. 그들이 구축한 세계에서, 그들의 언어로 만든 투쟁의 대상, 전략, 목표에 여성인 내가 온전히 존재할 자리는 없었다.

공적인 혁명과
사적인 섹스

:

거세되어야 하는
욕망

동거하기 전 우리는 자주 모텔에 갔다. 섹스할 곳이 없었으니까. 모텔이 비싸서 가끔은 DVD방에서 황급히 일을 치르기도 했다. 어느 날 섹스가 끝나고 그가 말했다.

"우리, 이제 너무 자주 모텔에 오지 말자."

"응. 왜요?"

"사람들이 그렇게 볼 수도 있어. 혁명한다는 애가 여자랑 이런 데를 와? 하고 말이야."

수긍했다. 모텔에서 나오는 길에 아는 사람과 마주칠 때 민망했으니까. 그런데 그의 말이 왠지 거북했다. 나는 그저 '여자'이고 우리가 교감하는 이곳은 '이런 데'일 뿐인 건가.

「Escape」, 2016

'여자 보기를 돌같이 하라.'

그때 떠오른 말이다. 여자였던 나는 이 문장 앞에서 당황했다. 여자인 내가 수행과 혁명을 하려면 내 에로스 욕망을 거세하라는 것일까. 종교와 혁명 모두 모든 인간의 평등과 존엄을 말하지만, 남자가 아닌 나는 그들의 진리에서 배제되는 것 같았다.

그는 스무살 때 진보정당에서 만난 연상의 동지이자 연인이었다. 세상과 사람을 대하는 그의 따뜻함과 진정성이 좋았다. 어느 날 그에게 말했다. "혁명과 섹스는 같은 에너지가 아닐까요? 알몸으로 만나고 싶은 마음은 모두와 연결되고 싶은 본능이잖아요." 그가 내 말에 공감했는지는 기억나지 않는다. 신영복 선생님을 존경하는 그는 "사랑은 경작되는 것"이라고 말했다. 그가 추구하는 숭고한 사랑에 우리의 섹스는 포함되지 못했다. 추상적인 사랑은 구체적인 육신과 육신의 뒤엉킴을 소외시키는 것 같았다. 인간의 존엄한 사랑과 동물적인 섹스는 구분되어야 한다는 듯이 그는 말했다.

가부장 혁명가의
여자친구

　　　　　　　　　　　　연인이라는 우리의 사적 관계
와 동지라는 공적 관계의 간극에서 나는 분열됐다. 섹슈얼
리티의 욕망과 혁명적 과업은 함께 갈 수 없는 것처럼 느껴
졌다. 언제부터인가 데이트할 때도 죄책감을 느꼈다. 근사
한 레스토랑에 가고 돈을 들여 모텔에 가는 것도 불편해졌
다. '이 돈으로 누군가를 더 도울 수 있을 텐데. 근사한 음식
은커녕 어떤 사람들은 굶주리고 있을 텐데. 이럴 시간에 저
걸 더 해야 할 텐데.' 섹스를 하면서도 욕망이 지나치지 않
도록 줄타기했다. 그가 부담을 느낄까봐 걱정했다. 그의 눈
치를 보느라 섹스할 때도 내 감각에 몰입하지 못했다. 그래
서일까. 그와 만난 지 2년 후에야 오르가슴을 느꼈다. 물론
그는 내가 처음부터 끝까지, 거의 항상 오르가슴을 느꼈다
고 생각할 것이다.

　우리는 '개인적인 것이 정치적'이라는 걸 알았지만, 섹스
는 정치적이라고 느끼지 못했다. 섹슈얼리티의 억압에서 해
방되는 행위가 사회정치적 억압에서 벗어나는 중요한 에너
지라는 것도 알지 못했다. 물론, 누구에게도 성애를 느끼지
않는 무성애자도 있고, 성적 욕구가 없는 사람도 있다. 하지

만 나는 이성에게 성적 끌림이 있는 이성애자다. 그도 그랬다. 그러나 우리 우주에서 사적인 섹스와 공적인 혁명은 분할 통치됐다.

그와 동거를 시작하고 여름휴가를 맞아 그의 부모님이 있는 섬으로 놀러갔다. 오랜만에 떠나는 여행이라 잔뜩 설렜다. 벚꽃이 날리는 거리와 바닷바람 부는 해변, 낭만적인 둘만의 새벽을 상상했다. 섬에 도착하자마자 우리는 그의 부모님 집으로 갔다. 오랜만에 그의 고향에 왔으니 인사는 드려야겠다고 생각했다. 그런데 밤이 되어도 그는 부모님 집을 벗어날 생각이 없어 보였다. 그에게 조용히 불편한 기색을 내비쳤지만, 그는 떠난다고 말할 타이밍을 놓쳤다는 듯 나를 쳐다봤다. 그의 부모님은 각자 방을 안내해줬고 우린 떨어져 잤다. 설마는 현실이 되었다. 내가 꿈꾼 야릇한 사랑은 그의 부모님 지붕 아래에서는 거세되어야 하는 못된 욕망이다. 혁명에서 그래왔듯이.

이튿날에도 이어진 부모님과의 식사 자리는 불편했다. '내가 이상한 걸까? 내가 사랑하는 사람의 부모님인데.' 대화도 즐겁지 않았다. '왜 말도 잘 안 통하는 사람들과 굳이 함께 있어야 하지? 우리가 결혼한 것도 아니고, 아니 결혼했다 해도 이런 식은 싫다'고 생각했다. 이상한 소속감에 마음이 불편해 다리를 비비 꼬았다. 내 마음을 아는지 모르는지 그는 옆에서 신나게 밥을 먹었다. 함께 놀러간 펜션에서 순두부찌개를 해준 내게 그가 한 말이 떠올랐다. '아유, 우리 승희는 요리도 잘하고 일등 신붓감이네.' 그는 나를 예비 아내, 예비 며느리라고 생각했던 것이다.

여름휴가 3일 동안 우리는 그의 부모님과 함께 지냈다. 미소로 꾸역꾸역 부모님께 작별 인사를 하고 공항으로 향했다. 며칠 동안 쌓인 피로와 분노가 터졌다. 그에게 이대로는 못 만난다고 말했다. 모든 게 참을 수 없었다. 그의 부모님에게서 느낀 이상한 소속감, 부모에 대한 죄책감 하나 이기지 못해서 우유부단하게 끌려 다니는 그의 태도, 그의 가족 앞에서 무력한 우리의 관계. 사랑과 욕망은 왜 부모, 결혼, 가족제도 앞에서 굴복해야 하는 걸까. 우리의 섹슈얼리티는 수치스럽고 죄스러운 게 아니다. 혁명을 말하면서 가족 울타리도 뛰어넘지 못하는 우리 관계가 무기력하고 슬펐다. 그는 내가 당연히 자신의 부모님도 좋아해줄 거라 믿었는지, 우는 나를 보고 적잖게 놀랐다. 한참을 실랑이하다가 항공편을 취소하고 둘만의 여행을 했다. 꽃길을 달리고 바다가 보이는 방을 잡았다. 누군가의 딸, 누군가의 아들이 아니라 알몸으로 사랑을 나눴다. 그토록 원하던 너와 나의 맨

몸으로.

달콤한 휴가가 끝난 후에도 답답함은 사라지지 않았다. 결혼이라는 생애주기별 과업을 완성해야 하는 그에게 나는 어떤 존재일까. 그에게 결혼에 대한 생각을 확실히 말해야 겠다고 마음먹었다. "나는 결혼할 생각이 없어요." 그가 말했다. "우리가 세상을 바꾸려면 사람들의 삶을 잘 이해해야 해. 결혼하고 아이도 낳아야 다른 사람들의 삶을 이해할 수 있지 않을까?" 그에게는 혁명적 동지이자 현명한 아내가 필요했다. 언젠가 그에게 들었던 말이 떠올랐다. "후배에게 좋은 여자를 소개해주는 거 어때요?" 오랜 활동으로 지친 그의 후배가 좋은 사람을 만나면 생기를 되찾지 않을까 생각한 내가 말했다. 그가 대답했다. "아니. 자기 밥그릇은 자기가 챙겨야." "그럼 나는 오빠에게 밥그릇이에요?" 그는 웃었지만, 나는 웃지 않았다. 나는 그의 밥그릇일까. 가부장 혁명가의 아내가 될 밥그릇 말이다. 외모만 꾸미는 여자애들이 많다고 비판하던 그의 말도 떠올랐다. 그는 여성을 대상화하면서 인간의 소외를 말하고 있었다. 여느 혁명가와 종교인이 그렇듯 모든 인간이 평등하고 존엄하다고 말하지만, 여성에게는 조건이 붙었다. 민중의 고통에 눈물 흘리면서 '된장녀'의 고통은 가십거리가 됐다. 그에게 나는 밥그릇, 기특한 여자친구, 혁명적이고 현명한 예비 아내였다.

그는 자신이 만들고 싶은 세상을 위한 동반자를 원했다. 그의 이상형이 되기 위해 나는 내 몸을 채찍질했다. 빌빌거리는 몸, 욕망하는 내 몸은 이 사회에서와 마찬가지로 그의 세계에서도 소외됐다.

온몸으로 나눈 듯 나누지 못한 교감의 빈 공간은 채워지지 않았다. 몸이 가장 먼저 고통을 말했다. 새벽마다 악몽에 시달리다가 깨어나 혼자 울다 잠들고, 밥을 먹으면 체하기를 반복했다. 그는 아픈 내게 두통약과 소화제를 챙겨주었지만 효과는 일시적이었다. 몸과 마음은 점점 병들어갔다. 함께 활동하던 진보정당이 해산되면서 우리는 순서를 밟듯 헤어졌다. 체하던 습관은 4년의 동거가 끝나면서 사라졌다.

고귀한 혁명과
동물적 섹스

이따금 그와 살던 공간이 꿈에 나온다. 나는 여전히 짐승처럼 울고, 그는 내 고통의 언어를 이해하지 못한다. 나를 종북 빨갱이라고 낙인찍는 사회와 문란한 여자를 배척하는 운동 조직, 정상인이 되라고 채찍질하는 정신과 의사에게 소외되었던 것처럼, 자신의 이상형이 되기를 요구하는 그의 사랑에서도 내 존재는 소외되었다. 그와 이별한 후 나는 그림을 그리면서 치유되고, 해방되었다. 캔버스는 내 몸과 고통, 욕망을 소외시키지 않는 유일한 장소였다. 우리는 서로 언어가 달랐던 것일지도 모른다. 내 언어는 물감처럼 헐거웠고 그의 언어는 계단처럼 빈틈없었다.

그는 사치스러운 여성을 경멸하는 만큼 어머니 혁명가를 추앙했다. 섹스를 경멸하면서도 엄숙한 것으로 신비화했다. 여성에 대한 그런 이중적 잣대가 여성혐오라는 걸 그때 나는 몰랐다. 그의 고귀한 혁명 정신은 동물 같은 우리의 섹슈얼리티를 배제했다. 초월적 정신이 뒤엉킨 육체를 배제하고, 확실한 것이 불확실한 것들을 배제해온 것은 오래된 역사다. 나는 섹슈얼리티 억압에서의 해방이 고귀한 경전이나 혁명의 역사를 읽는 일보다 더 중요하다고 생각한다. 섹슈얼리티의 억압이 모든 여성과 남성, 육체와 정신, 야만과 문명 등의 이분법과 차별을 부추겨왔기 때문이다. 지금까지 인류의 종교와 혁명은 여자와 여자의 섹슈얼리티를 누락한 반쪽 사상이었다.

그 에 게   보 내 는   편 지

  잘 지냈나요. 나는 이제 체하지도 않고, 불면증에 시달리
지도 않아요. 물론 여전히 모든 것에 취약하지만요. 하지만
지금은 아픈 나를 있는 그대로 인정하고 있어요. 옛날에 나
는 물렁하고 허약한 몸과 마음을 가진 내가 싫었어요. 꼭 무
엇을 하지 않으면 가치 없는 존재라고 느꼈거든요. 아픈 나
는 이 세계에서 쓸모없는 존재였으니까요. 혁명에서도 말이
에요.

  당신은 내 아픔을 치료해야 하는 것으로 여기고 약을 챙
겨줬지만, 어쩌면 나는 당신이 "아파도 괜찮아, 네가 어떤
모습이어도 좋아"라고 말해주길 바랐는지 몰라요. 당신과
만나면서 나는 여성의 옷을 입었다가 벗고, 혁명가의 옷을
입었다가 벗느라 지쳤던 것 같아요. 내가 꼭 그 옷들을 입지
않아도 여성, 혁명가이기 전에 당신이 나를 한 인간으로서
있는 그대로 사랑할 거라는 확신이 있었다면 나는 많이 아
프지 않았을까요. 좋은 혁명가가 되기 위해서 나는 내 욕망
과 아픈 나를 부정해야 했어요.

「감각의 거리」, 2013

사랑을 하기에 우리는 몸이 너무 무거웠던 것 같아요. 사랑은 모든 기존 질서를 뚫어버릴 우리의 우주이고 그 자체로 폭탄이에요. 자본주의적 인간에게 사랑이 어려운 이유는 자기 정체성을 해치지 않는 선에서 계산하는 관계만 맺기 때문이라고 우리는 말했어요. 그런데 자본주의를 비판하는 우리 세계에서 역시 있는 그대로의 서로가 존재할 자리는 없었어요. 노동의 소외, 인간의 소외라는 거대 담론을 말하면서, 정작 우리는 서로를 세계에서 소외시키고 있지 않았나요. 왜 나는 당신 앞에서, 당신의 부모님 앞에서 우리의 섹스를 부끄러워해야 했나요. 당신은 우리의 섹스가 수치스럽다고 느꼈나요? 혁명가는 여자랑 섹스하면 안 되나요? 혁명가에게 여자는 무엇인가요? 그럼 여자인 나는 혁명가가 아니었나요?

나는 우리가 편협하다고 평가했던 페미니즘을 공부하며 지내요. 역사에서 혁명은 늘 가부장 남자들의 밥그릇 투쟁의 역사가 아니었나요. 말로는 모든 인간의 해방을 말하지만, 말하는 사람은 모두 가부장 남성이었어요. 그래서 나는 가부장 유토피아를 거부해요. 당신이 신봉하는 '쉬운' 휴머니즘을 거부하는 이유이기도 하고요. 페미니즘은 구체적인 휴머니즘, 실재하는 휴머니즘이에요. 우리가 고기를 먹으면서 민중해방을 외쳤던 그때보다, 양배추를 삶아 먹고 방바닥을 닦으면서 사는 요즘이 더 혁명적이라고 느껴요.

　지금쯤 어디선가 열심히 미 제국주의와 자본, 국가권력을 비판하면서 여성혐오 이슈 앞에서 팔짱을 끼고 '페미니즘은 너무 감정적이고 전략을 모른다'고 평하고 있을 당신이 상상되네요. 예전에 나는 혁명을 했지만, 지금 나는 혁명을 살아요. 당신의 섹스와 오늘도 혁명이길 바라요.

「My body is not an object」, 2017

나는
작은 것에
분개하지
않았다
:
호모소셜의
혁명

나는 김수영 시인을 좋아했다. "시까지도 잊어버리는 삶, 온몸으로 쓰는 시!"라고 고함치는 맨몸의 진정성이 좋았다. 그가 우산이 부서지도록 마누라를 때린 것을 시로 적어놓아도 특별히 부대끼지 않았다. 그는 시 「어느 날 고궁을 나오며」에서 "나는 왜 작은 것에만 분개하는가"라고 말하며, 사회의 부조리에 대해 통찰하고 자신의 옹졸함을 성찰하고 각성한다. 작고 사소한 일상의 적들이 아니라, 진짜 적에 대해 생각했다. 세월호 참사 이후 더욱더 걷잡을 수 없이 막나가는 정권의 악랄함에 몸서리쳤다. "시는, 온몸으로 밀고 나가는 것이다!"라는 시인의 고함 소리를 품고, 공사장 벽에 대통령 풍자 그라피티를 새기고 광장에서 맨발로 퍼포먼스를 했다.

나는 작은 것에 분개하지 않았다. 처음 보는 사람이 내 외모에 대해 평가해도 분개하지 않았다. 지인이 술에 취해 모텔로 끌고 가려고 손목을 붙잡고 놓지 않았을 때처럼 위협을 느끼는 상황에서도, 나는 그의 행동을 폭력이라고 말하지 않았다. 술 마시고 하는 실수이거나 흔한 한국사회의 문화라고 느꼈다. 사소한 것에 분개할 에너지를 아껴야 한다고 생각했고, 국가권력이 저지르는 몰상식한 폭력에 비하면 이것은 그 축에도 못 낀다고 여겼다.

'왜 작은 것에 분개하려 하는가? 큰것에, 진짜 적에 분개하자.' 이런 내 시야에서 그들은 시스템의 희생양, 국가권력에 탄압받는 나와 같은 비참한 인간일 뿐이었다. 내 자비로움은 그들과 여전히 좋은 인간관계를 유지하게 했다. 그들은 그런 일이 있고 나서도 여전히 나를 다정한 친구, 친한 동료로 느꼈다. 그것이 너그러운 나에게는 감수할 만한 익숙한 불편이었다.

여성의 몸을 빗댄

풍자쯤이야……

국회에서 국정교과서가 날치

기로 통과된 후 정부청사 앞에서 밤을 지새웠다. 예술행동을 하느라 바빴던 어느 날 한 작가 선배에게 연락이 왔다. 국정교과서 문제에 여성과 남성의 권력관계를 대입해 풍자화를 그려서 공유했는데, 온라인에서 여성을 대상화했다며 비판받고 있다고 했다. 그러면서 "네가 보기엔 어때, 문제가 있는 걸까?"라고 물었다.

풍자화를 찾아봤다. 그림 속 여성이 도구처럼 이미지화된 것은 맞지만, 폭력이라고 느끼진 못했다. 너무 선정적인 이미지를 많이 봐와서일까. 그 정도의 불편은 '원래 있는 불편'으로 여겨졌다. 선배에게 말했다. "제가 봤을 땐 괜찮은데요. 여성들이 봤을 때 불편할 수 있겠지만, 그렇게 폭력적이진 않아요. 그리고 여성이 아니라 권력을 풍자하려는 의도니까요." 선배에게 나는 "힘내세요, 신경 쓰지 마시고"라는 말을 덧붙였다.

당시는 온라인에서 페이스북 페이지 메갈리아를 중심으로 많은 여성이 여성을 대상화하는 행위를 사회문제로 공론화하기 시작하던 때였다. 그들은 미디어와 기업에서 여성을 도구화하는 광고에 항의하고, 기득권 정치인의 성추행 발언과 성추문을 비판하고, 성인사이트 소라넷의 몰카 영상 유포 문제를 고발했다. 페미니즘을 잘 몰랐을 때에도 그들의 문제의식에 공감했다. 하지만 선배의 연락을 받은 후, 권력을 풍자하는 작가까지 비판하는 그들이 불편해졌다.

'왜 그 정도의 불편도 감수하지 못하는 걸까. 지금 시국이 어느 때인데, 왜 저 사람들은 시국의 심각성을 고려하지 않고 아무에게나 문제제기를 하는 걸까.' '혹시 일베나 정권에서 풀어놓은 댓글 알바는 아닐까.' 김수영 시인의 정신도 떠올랐다. 왜 그들은 조그마한 일에만 분개하는 걸까. 키보드로 분개하고 있을 시간에 광장으로 나와서 국정교과서 막는 일 좀 거들어주지. 내게 여성의 몸에 대한 풍자는 익숙한 한국의 '저항' 문화였던 것이다.

효녀를 지켜주는
오빠연합

몇 개월 후, 한일 정부 간에 일본군 위안부 문제 협상이 졸속으로 타결되었다는 소식을 들었다. 나는 광화문 소녀상 앞에서 예술행동을 시작했다. 어버이연합이 온다는 소식을 듣고, 즉흥적으로 '대한민국 효녀연합' 퍼포먼스를 했다. 퍼포먼스가 언론에 노출되면서 나는 많은 오빠와 아저씨의 응원을 받았다. 효녀연합 페이스북 페이지에 '좋아요'를 누른 사용자의 70퍼센트가 남성,

그중 60퍼센트가 이른바 486세대 사람들이었다.(페미니즘 게시물을 올리기 시작한 후로는 여성 비율이 늘었다.)

페이스북 페이지를 개설하고 얼마 안 있어 효녀를 지켜 주겠다는 오빠연합도 생겼다. 당시 나는 무조건 더 많은 사람이 일본군 위안부 이슈에 관심을 갖는 것이 우선이라고 생각했다. 오빠와 아저씨들의 반응이 왜 문제인지 느낄 겨를도 없이, 나는 마냥 신이 났다. 오빠연합은 효녀연합의 팬클럽 같았다. 마치 아이돌을 응원하는 오빠들처럼. 쏟아지는 응원과 칭찬의 메시지가 부담스럽기도 했지만, 사람들이 나를 대단한 무엇으로 본다는 건 유혹적이었다.

사람들은 나를 칭찬하고, 응원하거나 기특해했다. "기특한 개념녀, 지켜주고 싶은 우리의 효녀"라는 말들은 단어 선택만 달랐지 지금까지 맺어온 남자 선배, 동료들과의 관계에서 주로 느꼈던 '애정'의 표현이 아니었던가. "너는 우리의 꽃이야, 빛이야, 간판이야" 따위의 표현 말이다. 그런 공기를 마시고 살아온 사람이 공기가 잘못되었다고 느끼기란 쉽지 않다. 뭔가 이상하고 찝찝한데, 늘 그래왔던 것처럼 '작은 것에 분개하지 말고 대의에 집중하자'고 생각했다.

그러나 내가 여성으로 드러나고 오빠들이 응원을 하기 시작하면서 애초 이슈의 본질이었던 일본군 위안부 문제는 점점 중심에서 벗어났다. 여성 폭력의 역사를 말하고 있는 광장에서 여성이 또다시 대상화되는 참사가 벌어지고 있었던 것이다. 특히나 '오빠'는 나를 지켜주겠다고 하면서, 또 내가 더 잘 아는 걸(예컨대 정치) 굳이 가르치려 드는 불편하고 끈적한 관계가 아니었나. 그 관계의 메타포가 '효녀연합과 오빠연합'이 아닌가. 이런 생각을 하니 불쾌해졌다. 나는 광장에서 퍼포먼스를 했을 뿐인데 갑자기 누군가가 지켜줘야 하는 효녀가 된 것이다. 내 의미와 의도와는 상관없이 나는 '여성'으로 읽혔다. 박근혜 대통령의 오만가지 잘못을 뒤로하고 하필 여성인 걸 부각시키는 것처럼. 지금까지 해온 내 작업과 관계없이 "여성임에도 불구하고"가 부각됐다. 인터넷 커뮤니티에서는 내가 전하고자 한 메시지가 아니라 내 외모에 대한 품평이 벌어졌다. 저런 여자가 정치에 관심이 있다는 의외성에 기특하다고 칭찬하거나, 저렇게 나대는 걸 보면 관심종자인 게 분명하다는 등의 댓글이 따라다녔다. 목소리를 내는 여자는 관심종자가 되고, 연대의 대상이 아니라 연애의 대상이 된다.

왜 작은 것에
분개하니?

　　　　　　　　뭔가 찝찝하다고 느끼면서도 큰 것에 집중해야 한다는 압박감에 혼란스러웠다. 그때 언니가 효녀연합을 맹목적으로 응원하고 영웅화하면서 여성을 대상화하는 시선을 비판하는 글을 공유해주었다. 나는 나를 포함해 많은 사람이 성찰하기를 바라는 마음으로 그 글을 공유했고, 같은 문제의식을 느낀다고 표현했다.

　그런데 사람들의 반응은 놀라웠다. '왜 지금 시국에 여성 이슈로 몰고 가냐, 대의를 위해 힘을 합쳐야지.' '잔칫상에 재 뿌리지 말자.' 어떤 사람들은 '언니가 동생을 질투해서 그러네'라는 식으로, 여성의 적은 여성이라는 여성혐오 프레임으로 우리 관계를 조롱했다. 언니와 나의 관계성을 떠나 이것은 인격 살인이라고 느꼈다. 꼭 그 자리에 서서 그런 이야기를 했던 역사 속 많은 여성에게 가해졌던 인격 살인 말이다.

　이런 폭력을 목격하면서, 나는 내가 임의로 진단해버렸던 '작은 문제'에 대해 성찰할 수 있었다. 집단적 폭력을 고발하고 공론화하는 일은 작은 일도, 사적인 일도 아니다. 누가 누구의 고통을 함부로 작은 것이라고 재단하는가? 여성의 고통은 늘 작고 사소한 것으로 취급받아왔다. 여성이 말하는 문제는 사회문제로 인식되지 못하는 것이 문제다. 그리고 내가 폭력의 시선과 표현 속에서 가만히 있는 만큼, 내가 방관한 폭력들이 더 딱딱한 돌멩이처럼 굳어진다는 걸 알게 되었다. 내가 두고 간 돌부리에 누군가는 계속 걸려 넘어질 거라는 것도. 내가 할 수 있는 일은 내 앞의 돌멩이를 하나씩 치우면서 구체적인 오늘을 청소하고, 창조하는 일이다.

내가 느끼는 불편함과 불쾌함을 솔직하게 표현하기 시작했다. '효녀'의 상징적 의미에 맞지 않게 가부장의 호의를 (감히) 거부하고, 그들의 심기를 거스르는 말을 하기 시작한 것이다. 사람들은 왜 거기서(여성 이슈에 걸려버려서) 멈춰 있느냐고, 다시 전처럼 나와서 대의를 위해 투쟁해달라고 했다. 언니와 나 둘 다 페미니즘에 대해 잘 알지도 못했는데, 작은 것에 분개하는 페미니스트라고 세간에 오르내렸다. "큰일을 해야지, 왜 작은 것에 분개하나요. 대의를 위해주세요. 원래 유명해지면 구설수에 오르고 그래요. 그럴 때일수록 담대하게 통 크게 쿨하게 행동해주세요." 사람들은 내게 여전히 저항의 예능감, 대인배적 세련됨을 기대했다. 하지만 이 문제는 예능의 이슈가 아니라, 폭력과 삶의 이슈다.

나는 예전의 내가 중얼거리며 페미니스트를 비난했던 것처럼, '작은 것에 분개하는 여자'로 나를 바라보는 그들의 시선에 환멸을 느꼈다. 그렇게 톡톡히 값을 치르며 깨지고 배웠다. 이건 결코 작은 일이 아니라는 걸.

저항의 예능감:
여성 섹슈얼리티 활용 전략들

정치와 예술 모두 남성이 중심인 사회에서 '가부장'은 문화적 코드로, 여성이 대상화되는 것은 문화적 행위로 간주되어왔다. 웃자고 하는 소리로 여성의 외모나 나이를 거들먹거리는 일상의 문화처럼. "풍자는 풍자일 뿐" "예술은 예술일 뿐"이라고 말한다. 여성을 대상화한 게 아니라고 발뺌할 수 있는 권력은, 자신의 위치성을 모르는 의도된 무지에서 나온다.

몇 년 전에는 팟캐스트 '나는 꼼수다'에서 구속된 정봉주 의원을 응원하는 비키니 입은 여성의 몸에 대한 성적 발언이 논란이 되기도 했다. 그때도 나를 포함해 그들을 옹호하는 사람들은 말했다. "왜 이렇게 예민하고 진지해, 사소한 것에. 웃자고 한 얘기인데. 시국이 어느 때인데!" 이미지 권력의 시대다. 더군다나 거대권력에 맞서기 위해 우리 편의 '쪽수'가 중요하다는 사고방식. 그런 사고방식으로 꽉 차 있던 나 역시 여성들의 불편함은 부차적인 문제이고, 그런 표현이 폭력이라는 걸 알지 못했다.

남성 동료들, 남성 선배들은 저항에도 '예능감'이 필요하고, 예능감에 여성 섹슈얼리티의 매력은 중요하다고 생각했다. 집회를 축제처럼 하자는 문화기획자, 예술행동을 하는 선배 모두 여성의 섹슈얼리티를 은근히 활용했다. 대기업부터 자영업자들까지 짧은 치마를 입고 춤추는 여자들을 마케팅 비주얼로 쓰는 것처럼. 대상이 되지 않는 남성 관객에게 무대는 잔칫상이고 신나는 축제다. 여성은 저항의 주체이면서도 (여성 게임 캐릭터가 그러하듯) 매력적인 여전사가 되기를 주문받는다. "유능하면서도 아름다워져라"라고 말하는 사회의 주문처럼, '얼굴도 예쁜데, 개념까지 있는' 개념녀를 주문한다. 이런 문화 속에서 나는 훌륭하고 거뜬하게 적응했다. 불편한 순간도 있었지만 익숙한 공기였다.

최근에는 대통령 누드 풍자화가 논란이다. 나였다면 그런 그림을 그릴 수 있었을까? 그릴 수 없었을 것이다. 입장과 체감의 차이다. '일베'에 의해 내 얼굴과 나체의 이미지를 합성당한 적이 있기 때문에, 그런 풍자화를 그릴 생각도 상상도 할 수 없다. 첫 번째는 그것이 폭력이라는 걸 몸의 감각으로 알기 때문이고, 두 번째는 이 사회의 최고 강자에게 약자 이미지를 씌워주어 약자 코스프레로 물타기할 기회를 주지 않기 위해서다.

　박근혜 대통령은 선거 때부터 '최초의 여성' 대통령이라고 스스로의 정체성을 규정했다. 그러나 박근혜 대통령은 여성의 아이콘이 아니라 가부장제의 아이콘이다. 길거리에서 성추행을 당하고, '결혼이냐 정규직이냐'를 중대한 인생의 문제로 걱정하는 여성이 아니라, 대한민국의 권력을 통째로 쥐었던 아빠의 딸이다. 가부장의 딸, 비련의 효녀는 사라진 가부장의 향수를 불러일으켰을 뿐이다.

　여성을 들먹이며 권력자들이 물타기하는 건 하루 이틀 일이 아니다. 국정원 여직원이 댓글 조작으로 대선에 개입하는 헌정 파괴의 범죄를 저질렀을 때도, 그들은 뜬금없이 여성 인권 문제를 들이밀었다. 여직원의 인권을 이유로 실루엣 청문회를 했다. 청문회가 끝나고 나가는 뒷모습이 찍힌 사진에는 현란한 무늬의 미니스커트와 반짝이는 백, 하이힐을 신은 국정원 '여'직원이 있었다. 대선 여론을 조작한 무시무시한 국가권력의 남용 문제를 여성의 이미지로 몰아간 것은 효과적인 전략이었다. 박근혜 대통령은 그 범죄 현장을 붙잡기 위해 문 앞을 지켰던 사람들의 행위가 '여자를 감금하는 성폭력범'이나 하는 짓이라고 표현했다.

대통령 누드 풍자화는 박근혜 대통령이 원하는 '여성' 프레임 속으로 들어감으로써 그들의 힘과 명분을 강화시켜주었다. 전략의 실패를 넘어, 그들의 전략 속으로 기어들어간 셈이다. 그들은 기다렸다는 듯이 표현의 자유와 성희롱할 자유를 하나의 범주로 묶어서, 예술 검열이 어느 정도 필요하다고 주장한다. 왜 굳이 권력자들을 여성으로 대상화해서 문제의 본질을 흐리고, 그들이 원하는 물타기를 돕는 것일까? 왜 그 정도 전략밖에 상상하지 못할까.

권력자에 이용되고,
저항으로 활용되는 '여성'

우산으로 때린 마누라가 시의 소재가 되는 것처럼, 여자는 단지 예술과 정치의 좋은 소재, 매력적인 대상이다. 시대는 흐르지만, 여성을 도구화하는 문화를 가장한 폭력은 계속된다. 이는 결코 작은 일이 아니다. 부패한 국가권력은 여성의 이미지를 이용하고, 부패한 국가권력에 저항하는 남성들도 여성의 이미지를 활용한다. 교활하게 이용하거나 쿨하게 풍자하거나.

남성 시청자들만의 혁명을 원하지 않는다. 사회 구성원의 반을 차지하는 인간들을 설득하려면 그들을 대상화해서는 안 된다는 건 깊이 생각해보지 않고도 나오는 결론이다. 당위뿐 아니라 전략으로도 여성을 대상화하는 일은 좋지 않다. 많은 여성이 광장에 나왔고, (실은 오래전부터) 여자가 정치'에도' 관심이 있는 것은 의외성이 아니라는 것을 읽지 못하는 게으름이다. 혹은 그렇게 믿기지 않는(믿을 수 없는) 고집이거나.

나는 이제 우산으로 마누라를 때리던 그 시인을 좋아하지 않는다. 피부로 만나는 작가들이 생겼기 때문이다. 온 삶으로 부조리를 부수고 다녔던 나혜석 작가, 창녀도 혁명에 포함시켜준 고정희 시인, 자기기만을 부수는 고통의 언어로 말하는 최승자 시인. 그녀들이 있어 외롭지 않다.

페미니즘을 만나면서 글 쓰는 방식도 변했다. 예전처럼 선험적이고 추상적인 단어들을 쓰지 않으려고 노력한다. 나를 메시아적 위치에 갖다놓은 과도한 진정성은 폭력의 경중을 따지며 구체적인 타인의 자리를 상상하기 어렵게 만들기 때문이다. 그런 저항에서 남는 건, 사업의 수완과 쿨한 예능감뿐이다. '섹시한 진보!' 그런 식의 저항이 많은 깃발을 만들어낼 수 있을지는 몰라도 구체적인 일상과 삶을 움직이진 못한다. 우리에게 필요한 건 누군가를 대변할 유능한 영웅이 아니라, 모든 사람이 자기 삶을 직접 말할 수 있는 환경과 관계다.

종종 상상한다. 그때 여성을 소재로 국정교과서 풍자화를 그린 선배에게 "이건 좀 문제가 있는 것 같은데요. 풍자는 모든 사람이 웃을 수 있어야 하는데, 이건 여성을 배제하는 작업인 것 같아요. 그리고 여성인 저도 이 그림이 불쾌해요"라고 말했다면. 그럴 수 있었다면.

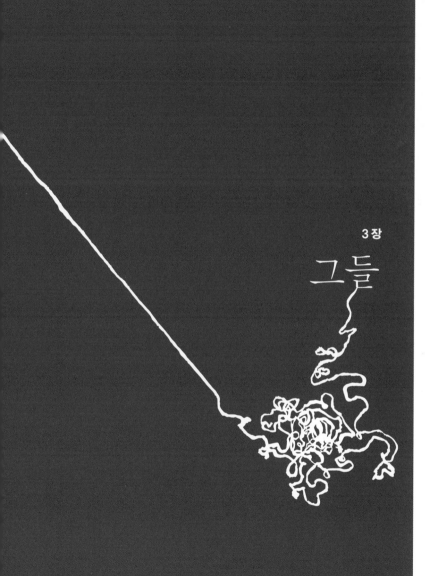

3장

그들

「담뱃불을 켜는 여자」, 2016

섹슈얼리티와
권력
:
여성의 몸은 정말
권력이 될 수 있을까

들을 때마다 징그러운 말이 있다. "세상을 지배하는 것은 남성이고, 그 남성을 지배하는 것은 여성이다." 남성을 쥐락펴락할 수 있는 여성이 밖으로 드러나지 않는 최고 권력자라는 뜻이다. 남성의 권력은 그 스스로의 힘이고, 여성의 권력은 남성에게 얼마나 매력적으로 보이느냐에 달려 있다는 말이기도 하다. "예쁜 여자는 고시 패스한 격"이라는 농담 같은 진담도 있다. 남자들은 사회에서 성공하고 인정받으려면 엄청 노력해야 하는 반면, 여자는 타고난 '몸'이라는 자원 덕분에 원하는 것을 손쉽게 얻을 수 있다는 얘기다.

이런 인식에서 '여자'라는 기호는 사회적으로 차별받는

존재가 아니라 선천적인 권력을 가진 강자로 표현된다. "페미니즘은 무슨. 여자들이 뭘 차별을 받아? 여자가 제일 살기 편해!"라고 말하는 남자들의 심리에는 '나는 이렇게 노력하는데, 자기 몸만 믿고 무임승차'하는 여자를 경멸하는 기이한 정의감이 깃들어 있다. 여자의 치마가 짧아지는 만큼, 여성의 인권과 자유도 올라간다고 착각하는 것이다. 여자의 브래지어가 얼마나 가슴을 답답하게 하는지 그들은 알지 못한다. 혼전순결을 거부하고, 혼전동거를 하거나 원나잇을 하는 여성이 많아진 것, 자신의 성 욕구를 솔직하게 이야기하는 여성이 많아졌다는 것도 그들이 주장하는 여성상위시대의 모습이다. 하지만 자신의 성 욕구를 말할 수 있는 자유는 사회의 기본값이다. 그런데도 왜 여성에 대한 폭력과 살인은 수그러들지 않는가?

애교는 나의 무기

　　　　　　　나도 내 섹슈얼리티가 '권력'이라고 생각해왔다. 아주 어려서부터 '생존'을 위해 여성의 역할을 체득했으니까. 나의 첫 여자 역할은 애교 많은 막내딸이었다. 2녀 중 막내로 태어난 나는 아빠의 화를 풀어주는 귀염둥이였다. 아빠가 화나 있을 때면 혀 짧은 발음으로 노래를 부르거나, 귀여운 말투로 화제를 돌렸다. 그의 힘과 대등하게 맞서서 "아빠, 나한테 욕하지 마세요"라고 정중하게 말하거나 "아빠! 나한테 왜 그러는데. 내가 동네북이야?"라고 도발하면 집기가 날아오거나 욕설이 더 심해졌다. 그보다 '나는 당신의 싸움 상대가 아니에요. 당신이 보호해줘야 하는 여린 존재랍니다'라는 걸 표현하는 애교가 손쉽고 효과적이었다.

아빠의 화가 풀어지지 않아서 언니나 엄마에게 더 큰 폭력이 미치지 않도록, 나는 필사적으로 눈치를 보면서 애교를 부렸다. 그리고 어린 내가 아빠의 화를 풀어줬다는 효능감은 스스로 내게 특별한 힘이 있는 것처럼 느끼게 했다. 언니와 엄마는 종종 내게 대단하다며 말했다. "그래도 아빠가 승희 말은 잘 들어." 나는 무언가를 부탁할 때마다 아빠에게 애교를 부렸다. 아빠는 거의 흔쾌히 부탁을 들어줬다. 가족 중 아무도 하지 못하고 나만이 할 수 있는 애교가 능력처럼 느껴지고 우쭐해졌다. 귀여운 애교와 누군가가 지켜줘야 하는 연약한 여성성은 나의 무기였다.

이후로도 나는 남자친구를 만날 때 혀 짧은 소리로 사랑을 표현하길 즐겼다. 무언가를 부탁할 때도 "오빠, 나 그래또. 무서운 꿍꼬또"라고 말하는, 패러디되는 그 말투를 나는 습관처럼 즐겨 썼다. 어린아이 같은 표정과 말투와 몸짓은 내가 지켜줘야 하는, 그래서 귀엽고 사랑스러운 대상이 되게 했다. 나는 그가 사랑해주는 것이 좋았고, 그것이 나의 능력이자 힘이라고 느꼈다.

애교 작전이 통하지 않을 때도 있었다. 애교는 막강해 보이지만 사실 너무도 허약한 무기였다. 애교로도 풀어지지 않을 만큼 아빠가 화가 난 날에는 도망 다니는 수밖에 없었다. 아빠가 들어오지 못하게 방문을 걸어 잠그고 비명을 지르거나, 성급히 집을 나와버렸다. 폭력 앞에서 무력해지는 내가 싫었다. '내가 아들이었다면, 남자였다면 저렇게 함부로 했을까' 생각했다. 주먹을 꽉 쥐고 "나는 나중에 힘센 남자랑 결혼할 거야"라고 중얼거리기도 했다. 유치하고 우스꽝스러운 생각 같지만, 당시의 나는 진지했다. 그런 내가 해야 하는 일은 외모를 꾸미는 일이었다. 그들과 대항해 무기를 들고 계속 싸우는 대신, 그들이 나를 함부로 건드릴 수 없도록 나를 사랑해버리게끔 유혹할 수 있는 '예쁜 여자'가 되거나, 그런 나를 사랑해주고 지켜줄 수 있는 남자를 만나는 것이 중요하다고 느꼈던 것 같다. 텔레비전 속 드라마, 예능 프로그램에서 예쁜 여자를 대하는 방식은 그런 다짐에 힘을 실어줬다. 남성에게 매력적으로 보이는 것은 여성의 능력이자 권력이었다.

섹시하되 순결해야 한다

중학교에 들어가자 나는 어서 힘 있는 어른이 되기 위해 몸을 가꿨다. 내가 어른이 되기 위해서는 '여자'가 되어야 했다. 남성의 시선에 매력적인 여자. 텔레비전에서 나오는 연예인들처럼 예쁜 여자 말이다. 선천적으로 멜라닌 색소가 많은 나는 비비크림을 바르고 화장을 시작했다. 눈썹을 다듬고 렌즈를 끼고 파우더를 바르고, 아이라인을 그렸다. 하지만 단순히 화장을 해서 예뻐지는 것으로는 부족했다. 예쁘되 너무 과도한 메이크업이나 의상은 헤퍼 보인다고 이런저런 미디어에서 조언해주었다. 화장은 안 한 것처럼 자연스러워야 하고, 그렇게 자연 미인에 가까우면서도 섹시해야 한다. 하지만 섹시하면서도 헤퍼 보이진 말아야 한다. 예쁘고 섹시하면서도 청순해야 했다. 말이 너무 많으면 질리고, 말이 너무 적으면 내숭을 부리는 것 같으므로 성격은 털털해 보이면서도 여성스러워야 했다. 털털하면서도 순수하고, 잘 웃으며 애교 있는 말투로 귀여운 매력도 있어야 한다. 가끔 사연이 있는 것처럼 눈물을 글썽이는 표정으로 말하면서, 보호 본능을 자극할 줄도 알아야 했다. 여성의 옷은 까다롭고 정교했다. 그러나 그것들을 소화시키지 않으면 정상적인 여자 어른이 될 수 없을 거라고, 혹은 뒤처질 거라고 나는 불안해했다. 나는 열심히 자연스러운 화장을 연구하고, 렌즈를 끼고, 교복 치마를 적당히 짧게, 블라우스를 적당히 조이게 입고 다녔다. 학교 선생님들은 귀걸이와 화장, 렌즈를 단속했지만 교복 치마를 입고 춤추는 여자 아이돌도 다 하는 화장을 우리만 못하게 하는 세상이 이상했다.

중학교 때 여성의 섹슈얼리티는 권력으로 작동했다. "저 언니는 대빽이 있대." "건드리면 큰일 나겠네. 저 언니 조심해야겠다." 친구들과 나는 수군거렸다. 대빽은 말 그대로 큰 빽이라는 뜻이다. 힘센 고등학생 남자 선배에게 몸을 '대주고' 대신 모두로부터 보호받을 수 있는 그녀를 건드리는 사람은 없었다. 많은 사람이 뒤에서 걸레라고 수군거렸지만, 대놓고 멸시하진 못했다. 여자의 권력은 물리적 힘이 아니라 '얼마나 힘이 센 남자친구가 있는가, 혹은 얼마나 힘이 센 남자의 여자친구와 가까운가'로 결정됐다. 이미 그 시절에도 남자의 권력은 자신의 물리적 힘이었지만 여자의 권력은 남자를 통한 권력, 곧 섹슈얼리티와 연결되었다.

그런 환경에서 나는 인기 있는 여자, 남자친구에게 사랑받는 여자친구가 되고 싶었고, 그 꿈을 어렵지 않게 이룰 수 있었다. 하지만 중학교 때 또래 남자애들은 대부분 성적 호기심 때문에 여자를 만났다. 그런 남자애들에게 여자는 그저 '따먹는' 대상이었다.(어른 남자도 그런 태도가 허다하지만.) 열다섯 살 때의 첫 경험, 아니 첫 강간 이후 그 사실을 감각으로 알게 된 나는 모든 남자가 징그럽고 싫었다. 누군가가 연락해오면 '나랑 자고 싶은 건가?' 의심했다.

이성 친구와의 로맨틱한 순정만화 같은 판타지는 식어버렸다. 그보다는 나를 사랑해주고 지켜줄 수 있는 남자의 권력에 관심이 갔다. 사람들이 나를 함부로 대하지 않도록 할 수 있는 권력, '쟤 누구랑 잤대, 저 여자애 누구한테 따먹혔대!' 하는 뒷말이 감히 돌지 않을 만큼 나를 보호해줄 수 있는 힘이 센, 호모소셜에서 인정받는 남자가 필요하다고 느꼈다. 전 남친의 성폭력과 모르는 남자들의 성추행으로부터 나를 지켜줄 또 다른 '남자친구'를 찾은 것이다. 영화 속 가정폭력 피해자가 가정에서 도망쳐 자신을 지켜줄 또 다른 가부장을 찾게 되는 것처럼.

그 시기 소위 '일진'이라 불리는 남자애를 알게 되었고, 연락을 주고받다가 사귀게 되었다. 가끔 만나 손을 잡고 거

리를 거닐거나, 노래방에서 어깨를 기댄 게 전부였다. 어느
날 그에게 다급히 연락이 왔다. "너, 그 선배랑 잤어?" 그는
나에게 화가 난 듯, 혹은 속았다는 듯 그 선배의 연락처를
요구했다. 내가 좋아하는 여자애의 순결을 뺏어간 그를 혼
쭐낼 작정인 것처럼. 그 후로 그와 연락을 끊었다. 나는 '누
군가의 여자친구'로서 권력을 유지하려면 순결해야 한다는
교훈을 얻었다.

예상대로 그와 만난 뒤로는 내게 치근덕대는 남자애들이
없었다. 나는 무사히 학교를 다닐 수 있었다. 이후에도 나
는 힘이 있는 남자, 남성 사회에서 인정받는 남성에게 끌렸
다. 그의 권력이 곧 나의 권력이었으니까. 중학교 졸업반이
되었을 때, 어떤 선생님은 너희도 세상물정을 알아야 한다
며 '여자의 인생'에 대한 말을 꺼냈다. "여자 인생 뒤웅박 팔
자야. 좋은 남자 잘 만나면 인생은 그냥 피더라고." 별로 새
롭지 않은 말이다. 엄마와 친척들, 미디어에서 누누이 듣고,
간접적으로 이미 경험한 사실이었다. 나와 친구들은 여성이
어떻게 세상에서 유통되는지 알고 있었고, 여자로 태어난
우리가 '잘' 살기 위해 혹은 살아남기 위해 어떤 규범을 입
어야 하는지 눈치챈 지 오래였다.

선생님은 조언을 덧붙였다. "그러니까 남자를 많이 만나

봐야 해. 공부만 하지 말고 남자애들도 만나봐. 그래야 어떤 남자가 괜찮은지 알아. 그런데 헤프게 몸을 주지는 마. 경험이 많은 남자들은 첫날밤에 한번 삽입해보면 그 여자가 처음인지 아닌지 안다고 하더라." 선생님의 말은 결혼하기 전까지 섹스하지 말라는 협박처럼 들렸다.

'순결을 잃은' 나는 끝난 건가. 선생님의 말을 들은 친구들의 표정이 어땠는지는 기억나지 않는다. 나는 혼자 고민이 깊어졌다. '어쩌지, 나는 벌써 순결을 잃었는데…….' 섹슈얼리티 권력은 조건적이었다. 섹시하되 순결해야 했다. 스무 살 때 만난 남자친구와 섹스를 하고, 나는 처음이라고 거짓말을 했었다. 사랑받지 못할까봐, 그가 내게 실망할까봐 그랬을까.

여성의 몸, 그리고 권력

청소년기 때 내 섹슈얼리티가 정글 같은 힘과 연결되었다면, 성인이 되면서는 사회경제적 권력과 연결됐다.

열아홉 살 때 일식집에서 아르바이트를 할 때였다. 시급 3000원 이하로 일했던 패스트푸드점과 달리, 그곳은 시급이 7000원이었다. 아슬아슬하게 살이 드러나는 유카타를 입고 서빙을 하고 손님 옆에 앉아서 사시미 코스로 나오는 회를 앞 접시에 놔주는 일이었다. 성적 발언과 끈적한 시선을 견뎌야 했지만 손님들이 주는 팁은 넉넉했다. 가진 것 없는 여성인 내가 할 수 있는 가장 경제적인 노동은 섹슈얼리티를 드러내는 일이라는 걸 알았다. 내가 여자로 관람되는 느낌은 더러웠지만.

여성의 몸은 정말 '권력'일까. 권력과 굴절된 권력은 다르다. 인간이 돼지고기를 좋아한다고 해서 돼지에게 권력이 있는 게 아닌 것처럼, 남자가 여자를 사랑한다고 해서 여자에게 권력이 있는 게 아니다. 내가 '당신의 여자'라는 기호식품이 아니라 '당신과 같은 인간'이라고 발톱을 드러내면, 그 권력은 쉽게 사라진다. 상품과 물건에게는 권력이 없다. 굴절된 권력이 있을 뿐.

그러나 나를(내 섹슈얼리티 권력을) 부러워하는 남자들은 많았다. 학생운동을 할 때 처음 보는 어떤 남성이 내게 말했다. "승희씨는 사회운동하면서 수입이 없어도, 나중에 돈 많은 배우자를 만나면 되니까 좋겠어요." 20대 초반에 또래 남자 지인은 이렇게 말했다. "여자들은 부럽다. 내가 너처럼 여자였으면 화장하고 치마 입고 돈 많은 남자친구 만들어서 용돈 받았을 거야." 20대 중반이 되어 함께 예술행동을 하던 선배도 내게 말했다. "여자들은 마음만 먹으면 성공하기 쉬워. 성적으로 상품가치가 있으니까 주목받기도 쉽고." 그들은 모두 여성인 나를 부러워했다.

그러나 그들이 부러워하는 '여자'란 장애가 없고, 뚱뚱하지 않고, 늙지 않은 여성에 국한된다. 지구의 모든 생명체가 그렇듯 젊고 예쁜 여자도 늙는다. 나는 가끔 늙은 내 모습을 상상했다. 할머니가 되어 아무도 관심 가져주지 않는 나. 여성성에 대한 박탈감은, 여성으로만 살아온 삶 전체를 흔들리게 할 만큼 아찔한 공포로 다가왔다. 여성이 기호식품처럼 유통되는 이 사회에서 '여자'는 누구든 언젠가 가치 없는 존재가 된다. 공포의 감각은 진실이었다. 주름살을 감추지 않으면 큰일날 것처럼 경고하는 화장품 광고를 보면서 엄마는 늘어나는 주름살을 두려워했다. 텔레비전에서는 (한때 젊고 예뻤던) 늙은 부인을 버리고 젊고 예쁜 여자와 바람난 남자의 이야기가 돌아다녔다.

'젊고 예쁜 여자'라는 기호식품은 세상에 많다. 성적으로 상품 가치가 없어도, 돈 많은 배우자를 만나지 못해도 언제든 대체 가능한 식품이 되고 싶지는 않다. 누군가에게 간택되기를 기다리다가 끊임없이 비교되고 대체되는 상품으로 사느니, 인도에서 마주친 사두 할머니처럼 맨발로 길거리를 돌아다니는 냄새나는 인간이고 싶다.

코르셋을 입은 여자들

아주 어렸을 적부터 중학교를
거쳐 20대 후반이 된 지금까지 나는 많이 변했다. 그러나 미
디어에서 여자를 다루는 방식은 하나도 변하지 않았다. 소
셜 네트워크 서비스나 인터넷 의류 쇼핑몰에 종종 등장하는
'남친 환장하게 하는 옷' '사랑받는 여자의 비결' 등의 광고
문구는 여성 역할을 수행하지 않으면 여성이 가질 수 있는
권력을 갖지 못할 거라는 협박처럼 느껴진다. 내 의지와 상
관없이 도마 위에서 외모 평가를 당하면서도, 나는 이 사회
에서 가장 혜택받는 '젊은 여자'라고 불린다.

가부장제 사회에서 여성의 섹슈얼리티는 권력이 아니라
사회경제적 생존 조건에 가깝다. 그래서 미소지니(여성혐
오)는 남성에게만 있는 것이 아니라, 여성 스스로에게도 있
다. 나를 여성성에 끼워 맞추고, 거기서 벗어나면 불안해하
던 나 역시 미소지니를 내면화한 인간이었다. 여성적 매력
이 자존심이기도 했던 나는 '그가 나에게 반하지 않았을까
봐' 전전긍긍했다. 많은 남자가 나를 좋아할수록 나는 권력
을 가진 것처럼 느꼈다. 여성의 역할 옷을 벗으면 금방 사라

질, 열악한 조건부 권력이었지만. 그러나 코르셋을 입은 그녀들에게 누가 돌을 던질 수 있을까. 나름대로 저마다의 생존을 위한 일인걸.

나의 가장 단단한 코르셋은 검은색 긴 생머리였다. 7년 동안 검은색 긴 생머리를 고집하던 내가 좋아하는 보라색, 초록색으로 머리카락을 염색하고, 하고 싶던 피어싱을 눈썹에 뚫었다. 손목, 어깨, 뒷목, 팔뚝, 발목에 기억하고 싶은 상징을 타투로 새겼다. 브래지어도 하지 않는다. 옛날이었다면 청순한 여성의 느낌을 주지 못할까봐 상상도 못했을 일들이다. 여전히 염색 머리를 동그랗게 말기도 하고 화장도 한다. 매일매일 기분에 따라 스타일을 연출하는 걸 즐기기도 한다. 내 기분을 위해서이기도 하고, 타인의 시선을 즐기고 싶어서이기도 하다. 타인의 시선을 즐기는 것도, 내가 원하는 모습으로 변하는 것도 모두 내 자유다. 예전과 다른 점이 있다면, 지금은 반드시 검은색 긴 생머리, 뽀얀 피부, 커다란 눈망울, 붉고 촉촉한 입술이 아니어도 괜찮다는 점이다. 누군가의 욕망이 되거나 누군가의 인정이 없어도 괜찮다. 할머니가 되는 상상도 즐겁다. 언제나, 누구나 권력이 아니라 해방이 절실하다. 이제 나는 크게 숨쉴 수 있다.

사랑받는 여자의 조건

　　　　　　　물론 '여자'가 권력이 되는 상황도 있다. 가부장의 심기를 거스르지 않는 선에서, 여성의 섹슈얼리티는 권력이 맞다. 대략 이런 조건만 지키면 된다.

자기 관리를 위해 외모를 잘 가꾸면서도 남자의 외모를 밝혀서는 안 되며, 남자가 외모를 지적한다고 붉으락푸르락 화를 내면 센스 없는 짓이므로 유머러스하게 넘길 줄 알아야 하고, 남자가 화를 냈을 때 대등하게 맞받아치는 게 아니라 '나는 당신이 폭력을 휘두를 대상이 아니라 지켜줘야 하는 대상'이라고 사근사근하고 애교 있게 설득하는 지혜가 있어야 하며, 세상물정을 어느 정도 아는 현명함은 있으면서도 꽃뱀이어서는 안 되며, 자신의 돈도 쓸 수 있는 경제적 능력과 배려심이 있으면서도 돈 많은 남자를 밝혀서는 안 되고, 담배 피우는 남자친구를 위해 전자담배를 선물해주는 센스는 있어도 자궁을 지켜야 하는 여자가 남자와 함께 담배를 피워서는 안 되며, 말을 조리 있게 잘하는 것은 좋지만 자신의 주장을 너무 많이 피력하고 말이 많으면 정이 떨어지고, 까칠하고 투박한 성격이더라도 요리를 잘하거나 남자 부모님의 생일을 기억하고 전화해주는 정도의 의외의 여성적인 매력이 있어야 하며, 침대에서 요부가 되어야 하지

126

만 자기 남자 앞에서만 그리해야 하고, 목석처럼 누워 있지 않고 신음 소리를 내면서도 남자보다 성과 오르가슴에 대해 더 잘 알거나 그것을 남자에게 알려주려고 들어서는 안 되며, 섹스에서 남자의 사정이 끝나면 '오늘 정말 좋았어'라고 적극적으로 표현해야 하지만 자신은 오르가슴을 느끼지 못해서 아쉽다는 등 남자의 자존심을 짓밟는 말을 해서는 안 되며, 사치스럽고 남자의 돈만 밝히는 김치녀와 된장녀들을 남자와 함께 욕할 줄 아는 객관적인 정의감이 있어야 하고, 동성 친구들과 만나 자신의 남자를 흉보는 건 자기 얼굴에 침 뱉는 짓이므로 여성들 간의 공감과 연대를 부추기는 페미니즘 같은 편협한 사상에 노출되어서는 안 되며, 불합리한 사회구조와 인간에 대한 차별에 분노하고 연대하고 행동하는 휴머니스트는 괜찮지만 남자를 가해자 취급하고 여성적 매력이라곤 쥐뿔도 없는 페미니스트여서는 안 된다.

「여자 껍질」, 2014

강간은
강간이다

:

그들은
그래도 되니까
그렇게 한다

존경하는 선배와의
찝찝한 섹스

한 문화기획단체의 대표였던
남성과 그의 사무실에서 대화할 때였다. 맥주를 한잔하면서
지금까지 내가 해왔던 일과 오랜 고민을 털어놨다. 나는 문
화기획 쪽 선배였던 그의 조언과 도움이 필요한 상황이었
고, 그도 그걸 알았다.

이야기가 무르익을 무렵, 우리 사이에 두었던 촛불을 끄
고 그가 내게 다가왔다. "키스해도 돼?" 키스는 괜찮았다. 하
지만 옷을 벗기려는 그의 손이 불편했다. 그와 섹스할 생각

은 없었다. 게다가 누군가 들어올지도 모르는 그의 사무실이었다. 내가 그의 손을 잡으며 거부하자 그가 물었다. "내가 싫어?" 나는 그가 싫은 게 아니라, 이 상황이 불편할 뿐이었다. "아니, 그게 아니라……." 나는 어물쩍 대답했다. 지금 그를 매몰차게 거절하면, 그와의 관계가 껄끄러워지지 않을까 생각했다. 그러면 도움을 받기도 힘들고, 그를 다시 보지 못할 수도 있다고 느꼈다.

그는 내 몸 이곳저곳을 애무하더니 성기를 삽입했다. 몇 번의 피스톤질 후, 그는 내 배 위에다 사정했다. 사무실에 붙어 있던 화장실에 들어가 뜨거운 물로 몸을 씻었다. 불쾌한 표정을 숨기고 서둘러 사무실을 나와 골목을 걸었다. 나중에 알게 된 사실인데, 그는 이후 우리 언니에게도 똑같은 방식으로(촛불, 맥주, 은은한 음악, 사무실, 일거리) 접근했다고 한다. 다른 여자들에게도 비슷한 방식으로 섹스어필하려다 성추문으로 잠시 활동을 중단한 적도 있었다.

주변 남성들에게 이런 내 경험을 말했을 때, 그들은 권력 있는 남자에게는 언제나 붙어 다니는 티끌인 것처럼 말했다. 이건희 삼성전자 회장의 성매매 동영상을 보면서 "저 사람도 남자구나" 하며 통쾌해하던 주위 남자들처럼. 그들에게 '그'들의 성추문은 그저 섹스 에피소드, 웃긴 가십거리였다. 하지만 당사자인 내게는 그렇지 않았다. 아직도 그가 얼마나 많은 여성을 동료가 아닌 가슴과 질이 있는 여자로 보고 접근할지 생각하면 그의 주변에 바글거리는 여성들이 걱정된다.

그는 시종일관 여유롭고 느긋했다. 권력은 처음부터 억지로 강간하지 않는다. 그럴 필요가 없다. "우리 애인할까?" "편하게 지내고 싶어(편하게 안고 싶어)." "너를 사랑해." 때로는 "성에 대해 개방적이어야 해"라는 말로 쉽게 접근한다. 특별히 힘을 쓰지 않고도 자신의 요구를 밝히고 조금의 압박을 가하면, 원하는 대로 된다는 걸 그들은 안다.(알면서도 잊은 척하거나.) 그에게 기본적으로 호감을 갖고 있던 후배와 제자들에게는 그가 하는 말이 달콤하고 무색투명하게 느껴지기 쉽다. 아니, 그렇게 믿어야만 그와 좋은 관계를 유지할 수 있다.

성폭행은 골목길에서 모르는 남자에게 당하기도 하지만, 많은 경우 내 밥줄을 쥐고 있거나 나를 도와줄 수 있는 관계에서 발생한다. 교수와 제자, 상담자와 내담자, 선배와 후배 등. 도움을 주고받는 입장이 명확한 관계에서 권력은 작동한다. 권력은 경제적 조건뿐 아니라 같은 네트워크 안에 속한 사람일수록, 그래서 함께 얽힌 관계가 많을수록 더 강해진다. 조직 내 신뢰도, 경력, 사회적 신뢰도, 인지도, 명예와 같이 사회적 권력을 쥐고 있는 가해자는 친절과 호의, 관계를 빌미로 몸을 침범한다. 그들은 "내가 너의 밥줄을 쥐고 있다"고 말로 협박하지 않는다. 그것은 말하지 않아도 다 아는 사실이니까. 그보다 "너와 편안한 사이가 되고 싶다. 나는 너를 아낀다" 같은 말로 자신의 '호의와 친절'을 거부하기 어렵게 만든다.

권력이 있는 그들은 강압적이지 않아도 되기 때문에 은근하다. 거부하면, "왜 내가 이렇게 부드럽게 말했는데 정색을 해?"라는 표정을 지으며 상대를 분위기 파악 못하는 사람으로 만든다. 성적 접근에 불쾌함을 표현하면, "어린애도 아니고 다 큰 성인들끼리 이럴 수도 있는 거지"라며 상대가 자신의 섹스어필을 받아들이지 못하는, 쿨하지 않고 딱딱하고 미숙한 인간인 듯 취급한다. "네가 너무 매력적이라서 그렇잖니"라며, 자신이 섹스어필을 하는 이유가 '나의 섹시함' 때문이라는 듯 내게 화살을 돌린다. 스킨십을 거부하면 "내가 싫어?"라는 극단적인 표현을 써서 쉽게 거부할 수 없도록 만든다. 관계를 볼모로, 성을 요구하는 것이다.

그런 섹스 후에 남는 찝찝함과 수치심은 모두 여자의 몫이다. 특히 존경하는 멘토, 스승, 선배로부터의 성희롱, 성폭력은 감정과 관계가 미묘해서 그것이 폭력이었는지 뒤늦게 깨닫는 경우가 많다. 나 역시 그랬다. 좋은 관계를 유지하고 싶었던 나는 그들이 영악하게 뱉는 요구와 말들을 믿는 척 속아주었다. 그만큼 그들이 내게 소중하다고 혼자 생각했으니까. 한참 후에서야 나는 그들이 '나'라는 인격체가 아니라 자기 앞에 있는 '여자의 몸'이라는 기호식품을 한번 먹어보고 싶어서, 지금까지 말하고 행동해왔단 걸 알게 되었다.

이 사람에게도 나는
'여자'일 뿐인 건가

오랫동안 좋아하던 작가를 찾아간 적이 있다. 그의 집 근처에서 도란도란 밥을 먹고 차를 마시며 이야기를 나눴다. 그는 처음 보는 내게 친절하고 진중했다. 그만큼 차분하고 진지한 글을 쓰는 사람이기도 했다. 집으로 돌아갈 차편이 없었고, 그의 집에서 하루 머물게 되었다. 그는 섹스는커녕 가벼운 스킨십도 전혀 상상하지 못할 정도로 인간적인 호감만 있던 사람이었다. 나는 편안한 마음이었고, 우린 다른 방에서 잠들었다.

깊은 새벽쯤 그가 내 옆으로 왔다. "편안하게 안고 자자."

몇 시간 전에 속 깊은 이야기를 나눴기에, 친한 친구와 하듯이 편안하게 팔을 감싸고 잠이 들려던 찰나였다. 그가 갑자기 잠깐만 기다려보라며 바지를 주섬주섬 벗었다. '설마 나랑 하려는 건 아니겠지. 더워서 그러는 거겠지' 생각했다. 불안감이 엄습해왔다. 나는 그에게서 등을 돌리고 잠을 청하려 했다. 그는 잠시 주춤하더니 이내 부드럽게 내 이름을 불렀다. "잠깐만 이쪽으로 누워봐." 그의 목소리가 너무나도 나직하고 근엄해서 나는 그쪽으로 향했다. 내 바지를 벗기려는 손에 저항했지만, 그는 힘 있게 내 바지를 끌어내리면서 말했다. "잠깐만, 잠깐이면 돼. 가만히 있어봐." 그는 필사적으로 힘을 쥐고 있는 내 다리를 비집고 삽입했다.

그전에 그와 함께했던 소소한 시간과 깊은 이야기들을 떠올리려 했지만, 하나도 떠오르지 않았다. 이 글을 쓰는 지금까지도 그와 나눴던 이야기가 기억나지 않는다. '이곳에서도, 이 사람과도, 나는 여자일 뿐인가.' 좌절감이었을까 배신감이었을까. 다리에 힘이 풀렸다. 저항할 기운도, 필요도 느끼지 못할 만큼 그에 대해, 그리고 이 상황에 환멸이 들었다. 내가 여자라는 사실이 벗길 수 없는 딱딱한 껍질 같았다. 여자인 내 몸이 질긴 감옥처럼 느껴졌다. 역겨웠다. 나를 여자로 보는 그보다도 여자인 내 몸이.

그가 질 내에 사정한 후 말했다. "사랑해." 그는 정말 이 상황이 로맨틱하다고 생각했던 걸까? 시체처럼 누워 있는 인간의 질 속에 허락도 없이 들어와 멋대로 사정을 하고. 하지만 그때까지도 나는 그와 함께했던 시간을 망치고 싶지 않았다. 그는 임신이 쉽게 되진 않는다고 걱정 말라며 나를 다독이다가 금방 잠들었다. 하지만 나는 밤새 두드러기가 일어날 것 같은 찝찝함에 몸을 떨었다.

이튿날 아침, 사후피임약을 먹어야겠다는 생각으로 일찍 자리에서 일어나 집으로 가겠다고 했다. 내가 불편해하는 걸 눈치챘는지 그는 미안한 얼굴로 나를 배웅해줬다. 이곳에서 자는 게 아니었는데. 집으로 돌아와 샤워 타월로 살을 벅벅 밀었다. 샤워를 하다가 문득, 몇 년 전 기억이 떠올랐다. 종종 연락하던 교수와 헤어지고 나서도 나는 이렇게 벅벅 살을 밀면서 샤워를 했었다.

**"네 몸이 너무 이쁜 걸
어떡해."**

존경하던 그 작가처럼, 오랫동안 존경했던 교수가 있다. 그는 대학 내 분위기와 다르게 보기 드문 진보적인 교수였다. 촛불집회에 나가면서 사회문제에 더더욱 관심을 갖게 된 언니와 나는 그의 수업을 꼭 챙겨 들었다. 수업 시간 외에도 술자리에서 만나 사회와 삶과 변화에 대한 이야기를 나눴다.

그는 수업 시간마다 폴리아모리 철학에 대해 이야기했다. 일대일 독점연애 관계가 아니라 자유로운 연애관계가 필요하다고 설파했다.(문단 내 성폭력 피해자들의 증언을 보면, 가해자들은 폴리아모리를 즐겨 썼다. 폴리아모리를 오용하는 성폭력범들이 많다.) 그의 폴리아모리에서는 '소유하지 않고 존중하는 성숙한 관계'보다 '자유로운 섹스' 서사만 강조됐다. 그러면서 개방적이고 유연한 성생활을 해야 한다고 주장했다.

그런 그가 학내에서 성추문이 있었다고 주변 사람들에게 들었지만, 나는 그를 믿었다. 그는 술자리에서 종종 자신을 변호하듯 페미니즘을 욕했다. "페미니스트는 성추행이 마치 남자 개인만의 문제라는 듯 한 사람의 사회적 생명을 죽여버려. 너무 극단적이고 사람 질리게 만든다니까." 당시 나도 페미니스트가 지나치게 성폭력을 공론화시킨다고 생각했다. 살다보면 남녀관계에서 섹스 에피소드가 있기 마련이니까. 그때의 나는 강압적인 섹스도 폭력이 아니라 섹스라고 생각했다.

나는 고민이 있을 때마다 그 교수를 찾았다. 그는 내 어린 시절의 상처와 심리적 문제, 사회적 부조리와 실천, 인간관계의 갈등 등 내 삶의 전반적인 문제를 털어놓을 수 있는 멘토였다. 그는 내 고민을 섬세하게 경청해주었고, 당면한 문제를 해결하기 위한 조언도 아낌없이 해주었다.

그의 도움은 좋았지만 이따금 그의 생각과 내 생각이 충돌하기도 했다. 그는 가끔 이런 농담을 했다. "어떤 여자가 신혼 첫날밤에 남편과 잤는데, 검은색 콘돔을 썼대. 관계 후 남편이 잠시 자리를 비운 사이에 흑인이 방으로 들어와 여자를 강간하고 사라졌는데, 여자가 흑인 아이를 낳았대. 남편은 검은색 콘돔을 써서 흑인 아이가 나왔구나! 하고 말했대." 재미있다는 듯 이야기하는 그에게 나는 말했다. "근데 교수님, 이런 이야기는 농담으로 할 수 있는 얘기가 아닌 것 같아요." 그러자 그는 "아, 이게 여자와 남자의 차이구나. 여성들은 강간을 당한 게 중요하겠구나" 하면서 멋쩍어했다.

이후로 그와 이야기하는 게 불편해졌다. 편하게 만나는 자리에서도 사소한 주제로 대화를 나눌 때, 내가 그의 주장과 반대되는 주장을 하면 그는 말했다. "나는 너의 싸움 상대가 아니야. 나와 논쟁하려 하지 말고, 편안하게 들어." 그는 자신의 주장을 묵묵히 받아들일 것을 내게 요구했다. 자신이 늘 우위에 있으려는 듯, 나를 가르치려 드는 그의 태도가 불편해져서 조금씩 그와 거리를 두게 되었다.

학교를 졸업하고 몇 년쯤 지났을까. 어느 날 그에게 안부 전화가 왔다. 마침 이런저런 고민이 많던 나는 늦은 시간까지 그와 전화로 이야기를 나누었다. 사회적 실천에 대한 고민, 잠을 못 자고 자주 악몽을 꾸는 이야기, 소소한 고민들까지. 울음을 참지 못할 정도로 힘들었던 그날 밤, 통화를 하던 중에 그가 말했다. "지금 우리 집으로 올래?" 나는 알겠다고 했다. 더 이야기하고 싶었다. 그런데 통화를 하면서 느꼈던 분위기와 다르게, 교수는 자신의 집 문을 열면서 "네발로 온 거야" "이런 건 사실 위험해. 아무에게도 얘기하면 안 되는 거 알지?"라며 농담처럼 말했다. '누가 뭐랬나?' 느낌이 이상했다.

한참 이야기를 나누다가 그가 갑자기 내 말을 자르고 말했다. "한번만 안아봐도 되니?" '포옹쯤이야' 하고 생각했다. 잠시 포옹을 하고, 떨어져서 이야기를 더 나눴다. 새벽이 깊어 집으로 돌아가기 애매해지자 그는 편안하게 여기서 자라고, 자신은 침대 밑에서 잘 테니 걱정하지 말라고 했다. 나는 깊은 이야기를 나누는 내내 울어서 눈이 통통 부은 상태로 침대에 누웠다. 얼마 안 있어 그가 침대 위로 올라왔

다. 내가 말했다. "저, 이건 좀." 교수가 물었다. "싫어?" 나는
정말이지 "싫어?"라고 묻는 그 말이 싫었다. 당신이 싫은 게
아니라 당신과 스킨십을 하기 싫은 건데, 당신은 "내가 싫
어?"라는 뉘앙스로 묻고 있다. 이튿날 아침 출근해야 하는
데도 늦은 새벽까지 내 이야기를 들어준 고마운 멘토에게
나는 차마 싫다고 말할 수가 없었다. 관계를 불편하게 만들
고 싶지도 않았다. 그가 내 몸을 더듬기 시작했다.

　'남자들은 다 똑같다'는 엄마의 말, 친구와 선생님, 책과
미디어에서 나오는 소리가 들리는 것 같았다. 이 교수도 어
쩔 수 없는 남자라는 걸 내가 바보같이 잊고 있었다. '그래,
이렇게 그가 흥분한 이상 그를 멈출 수 있는 방법은 없어.
그리고 내가 거부하면 이후 관계도 더 껄끄러워질 거야.' 무
엇보다 나는 깊은 고민을 털어놓았고, 그가 해준 말들로 한
껏 기운을 충전받고서 다시 무엇을 해야 하는지, 어떻게 살
아가야 할지 새로운 희망에 고무된 밤이었다. 그가 침대로
올라오기 전까지 내겐 의미 있는 시간이었고, 나는 그날 밤
의 기억을 망치고 싶지 않았다. 그가 어서 사정을 끝내고 평
상시처럼 차분할 수 있기를 바라면서 눈을 감고 있었다. '나
는 그를 존경하지만 그와 자고 싶은 건 아니야.' 마음속에서
계속 이 말이 올라왔지만, 꾹꾹 누르며 참았다.

지쳤는지 아니면 발기가 잘 되지 않아 민망했는지, 그는 밑으로 내려와 옆에 누워서 갑자기 이런저런 말을 했다. "이런 얘기하기 조심스러운데, 너에게 혹시 섹스 중독이 있을지도 몰라. 어린 시절에 상처가 많고 애정이 결핍된 여성들이 섹스에 중독되는 경우가 많거든." 우습게도 그때 나는 정말 내가 섹스 중독인가 생각했다. 왜냐하면 섹스 상대로 상상도 하지 못했던 당신과 잤으니까. 수치스러웠다. 이어서 그는 자신이 내 몸을 만진 게 내 탓이라는 듯 말했다. "네 몸이 너무 이쁜 걸 어떡해. 나 이제 눈 버렸어. 다른 여자 어떻게 만나." 그런 말에 내가 좋아할 줄 알았을까. 하룻밤 사이에 나는 그의 제자가 아니라 '여'제자가 됐다.

그날 이후에도 종종 그와 통화를 했다. 전화로 그는 나의 섹스 중독을 염려해주었다. 나는 얼마 안 가 연락을 끊었다. 한참 동안 누구에게도 그날 밤에 있었던 일을 말하지 못했다. 취약한 상태였던 나를 그가 이용한 건 아닐까 생각했지만, 그렇게 생각해버리면 내가 정말 비참해질까봐 애써 감정을 외면했다. 몇 년 후에 그가 여대생 제자와 지나가는 모습을 몇 번 본 게 전부다. 그리고 그 교수가 친언니에게도 비슷한 성추행을 시도했다는 걸, 몇 년 전 알게 되었다. 그는 불편함을 표현한 언니에게 이렇게 말했다고 한다. "너도

승희처럼 성적으로 좀 개방적일 필요가 있어."

수치심은 나의 몫

애써 비참하고 수치스러운 느낌을 지우려 했던 그때처럼, 나는 그 작가와 있었던 그날 밤의 기억을 잊으려고 노력했다. 찝찝하고 기분 나쁜 섹스일 뿐이었다고. 그가 '어쩔 수 없는 남자'라는 걸 알면서도 그의 집에서 잔 내 탓이라고 생각했다. 성폭력 경험을 증언하는 여자에게 "쯧쯧. 그러게 여자가 몸 간수를 잘 했어야지. 남자 집에 왜 따라가"라고 말하는 사람들처럼, 나도 내 잘못이라고 생각했다.

작가와 헤어지고 며칠 후 연락이 왔다. 계좌번호를 보내 달라고 했다. "왜요?" 내가 물었다. "네가 저번에 보여줬던 그 그림도 사고 싶고, 지난번에 찾아와준 게 고마워서 생활비라도 보태고 싶은 마음"이라고 그는 말했다. 나는 그림을 보내주겠다고 하고 계좌번호를 알려줬다. 그가 거액의 돈을 부쳐 왔다. 문득, 서늘한 생각이 들었다. '내가 몸을 판 건가. 아니야, 내 그림을 사고 싶은 거겠지. 그게 아니더라도……' 차라리 성노동이었다면 좀 나았을까. 사전에 합의한 관계의 합의된 섹스 거래였다면 좀 나았을지도 모른다. 나는 그를 사

람으로 만나고 싶었는데, 그는 나를 여자 인형으로 취급했
다. 나는 괴롭고 찝찝한 감정에 대한 보상금이라고 생각하기
로 했다. 그는 이후로도 내게 종종 돈을 보내주고 필요한 일
들을 해결해줬다.

그는 내게 "사랑해" "보고 싶어"라며 애정 표현을 했다.
수많은 강간범이 피해자에게 하는 말이기도 하다. 그의 말
이 진심인지 아닌지는 중요하지 않다. 이제 난 그의 글을 읽
지 못한다. 책 속의 그럴싸하고 아름다운 구절들은 그날 새
벽에 몽땅 지워졌다. 내 몸과 함께 갈기갈기 찢어졌다. 그가
찢어놓았다. 나는 그날 밤을 아름답게 기억하고 싶어도 그
럴 수 없다. 그는 사랑을 속삭이던 별이 반짝이는 밤으로 기
억하겠지만.

그 작가의 집에서 일어난 일이 강간이었다는 걸 인정하
는 데에는 오랜 시간이 걸렸다. 허락 없이 질내사정을 한 것
만으로도 강간이었다. 용기가 필요했다. 모든 것이 내 잘못
이라고 생각할 때는 오히려 마음이 편했다. 적어도 자존심
은 유지할 수 있었으니까. 그와의 찝찝하고 기분 나쁜 섹스
는 섹스가 아니라 강간이었다는 걸 직면했을 때, 내 몸이 비
참하고 수치스러웠다. '그가 욕정이 많아서' '대화가 잘 통했
기 때문에 나를 사랑하는 마음에서' '내가 그의 집에서 잠든

탓'으로 섹스를 하게 된 게 아니다. 다리를 완강하게 거부하
고 밀쳤는데도 비집고 들어와 자신의 페니스를 타인의 몸속
에 삽입하고, 허락도 없이 타인의 질 속에 자신의 정액을 쏟
아버린 강간. 그에게는 사소한, 손쉽게 만지고 넣고 쌌던 섹
스였겠지만, 남성의 시선으로 포장되지 않은 까칠한 진실의
맨얼굴을 마주했을 때, 나는 뒤늦게 큰 상처를 받아야 했다.

그들은 '그래도 되니까' 그렇게 한다

　　　　　　　　사실 이런 경험은 다양한 관계
에서 일어났다. 지난 섹스를 되돌아보며 놀란 것은 기분 나
쁜 섹스 대부분이 강간이었다는 사실이다. 선배, 스승, 멘토
뿐 아니라 연인관계에서도 그랬다. 내게 말하지 않고 질내
사정을 한 남자친구는 일일이 열거할 수도 없다. 강간은 흔
했다. 믿었던 사람들이라서 당하고 나면 더욱 힘들었다. 유
일하게 말이 통할 것 같아서 찾아간 사람, 나를 인간으로 대
할 줄 알았던 사람에게 당한 강간은 충격적이었다.

　　○○계 성폭력 생존자들의 증언에 등장하는 남성들의 똑
같은 레퍼토리를 읽으면서 공감 이전에 소름이 끼쳤다. 가
해자는 '나는 그런 사람이 아니야. 그녀도 딱히 저항하지 않

앉어'라고 앵무새처럼 똑같은 말을 한다. 그들은 자신의 권력과 위치를 잘 알고 있으면서(알고도 모르고 싶었거나) 뒤늦게 모르는 척한다. 그녀들과 다르게 그들에게 강간은 사소한 '섹스 에피소드'일 뿐이다. 그들은 강압적이지 않다. '편안한' 관계를 빌미로 애인같이 섹스하자고 말하고, '껄끄럽지 않은 관계'를 인질로 요구를 거부하기 힘들게 만든다. 너의 입술이 너무 섹시하고 너의 눈동자가 너무 아름다워서 어쩔 수가 없었노라고 덧붙이면서.

그들이 그렇게 행동할 수 있는 이유는 내가 특별히 섹시해서도 아니고, 그들이 특별히 성욕이 많기 때문도 아니다. 그들은 '그래도 되니까' 그렇게 한다. 그렇게 해도 아무도 그들에게 뭐라고 하지 않았으니까. 죄책감과 수치심은 그들의 몫이 아니니까.

나는 스스로를 자책하고 수치심에 떨며 지냈다. 하지만 그들은 태연하게 자신의 권력을 모르는 척, 모든 책임의 화살을 내게 돌렸다. 남자는 원래 늑대인데, 늑대 집에 간 여자가 잘못이고, 여자의 몸이 너무 섹시하고 매력적이라 남자들이 섹스하고 싶을 수밖에 없고, 남자는 원래 성욕을 통제 못 하니까 여자가 해줘야 하는데 강력하게 제어하지 않은 여자가 제 몸을 제대로 간수하지 못한 것이 된다. 그러나 나는 이제 그들이 바라는 대로 수치심에 떨지 않는다.

내 감정과 내 언어를
믿지 못했던 날들

나는 왜 불편한 요구와 강압에
도, 그들과의 관계를 유지하려고 아등바등 애썼을까. 왜 "싫
다"고 말하고 밀쳐내기 두려워했을까. 그런 일들을 숱하게
당하면서도 왜 또 다른 '남자' 선배, 교수, 선생, 스승, 멘토를
찾아다녔을까.

나는 내 느낌과 감정을 믿지 못했다. 그건 기분 나쁜 섹
스가 아니라 폭력이었다고 인정하기 어려웠다. 두들겨 맞은
것처럼 몸을 떨었지만, 그것이 폭력이라고 생각하지 않았
다. 내 불쾌함은 사소한 것이고, 내 찝찝함은 내가 그의 집
에서 잤기 때문에 일어난 일이라고 생각했다. 모든 것이 내
착오이고 내 잘못이라고 느꼈다. 내가 느끼는 불편함과 강
압이 사소하다고 느꼈다. 그런 나와는 다르게, 그들은 자신
의 감정과 행동에 확신에 차 있었다.

자기 확신으로 가득 찬 인간들이 성행하기 좋은 사회다.
삶과 사회문제에 대한 '사이다' 발언과 한 토막 진리가 인기
를 끄는 것처럼. 불확실한 삶의 문제들과 복잡한 사회현상

속에서 사람들은 한 번에 명쾌한 답을 주는 메시아를 원한다. 그들 주변에는 취약한 자신의 상태를 상담하기 위해 대기 중인 사람들이 있었다. 그들은 그 고민을 해석하고 진단하고 대안을 제시하면서, 자처해 사회의 의사 역할을 맡은 셈이다.

호모소셜이 '그'들에게 쥐어주는 그 권력만큼, 나도 내 삶의 문제와 이 사회의 문제를 해석하고 인식하고 판단하고 답을 내놓을 수 있는 권위를 그들에게 주었다. 그런 그들과 편하고 끈끈한 관계가 되었다 싶으면, 그들은 어김없이 성적으로 접근하고 접촉했다. 그 관계의 끝에서 나는 이러지도 저러지도 못한 채 끌려다녔다. 나는 그들을 믿었고, 내 사소한 감정을 늘 의심했다. 나는 내 감정과 이야기가 불확실하고 논리적이지 못하다고 생각했다. 수치화된 사회통계만큼이나 삶의 '확실한' 조언을 구하려던 나는 번번이 넘어졌다. 하지만 모든 경험과 삶의 모습을 어떻게 논리적으로, 확신의 언어로 말할 수 있을까. 그것이 가능하기나 한가.

많은 여성이 성폭력 경험을 증언하며 자신의 언어로 목소리를 내고 있는 지금, 이 과정 자체가 중요한 투쟁이다. 내 경험을 있는 그대로 쓰는 지금 이 행위가 곧 투쟁이라는 걸 안다. 내가 보고 듣고 만나고 느낀 것들을 나는 말할 수 있을 뿐이다. 이제 나는 '그'들을 찾지 않는다. 그들이 말하는 사회 정의와 사회 담론, 인간 삶에 대한 정신병리적 분석과 심리학적 판단도 내 삶에서 별 영향력을 발휘하지 못한다. 내 삶에서 권위를 얻고 있는 것은 오늘 꿨던 꿈과 꿈에 대한 느낌, 타로 카드와 캔버스와 물감, 기타 줄을 튕기는 손가락, 그리고 내 언어와 감정을 존중하는 사람들과의 대화다.

왜 여자들은 자신의 역사를 끝까지 지켜내지 못했을까? 자신들의 언어와 감정들을 지키지 못했을까? 여자들은 자신을 믿지 못했다. 하나의 또다른 세상이 통째로 자취를 감춰버렸다. 여자들의 전쟁은 이름도 없이 사라져버렸다……
_스베틀라나 알렉시예비치, 『전쟁은 여자의 얼굴을 하지 않았다』, 박은정 옮김, 문학동네, 2015, 18쪽

나를 믿어줘요

　가끔 꿈에 '나를 믿어달라'고 애원하는 여자가 찾아온다. 그녀는 자살을 했던 것 같다. 알코올중독자거나 히스테리 우울증 환자 혹은 마녀라고 불렸던 것 같다. 그녀는 이 사회의 거의 모든 여성이 그렇듯 성추행, 성폭력 생존자다. 나는 그녀의 이름을 모르지만 수많은 그녀를 안다. 그녀의 아픔은 심약한 투정으로 해석되어왔다.

　그녀의 감각을 설명할 언어가 없어서 물로 쏟아지고, 불로 증발해버린 걸까. 그녀의 감각을 담기에 언어는 좁고 작다. 그녀는 세계에 부적응한 게 아니라 폭력적인 세계에 적응할 수 없었던 거다. 언어에 가둘 수 없는 삶이라서 언어 너머로 돌진하려 했던 거다. 다시 그녀를 만나면 말해주고 싶다. '나는 당신을 믿는다. 당신은 별난 히스테리 우울증 환자가 아니라 정직하고자 했던 사람이었음을 안다'고.

　번번이 자살에 실패했다. 내가 심각한 문제가 있는 사람이라고 생각했다. 미술치료에서 삐뚤빼뚤한 나무를 그리면, 뭔가 심각한 문제가 있다고 해석되곤 했으니까. 호모소설은

148

「촛불」, 2016

사람들이 자신의 감각을 의심하도록 설계됐다.

　나를 믿기, 힐링, 자존감 회복, 나를 사랑하기. 그런 건 간단한 일이었다. 내 삶을 신뢰하지 않는 것들에게 권위를 주지 않으면 된다. 나를 의심하는 습관을 멈췄다. 더 이상 나를 의심하는 그들의 언어를 믿지 않는다.

　나는 그녀를 믿는다.

4장

독방

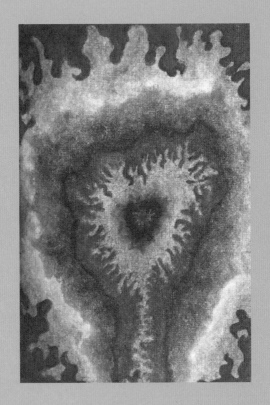

「자궁」, 2016

피임

:

섹스는 함께
피임은 따로

첫 경험을 할 때 나는 피임을 하지 않았다. 아니, 하지 못했다. 갑작스러운 섹스만으로도 혼란스러워서 피임은 생각할 겨를도 없었다. 섹스 후 다음 달 생리 예정일까지 나는 임신에 대한 불안과 걱정 속에 홀로 남겨졌다.

이후에도 그는 임신이 그렇게 쉽게 되는 게 아니라면서 콘돔을 사용하지 않고 성기를 삽입하고, 질외사정을 했다. 그의 몸에 자궁이 달려 있어도 그는 그렇게 말했을까? 처음엔 나도 걱정이 됐지만 '설마 임신이 되겠어. 임신이 그렇게 쉽게 되는 것도 아니고'라고 생각하게 되었다.

"지갑 안에 콘돔을 가지고 다녀라." 주변 사람들이 성인이 된 내게 알려준 피임법이다. 이후로 나는 지갑 안에 콘돔을 하나씩 넣고 다녔다. 대부분의 남자친구는 섹스를 할 때 알아서 콘돔을 준비해두고 피임을 했지만, 그렇지 않은 적도 있었다. 섹스 중간에 내 허락 없이 콘돔을 빼는 사람도 있었다.(이것은 강간이다.)

그렇다고 내가 먼저 콘돔을 꺼내는 것도 부담스러웠다. 여자가 콘돔을 들고 다니는 게 이상해 보일까봐 두렵기도 했다. 특히 피임 이야기는 한껏 달아오른 섹스 분위기를 식게 만드는 것 같았다. 섹스에서 내 욕망은 배제되었지만, 피임에 대한 불안은 내 몫이었다. 섹스는 함께, 피임은 따로. 이상한 모순이다.

남성의 간편한 피임 도구, 콘돔

성인이 된 후에는 내가 직접 콘돔을 준비하거나, 상대에게 콘돔을 요구하는 방식으로 피임을 했다. 그러나 콘돔의 고무 냄새와 이질감이 싫었다. 딸기, 바나나, 커피 향이 나는 형형색색의 콘돔을 만들 때 정말 여자의 몸을 생각이나 하는 건지 모르겠다. 예뻐 보이기 위해 색소를 첨가하고 인공 향을 뿌린 가공된 불량식품 같은 게 내 몸에 들어오는 느낌이 찝찝했다.

향이 없고, 두께가 비교적 얇고, 무색투명한 콘돔을 써도 불편하긴 마찬가지였다. 콘돔이 질 안으로 들어오면 금세 빽빽해졌고, 상대방과 나 사이를 두꺼운 장벽이 가로막고 있는 느낌이었다. 그래서 섹스 중간에 콘돔을 빼는 경우가 많아졌다. 다른 피임법을 생각해야 했지만, 얼마간은 질외사정으로 피임을 대신했다.

그러나 많은 사람이 알고 있듯, 질외사정은 피임이 아니다. 그러나 나는 임신을 너무도 먼 이야기로 생각해서 배란기를 피해 질외사정을 하면 괜찮다고 여겼다. 또, 정복당하는 여자와 정복하는 남자의 포르노식 섹스에 익숙했기에, 피임을 제대로 하지 않고 하는 섹스의 스릴을 즐기기도 했다. 남자친구가 실수로 질내사정을 하면, 바로 다음 날 산부인과에 가서 사후피임약을 구해야 했고, 생리 예정일이 조금이라도 늦춰지면 불안에 시달려야 했지만.

나의 첫 피임약

질외사정을 하면서 섹스를 했을 때, 나는 운 좋게도 임신이 되지 않았다. 하지만 주변 사람들이 실수로 임신을 하고, 그래서 어쩔 수 없이 상대와 결혼을 하거나 임신중절수술을 하고 혼자 고통을 감내하는 걸 목격한 뒤로, 피임법을 알아보기 시작했다. "승희, 너는 피임 정말 잘 해야 해"라고 애절한 충고를 해주는 목소리도 여기 저기서 들렸다.

20대 초반부터 경구피임약을 복용했다. 경구피임약은 종류가 다양했는데, 호르몬 함량이 낮아 부작용이 적을 것 같은 약부터 먹었다. 생리 첫날부터 매일 같은 시간에 약을 먹는 건 여간 귀찮은 일이 아니었다. 매일 저녁 7시에 알람을 맞춰놓고, 정해진 시간마다 약을 먹었다. 처음엔 힘들었지만 습관이 되니 괜찮았다. 피임 걱정 없이 섹스를 즐길 수 있었고, 섹스 후에도 임신에 대한 불안 때문에 찝찝한 감정이 생기지 않아서 좋았다.

하지만 피임약을 먹는 걸 상대에게 숨기곤 했다. 섹스할 때 상대가 "피임은?"이라고 물으면 "약 먹고 있어"라고 대답하는 게 민망했다. '언제든, 누구와든 섹스할 준비가 되어 있는 여자'로 볼까봐 불안했다.

피임약을 복용한 지 6개월이 지났을까, 체질이 변하는 게 느껴졌다. 사람에 따라 다르겠지만, 나는 식욕이 과도하게 늘고, 감정 기복이 심해지고, 체형이 변했다. 호르몬에 변화를 주는 약이라 어쩔 수 없는 부작용을 감수하고 먹은 것이었다. 임신에 대한 불안보다는 나으니까. 하지만 약을 바꿔도 내 몸에 경구피임약은 맞지 않았다. 그렇게 몇 년을 함께 한 경구피임약과 이별했다.

피임을 '말하기'

호르몬에 영향을 주지 않는 피임법을 찾아야 했다. 인터넷을 검색하고 주변의 동성 친구들을 만나면서 정보를 수집했다. 한 친구는 팔뚝에 호르몬 칩을 넣었다. 따로 약을 복용할 필요가 없어 편리하긴 하지만, 이 역시 경구피임약처럼 호르몬에 영향을 준다. 산부인과에서는 루프를 추천했다. 하지만 호르몬 루프도 호르몬에 영향을 준다. 구리로 된 루프는 상상만 해도 끔찍했다. 내장기관(자궁)에 구리 기계를 넣는다니! 빠지기도 쉬워서 피임 실패 확률도 높고, 골반염 등 부작용 가능성도 높다. 이 역시 힘들 것 같았다. 나팔관을 묶거나 절개하는 수술도 있지만 수술비가 부담스러웠고, 배를 가르고 마취를 하는 방법이 싫었다. 망연자실했다. 콘돔밖에 없는 건가. 섹스를 하지 말아야 하나.

동성 친구들과 만나면 주로 피임, 연애, 섹스 이야기를 나눴다. 우리는 생리일이 늦어지면 함께 임신을 걱정하고, 피임 정보를 나눴다. 그리고 한탄했다. "피임은 왜 이렇게 어려울까. 우리는 왜 자궁이 있는 여자로 태어난 걸까." 한 친구가 말했다. "우리 통장 하나 만들자. 조금씩 모아두었다가 우리 중 누가 임신하면 중절수술비를 이걸로 해주자." 술잔을 기울이며 "역시 우리밖에 없어……" 하는 뜨거운 감동을 나눴지만, 찜찜한 느낌이 올라왔다.

섹스 후 임신이 될까봐 불안해하는 내게 옆에 있던 남자친구가 한 말이 떠올랐다. "여자들은 정말 힘들겠다." 익숙한 소외감이다. 섹스는 파트너와 함께 하는 건데 왜 우리끼리 피임법을 토론하고 있는 거지? 여기에 우리 각자의 남자친구나 남편은 왜 없는 걸까. 나는 왜 내가 섹스하는 사람과 피임에 대해 진지하게 이야기 나누지 않았을까.

섹시하지 않은 피임

섹스에서 내 욕망을 솔직하게 말하기가 어려웠던 만큼, 상대방과 피임에 대해 터놓고 이야기하기도 어려웠다. 첫 경험에서 남자친구가 날카로운 손톱이 달린 손가락으로 성기를 마구 휘젓는 바람에 질염이 생기고 방광염에 걸렸을 때도 그랬다. '손가락으로 하는 거 싫어. 손톱 때문에 아파.' '콘돔은 있어? 없으면 섹스는 안 돼.' 다음엔 꼭 이렇게 말해야지 다짐했지만 번번이 아무 말도 하지 못하고 불편한 마음으로 섹스를 했다.

그렇게 불편한 섹스를 하면서도 나는 왜 불편하다고 말하지 못했을까. 섹스할 때 내 고통이나 걱정, 불안, 피임, 임신 이야기를 하는 것은 분위기를 망치는 일이라고 느꼈다. 청소년기에 나는 침대 위에서 '순결하면서도 섹시한, 처녀 같으면서도 요부 같은' 여자가 되어야 한다고 믿었다. 그래야 매력적인 여자라고 말하는 목소리들을 믿었다. 순결한 처녀가 가방에서 콘돔을 꺼내고, 피임약을 먹고 있다고 말하는 건 왠지 안 어울렸다. 그보다는 '살살' '조심해야 해요' '밖에다 사정해주세요'라고 속삭이는 게 어울린다. 피임 따위에 신경 쓰는 건 섹시한 요부에게도 어울리지 않았다. 그보다 섹시한 의상과 불빛, 시선에 온 신경을 쏟아붓고 있으니까.

나는 침대 위에서 섹시한 분위기에 바람이 빠질까봐 전전긍긍했다. 상대가 나를 더 이상 섹시하게 느끼지 않을까봐 불안했다. 피임 이야기를 꺼냈을 때, 남자친구의 무심하고 무감한 반응에 실망하고 상처받을까 두려워 애써 외면하고 싶기도 했다. 쿨하고 매끄럽게, 유연하고 능숙하게 섹스하기 위해, 피임에 대한 걱정은 뒤로 미루고 은밀하게 혼자서 했다. 자위처럼.

"아내가 임신을 한 후 성욕이 떨어진다"고 진지하게 고민하는 목소리가 나오는 텔레비전, "참해 보이던 여자인데 가방에 콘돔 있으면 깬다"고 웅성거리던 뒷말, "여자친구가 낙태수술을 한 후 성욕이 더 이상 생기지 않아 헤어졌다"고 당당히 이야기하는 남자들을 마주치면서 나는 점점 더 피임을 말하기 어려워졌다. "콘돔의 사용은 섹스에 대한 진정성을 의심하게 만들기 충분하다." 청와대 행정관 탁현민의 저서 『남자 마음 설명서』에 나오는 구절이다. 그들의 시선에서 피임은 사고의 위험을 감수하고 섹스의 진정성을 위해 안 해도 되는, 그런 정도의 것이다. 내 몸에서 일어나는 임신이라는 '사고'는 사고로 끝나지 않는 것인데도 말이다. 나는 그들의 시선을 내면화했다. 그리고 '내 몸은 내가 책임져야 한다'고 생각하면서 피임을 혼자서 꽁꽁 짊어졌다.

콘돔을 사용하지 않는 남자는 나와의 관계에 대한 진정성을 의심하게 만들기에 충분하다. 아니 반드시 의심해야 한다.

임신중절수술,
가장 힘들었던 피임

　　　　　　그러나 친구들과 피임에 대해
얘기를 나눈 이후부터, 나는 섹스를 하는 상대와 피임에 대
해 확실하게 이야기하려고 노력했다. 만약 임신이 될 경우
어떻게 할 것인가의 문제와 함께.

그리고 작년에 임신중절수술을 했다. 모든 수술이 그렇
듯 힘든 과정이었다. 게다가 이 수술은 불법이다. 수술 후
남자친구에게 말했다. "수술 후 적어도 한 달은 나를 간호해
줘. 우리가 함께 사전 피임에 실패했고, 그래서 내가 임신중
절수술을 하게 된 것이니 최소한의 고통을 분담했으면 좋
겠어."

남자친구는 내게 그러겠노라 약속했지만, 몇 주 후 잠수
를 탔다. 이유는 '부모님이 동거하는 사실을 알아버려서' '네
가 고통스러운 걸 보는 게 고통스러워서' '사랑이 뭔지 삶이
뭔지 모르겠어서'라고, 이후에 편지가 왔다. 사랑이 뭔지, 삶
이 뭔지 고민할 수 있는 그의 여유가 부러웠다. 임신과 피임
의 고통에서 쉽게 도망칠 수 있는 남자의 몸이 부러웠다.

임신중절수술을 하기 전, 평소 피임법에 대해 진지하게
이야기했지만 남자친구는 심각하게 듣지 않았다. 피임에 대

「Eve」, 2016

해 별생각도, 실천할 의지도 없었던 그에게 뒤늦게 분노가 일었다. 임신은 그의 몸에서 일어나는 일이 아니지만, 마땅히 그도 피임을 전적으로 함께 고민하고, 그 실패의 책임 또한 함께 져야 했다. 그리고 그 후의 고통은 분담되어야 했다. 하지만 임신은 나 혼자 감당해야 했다. 그는 피임 걱정 없이 자신의 사정과 오르가슴만 즐긴 후 떠났다.

그와 헤어지고 나는 99.9퍼센트 피임을 할 수 있는 방법을 알아봤다. 다시는 중절수술을 하고 싶지 않았다. 하지만 대부분의 피임은 실패 확률이 어느 정도 있었고, 호르몬 부작용도 감수해야 했다. 나는 아이를 낳을 생각도 없는데. 자궁이 거추장스럽게 느껴졌다. 자궁을 들어내는 방법은 없을까 고민했다.

함께 하는 피임,
깊고 끈질긴 대화

A는 정관수술을 했다. 나는 그에게 콘돔의 불편함과 경구피임약이 나와 맞지 않았던 경험, 임신중절수술 후 고통스러웠던 경험을 이야기했다. 그도 그동안 만났던 사람들과의 관계에서 피임에 실패했던 경험과 피임에 대한 생각과 정보를 나눴다. 그리고 각자가 할

수 있는 피임법을 알아봤다.

　나는 산부인과에 전화해 자궁을 들어내는 수술이 있는지 상담했다. 한 달에 한 번 피곤한 생리를 안 해도 되고 피임도 확실하고, 얼마나 좋을까. 그러나 알아본 결과 자궁 복강경 수술은 비용이 생각보다 비쌌고, 부작용도 심할 수 있다고 했다.

　그는 남성이 할 수 있는 피임법을 알아봤다. 여러 정보를 찾아본 결과, 가장 안정하고 신속하고 경제적인 피임은 남성의 정관수술이었다. 정관수술에 대해 인터넷으로 검색해 보니 여러 의견이 있었다. "정관수술 절대 하지 마세요. 여자에게 루프를 착용하게 하면 됩니다." 이유는 '남자의 기운은 정자에게 달려 있기 때문'이라고 적혀 있다.

　정관수술은 5년 내에 재수술을 하면 다시 정자 배출이 가능해진다. 물론, 정관수술 후 불임 가능성도 있다. 하지만 여성이 피임약을 먹거나 피임 기구를 자궁에 설치해도 그런 가능성은 똑같이 존재한다. 불임 가능성이 있다 해도, 내 몸에 내가 원하지 않는 일이 일어날 수 있으니까 여자인 나는 피임을 했던 거다. 그런데 왜 남자들은 자기 몸으로 임신을 하는 것도 아니면서 자기가 하는 피임을 '무서워'할까. 여자의 기운은 자궁에, 남자의 기운은 정자에 달려 있다고 생각하는 건가? 그렇게 소중한 정자와 자궁인데, 왜 피임약은 자궁에 투여하는 것밖에 없는 거지?

여성의 피임법에는 종류가 많다. 그러나 남자의 피임법은 정관수술과 콘돔 정도다. 남성용 경구피임약은 개발이 더디다. 부작용 위험이 있다는 이유다. 정말 이 세계에서 남자는 1등 시민, 여자는 2등 시민(아기 주머니)인 걸까. 여성의 손에만 온갖 피임약을 쥐여주고 있다. 호르몬 부작용과 비용은 어쩔 수 없는 것, 그마저도 실패하면 임신중절수술도 불법. 여자의 몸에다 대고 세상이 이렇게 으름장을 놓는 것 같다. "피임이 싫으면 임신을 하라고! 아이를 낳으라고! 어머니가 될 몸을 아껴야지! 아이를 낳을 여자의 몸은 소중하지만, 정 그렇게 임신을 위한 섹스 말고 쾌락을 위한 섹스를 하고 싶으면 알아서 부작용을 감수하고 피임하든가 말든가."

그는 아이를 낳을 생각이 없었다. 그가 고민을 하더니 말했다. "우리 둘 중 부작용이 더 적고, 안전하고 확실한 방법이 정관수술이니까 내가 할게." A에게 왠지 미안한 마음이 들어 조심스럽게 말했다. "고마워. 내가 남자였다면 내가 정관수술을 했을 텐데."

우리는 바로 동네 비뇨기과에 전화해 상담을 받으러 갔다. 흔쾌히 정관수술을 하겠다고 했지만, 여전히 그가 고민하는 것이 느껴졌다. 수술하기 전날 밤, 그는 자면서 '아이가 죽었어!'라고 속삭이는 늙은 남자의 목소리를 들었다고 했다. 수술을 하러 비뇨기과에 가기 한 시간 전까지 우리 사이에는 묘한 기류가 흘렀다. 아이를 낳을 생각이 없는 그도 30년 넘게 한국에서 남성으로 살아오면서 자신을 닮은 핏줄을 낳고 싶다는 환상이 있었던 것이다. 아이를 낳을 생각이 없다고 말하면서도 자기 핏줄을 남기고 싶은 욕망을 비우지 못한 걸까, 내 불안은 생각하지 않는 걸까. 답답했다. 섹스 후 임신을 불안해하는 내 앞에서 '우리 그냥 아기 가질까?' '나랑 너 닮은 아기 낳고 싶어'라고 천하태평하게 말하던 남자친구들이 떠올랐다. 내 몸에서 생겨난 세포를 내가 9개월 동안 고생하면서 품고 낳는 내 몸의 일인데.

그가 수술 날짜를 예약하러 비뇨기과에 갔을 때, 의사는 이렇게 물었다고 했다. "부모님은 아시나요?" "어떤 종교적인 이유가 있나요?" "자녀는 아직 없나요? 정말 괜찮으시겠어요?" 등등. 담담하게 수술을 받으러 간 A도 자신이 이상한 건가 하는 생각이 들 정도로, 의사는 걱정하듯 물었다고 한다. 이상하다. 피임이든 불임이든, 다 큰 성인에게 부모님이 아는지, 종교가 있는지는 왜 묻는 걸까.

내가 사후피임약을 복용하거나 산부인과에서 피임 기구와 자궁을 들어내는 수술을 상담하거나 약국에 경구피임약을 사러 갔을 때는 누구도 그런 질문을 하지 않았다. 그만큼 남성의 적극적인 피임은 대단히 특별한 행동이 된다. 스님이거나 신부님이거나 자녀가 있는 기혼 남성이 아니면 정관수술 같은 불임 가능성이 있는 피임은 남성이 부담하지 않아도 된다고 여기는 걸까. 여성의 피임처럼 하루 종일 매스꺼움에 시달려야 하거나, 구토를 하거나, 장기 내벽을 긁어내거나, 구리를 넣거나, 배를 째는 것도 아닌데. 단지 불임 가능성이 있을 뿐인데.

그런 그의 눈치를 보면서 미안해하는 내가 이상하게 느껴졌다. 피임을 하는 건 내 몸을 위해서이기 전에 당연히 함께 져야 할 책임을 지는 건데, 왜 내가 미안해하는 거지? 피임을 안전하고 확실하게 할 수 있는 방법이 있다면 누구든 그 방법을 하면 되는 건데. 만약 호르몬 부작용이 없었다면 내가 경구피임약을 먹었을 것이다. 그러나 내게 다른 피임법이 맞지 않기 때문에, 상대가 할 수 있는 안전한 피임을 선택한 거다. 그 역시 콘돔을 제외하고는 적극적으로 피임을 고민하고 실천한 적이 없었으니, 불안하고 걱정될 만하다. 그래도 그가 느끼는 불안과 걱정에 나는 깊이 공감할 수 있었다. 늘 혼자서 걱정하고 고민해왔던 피임이었으니까.

정관수술을 하러 수술실에 들어간 그는 15분 후에 나왔다. 걸음걸이가 느릿해 보였지만 괜찮다고 했다. 집으로 돌아와 나는 양파, 감자, 당근, 애호박을 넣고 카레를 만들었다. 카레를 먹으면서, 고마워하는 내게 그가 말했다. "내가 특별하고 대단한 일을 한 게 아니라 피임은 당연히 함께 해야 하는 거고, 부작용도 적고 안전한 게 정관수술이니까 그냥 한 것뿐인걸." 그에게 고마운 게 이상했지만, 그렇게 말하는 그가 고마웠다.

그 후로 만나게 된 사람들과도 함께 피임에 대해 이야기한 후 섹스했다. '내 몸을 자기 아이를 낳아줄 주머니가 아니라 자신과 동등한 인간이라고 생각하는지, 임신 계획 없는 나에게 협조하는 걸 넘어 스스로 피임을 실천할 의지가 있는지, 섹스도 함께 하니까 피임도 함께 하는 게 당연하다고 생각하는 상식적인 사람인지'를 알아보는 것은 내 신변의 안전과 즐거운 섹스를 위한 조건이다.

몇 주간의 회복기가 지난 후, 우리는 편안하게 섹스를 즐겼다. 함께 피임을 고민하고 실천하면서 서로에게 더 투명하고 단단해진 느낌이 들었다. 나도 더 이상 내 자궁을 미워

하지 않고 몸을 활짝 열 수 있었다. 많은 길을 지나, 넘어지고 까지고 나서야 당도한 평온함이다. 피임 시술에 건강보험이 적용되는 나라에서 태어났다면 나는 좀 덜 넘어졌을까. 다양한 피임법을 처음부터 교육받았다면, 내가 쓰고 있는 이런 글을 일찍이 접했다면, 나는 좀 덜 아팠을까.

정관수술을 한 A의 인터뷰

Q. 정관수술을 하기 전에 피임은 어떻게 해왔나요?

A. 여성이 경구피임약을 먹거나, 내가 콘돔을 했어요. 그런데 경구피임약은 부작용 때문에 상대방이 힘들어했어요. 그리고 콘돔은 성감이 별로 없어서 상대방과 합의해서 뺄 때가 많았어요. 결국 질외사정을 하게 되고, 그러고 나면 서로 불안해졌어요.

Q. 많은 사람이 질외사정으로 피임을 대체한다고 해요. 질외사정이 피임이 아니라는 걸 알면서도 왜 다른 피임을 시도하지 않는 걸까요?

A. 그냥 회피하는 것 같아요. 피임은 어렵고, 섹스는 즐거우니까요. 피임에 대한 정보도 부족해요. 남성은 자기 몸이 임신하는 게 아니니까, 더 쉽게 회피하게 되는 것 같아요.

Q. 적극적으로 피임을 고민하게 된 이유가 있나요?

A. 몇 가지가 있는데요. 제가 피임을 제대로 안 해서 임신중

절수술을 했던 여자친구가 있었어요. 그 사람은 수술 후 몸과 마음에 크게 상처를 입었어요. 다시는 그런 일을 반복하고 싶지 않아요. 그리고 지금은 아이를 낳고 싶지 않다는 입장이 확고해요. 지금 같은 세상에서 아이를 낳으면 키울 수 있는지, 키우면 건강하게 자라긴 하는지, 지금 대답은 다 '아니다'예요. 또 섹스할 때 불안하지 않은 피임을 하고 싶었어요.

Q. 몇 개월 전 정관수술을 했는데, 정관수술을 할 때 고민되는 것은 없었나요?
A. 내 핏줄을 남기지 못할 것 같은 불안이 있었어요. 불임 가능성이요. 하지만 생각해보니 꼭 내 핏줄을 낳는 것이 중요한가, 그리고 지금 파트너와 임신하기로 합의한 게 아니라면 누구든 당연히 피임을 해야 하잖아요. 가격도 다른 장기적인 피임 방식에 비해 경제적이고, 호르몬 부작용도 없어요. 임신을 원하면 5년 이전에 재수술을 하면 되고요. 합리적인 선택인 것 같아요. 불임 가능성은 여성이 피임하나 남성이 피임하나 다 있잖아요. 그런데 정관수술을 하는 저를 걱정하듯 쳐다보는 의사 선생님의 시선이 불편했어요. 아이를 못 가질 수 있다고 몇 번이나 강조하더라고요. 무슨

아이 안 낳는 게 죄도 아니고, 아이 낳는 게 자랑도 아닌데.
그러면서 임신해서 중절수술을 하는 것은 죄라고 하고……
(한숨)

Q. 정관수술 후 몇 개월이 지났는데, 부작용 등 몸의 변화가
있나요?
A. 좀더 건강해진 것 같아요. 그런 말을 들어서 그런지 모
르겠지만, 정관수술을 하면 정자가 사정을 하면서 없어지는
게 아니라 단백질 보충 에너지로 환원된다고 하더라고요.
그래서 그런지 근육도 더 생기는 것 같고, 물론 운동도 하고
있지만요. (웃음) 몸과 마음이 더 가벼워진 느낌이 들어요.
아주 높은 확률로 피임이 보장되니까 성관계도 훨씬 더 편
안하고요. 수술 전과 비교해서 성욕이나 발기, 사정 등의 변
화는 없어요. 그건 심리적인 문제인 것 같아요.

Q. 이 인터뷰를 읽는 사람들에게 하고 싶은 말이 있다면?
A. 다양한 피임법이 있다는 걸 알았으면 좋겠어요. 특히 남
성들이요. 남성도 콘돔 말고 피임 방법이 있다는 걸, 전 얼
마 전에야 알았어요. 피임에 대해 상대와 이야기할 때도 콘
돔을 제외하고는 여성이 하는 피임법만 이야기했어요. 지금

임신중절수술은 불법이고, 정관수술은 합법이잖아요. 정관
수술은 중절수술에 비하면 훨씬 더 안전하고, 고통도 거의
없어요. 제 경험을 듣고 많은 남성이 피임을 자기 문제로 생
각했으면 좋겠어요. 저도 남자 친구들과 피임 얘기를 나눈
적은 없거든요. 섹스 얘기는 많이 했는데…….

「아가미」, 2016

임신중절수술

:

나만의
독방

5년 전, 한 포럼에서 그를 만났다. 정의로운 가치를 추구하는 그와 자주 편지를 주고받았다. 세상을 바꾸는 실천, 페미니즘에 대한 생각, 일상의 소소함과 삶의 고민을 나누면서 서로에게 서서히 끌렸다. 그는 외국에서 평화학과 여성학을 공부하던 학생이었다. 재작년 한국으로 돌아온 그는 부모님과 함께 살았다. 우리는 종종 만나 고민을 나눴다. 그는 어머니가 집안일에 대한 잔소리가 심하고, 자신의 일정을 간섭한다며 답답함을 토로했다. 일찍이 부모님과 떨어져 생활한 나는 집을 나오는 것도 좋은 방법일 거라 조언했다. 그는 오랫동안 고민하더니 부모님에게 편지를 남기고 집을 나왔다. 그렇게 우리는 함께 살게 되었다.

그는 사르트르와 보부아르 같은 관계를 꿈꿨다. 나도 그랬다. 우리는 폴리아모리를 지향하면서 서로를 존재로서 사랑하려고 노력했다. 학자가 되는 것이 꿈인 그는 소위 명문대 대학원 입학시험을 앞두고 있었다. 우리는 함께 공부하면서 소소한 일상을 즐겼다.

붉은 선

그와 하는 삽입섹스는 잘 맞지 않았다. 관계를 하고 나면 아파서 근육통이 생겼다. 콘돔을 꾸준히 사용하다가 가끔은 콘돔을 빼고 질외사정을 했다. 그렇게 3개월쯤 생활했을까. 식은땀이 나고 소화가 잘 안 됐다. 며칠간 계속되는 복통에 임신테스트기를 해보았다. '설마…… 임신은 아니겠지.' 테스트기에 희미하게 두 줄이 드러나더니, 붉은 선이 선명해졌다. 평소에 그와 이야기했듯이 우리는 아이를 낳을 생각이 없었다.

예비군 훈련에 가 있는 그에게 연락했다. "나 임신했어." 그는 "승희는 어떻게 하고 싶어?"라고 물었다. "수술해야지." 그는 내일 일찍 들어가겠다고 했다. 뒤늦게 알고 보니, 그는 친구와 술을 마시고 있었다. 그에게 다시 전화해 말했다.

"이건 우리 둘이 함께 책임져야 하는 일이야. 지금 올 수 있으면 와줄래?" 그는 알겠다며 전화를 끊었다. 늦은 시간 집으로 돌아온 그와 이야기를 나눴다. 임신중절수술 자체에 대한 거부감은 없었지만 처음 해보는 수술이라 긴장됐다. "그냥 애 낳을까?" 내가 물었다. "아니." 그의 목소리가 단호했다. 그가 어떻게 대답하든 수술을 할 생각이었는데도 서운했다.

말할 수 없는 고통

그는 수술비가 얼마나 될지 걱정했다. 학교를 졸업한 지 얼마 되지 않았고, 부모님을 떠난 그는 경제적으로 여력이 없었다. 돈이 없는 건 나도 마찬가지였다.

초음파 화면에 까만 세포덩어리가 보였다. 6~7주 된 것 같다고 했다. 비용은 현금으로 55만 원. 짧은 수술 시간이 끝나고 회복실로 옮겨졌다. 회복실에는 노란 햇볕이 들어오고 있었다. 그는 수술비를 마련하기 위해 밖으로 나가고 없었다.

병원에서 나와 햇볕이 내리쬐는 거리를 그의 팔에 의지해 걸었다. 머리가 복잡했다. 그는 대학원 입학시험을 앞두고 있는데, 3주 전에 내가 이렇게 수술을 하게 되다니…… 나를 간호하기 부담스러워하지 않을까. 그에게 서운해질까봐 지레 걱정이 됐다. 그는 아무 말도 하지 않았다. 집으로 돌아와 침대에 누웠다. 무슨 말을 할 기력도, 일어날 힘도 나지 않았다. 그는 내 앞에 앉아 노트북을 켜고 공부를 했다. 방해가 될까봐 나는 자는 척했다.

아침에 일어나 그에게 부탁했다. "미안한데, 미역국 좀 끓여줄 수 있어?" 그는 마트에서 이것저것 사와 미역국을 끓였다. 국을 먹으며 나는 말했다. "대학원 시험 준비로 힘들겠지만 적어도 한 달 동안은 고통을 분담해줘. 내가 몸이 회복될 때까지 만이라도." 그는 믿음직한 표정으로 알겠다고 대답했다.

그가 부엌에서 통화를 하면서 냄비에 미역, 물, 들기름을 넣고 미역국을 끓였다. 연구 계획서를 아직 못 쓰고 있고, 일이 많아서 힘들다고 그가 친구에게 하소연하는 소리가 들렸다. 미역국은 따뜻했지만, 밥상에는 온기가 없었다. 표정 없는 그의 얼굴을 바라보다가 눈물이 뚝 떨어졌다.

이 아픔을 함께 짊어지기에는 대학원을 준비하는 그의 삶의 무게가 너무 무거운 걸까. 내게 그랬듯 임신과 중절수술은 그에게도 갑작스러웠을 것이다. 집을 나와 공부하면서 지내려고 했는데, 여자친구가 덜컥 임신이 되는 바람에 부모님에게는 말도 못 하고 친구들에게 돈을 빌려가며 미역국을 끓이고 있는 지금 상황이 그도 힘들겠지. 그런 그를 이해하려고 노력했다.

나는 예정되어 있던 퍼포먼스 작업과 행사를 모두 취소했다. 꼭 하고 싶었던 작업이었지만 나갈 수도 없었고, 못 나가는 사정을 말할 수도 없었다. '저, 낙태수술해서 못 가요. 당분간 집에서 쉬어야 한대요. 저도 정말 가고 싶은데 그럴 수가 없어요.' 세상에서 소외된 고통 같았다. 삶이 중단된 느낌이 들었다. 대학원 입학시험을 제대로 준비하지 못해 불안해하는 그는 내 상실감에 공감할 여력이 없었다. 관계 후 그가 먼저 잠이 들면, 알 수 없는 외로움에 몸을 떨었다. 어떤 날은 새벽에 집 밖으로 나가 운동장을 돌면서 울었다. 그는 울고 있는 내게 다가와 가만히 서서 손바닥을 등에다 갖다 대주었다. 식은 표정으로 나를 보던 그의 얼굴. 그를 바라볼수록 외로워졌다. 어느 날은 아침에 일어나 갑자기 눈물이 쏟아져서 침대보에 얼굴을 대고 울었다. 흐느끼는 소리를 들었을 텐데, 그는 대답이 없다. 더 이상 내가 웅크린 곳으로 오지 않는다. 그는 한참 후에서야 내게 다가와 몇 번 토닥여준 후 밖으로 나갔다.

한동안 그는 부모님이 자신을 찾는다며 걱정했다. 나는 그에게 말했다. "솔직하게 부모님한테 말씀드리는 건 어때. 어머니라면 이해해주시지 않을까?" 그의 부모님은 두 분 모두 여성의 인권과 사회 정의에 대해 말하고 또 이를 위해 애쓰는 분들이었다. 나와도 만나 고민을 나눈 적이 있다. 그의 어머니는 페미니스트이고, 그의 아버지 또한 소수자 편에서 여러 연구를 하는 분이다. 그러나 그는 이런 상황을 말할 수 없다고 했다. 부모님을 존경하면서도 지나치게 어려워하는 그의 태도가 이해되지 않고 답답했다.

그의 대학원 시험 전날이었다. 어떻게 아셨는지 부모님이 시험 전날 그를 데리러 우리가 함께 사는 집 쪽으로 오셨다. 나는 혼자 남게 되었지만, 이번 기회에 그가 부모님 눈치를 보지 않고 심리적으로 독립해서 생활할 수 있길 바랐다. 그리고 페미니스트인 그의 어머니가 내 사정과 아픔을 공감해주실 거라 믿었다. "시험 잘 봐. 연락 기다릴게." 그는 부모님의 차를 타고 집으로 돌아갔다.

밤새 연락을 기다렸지만 아침까지 연락이 없었다. 열 번쯤 전화를 했을까, 이튿날 저녁이 되어서야 겨우 연락이 닿았다. 그의 목소리는 밝았다. "어제는 부모님 집에서 계속

180

시험 준비했어. 휴대전화가 가방에 있는데 꺼내기가 눈치 보여서 연락을 못 했어." 나는 어안이 벙벙했다. "시험은 잘 봤어?" "응, 그냥……" "언제 올 거야?" "아직 모르겠어. 아버지 좀 만나고." "나 수술한 것도 말씀드렸어?" "아직. 이제 얘기해보려고." "응. 연락 줘, 기다릴게." 답답한 마음으로 전화를 끊었다.

해가 지고, 뜨고, 또다시 질 때까지 연락은 오지 않았다. 견디기 힘든 시간이었다. 종일 침대에 누워 연락이 없는 휴대전화를 붙잡고 하염없이 기다렸다. 그가 없는 집에 혼자 있는 것이 견디기 힘들었다. 늦은 밤, 아픈 몸을 이끌고 밖으로 나왔다. 그러나 갈 곳이 없었다. 예전에 섹스를 빌미로 스폰서처럼 나를 도와줬던 남자에게 연락했다. 그에게 털어났다. "나 중절수술했어. 몸이 많이 아파. 돈이 필요해." 그때의 나는 그 남자에게 연락할 만큼 기댈 곳이 없었다. 다시 병원에 가기 위해서 돈이 필요했다.

이튿날 오후 남자친구에게 메일이 왔다. "어머니에게 모두 말씀드렸어. 우리가 동거한다는 사실을 알고 어머니가 쓰러지셔서 간호하느라고 연락을 못 했어. 세상에서 내가 가장 사랑하는 여인 두 명이 힘들어해서 나도 힘들어. 휴대전화는 놓고 와서 없어. 몸을 두 개로 찢어서 존재하고 싶지만, 그런 순간 나란 존재는 없게 될 테고, 적어도 일주일, 한 달, 아니면 얼마나 될지도 모르는 그 시간, 영원이 될 수도 있는 시간 동안 세상에서 실종되고 싶어. p.s. 아침에 장 봤어. 건강 조심해. 제발 아프지 말고."

그는 그렇게 내게 이별을 고했다. 현관문 앞에는 생수, 1분 미역국, 황도 통조림, 햇반이 봉투에 담겨 쓰러져 있었다. 나는 저것을 쳐다볼 수도, 만질 수도 없었다.

여자들의 독방

몸에서 열이 나고 하혈이 계속됐다. 일어날 기운도, 먹을 것도 없었다. 그가 두고 간 책 100여 권이 보였다. 사회 정의, 사회적 경제, 민주주의, 평화, 공존, 인권. 아름다운 책들이 내 고통과 상관없이 늘어서 있다. 그래도 공부하는 애니까 책이 필요할 텐데. 나는 엉금엉금 기어가 그의 책을 박스에 정리했다. 택배로 보내줄 생각이었다. 책을 하나하나 뽑아서 박스에 차곡차곡 넣다가 문득 정신이 들었다. 내가 왜 이러고 있는 거지? 이것은 사랑에 배신당한 한 여자의 비극이 아니다. 방치된 고통, 가해자 없는 폭력이다.

섹스와 임신은 둘이 함께 했는데 이 고통에서 왜 나는 혼자일까. 그는 낙태한 내가 부담되어서 도망갔다. 그는 그렇게 해도 되니까 그렇게 한다. 수많은 여성이 이렇게 방치되어왔을 것이다. 사회는 영아를 유기한 여자를 손가락질하고, 자기 배 속의 태아를 낙태시킨 여자를 살인마라 부른다. 거기에 남자들은 없다. 분노는 나를 일어서게 했다. 바닥에서 일어나 노트북을 열었다. 일방적으로 이별을 통보하고 '두 여인' 중 한 명으로 나를 생각한 그에게 편지를 썼다. '너랑 섹스하는 거 진짜 별로였다. 나는 얼마 전 스폰서로 만났던 남자를 만났다. 부모님 그늘에서 벗어나 부디 어른이 되어라. 네가 한 행동이 얼마나 폭력적인지 성찰하길 바란다'는 내용이었다.

며칠 동안 자지도 먹지도 않고 A4 50쪽이 넘는 글을 썼다. 한나 아렌트의 말처럼 "모든 슬픔은, 그것을 이야기로 만들거나 그것들에 관해 이야기할 수 있다면, 견딜 수 있다." 타자기를 꾹꾹 누르며 계속해서 글을 써내려갔다. '나는 살아 있다. 혼자가 아니다. 이곳은 나만의 독방이지만, 나만 갇혀 있는 독방이 아니다.' 심장이 전처럼 뛰고 피가 빠르게 돌았다. 지금 내 존재를 이 작은 모니터에 남기는 일밖에는, 내 고통에 공감해줄 세상이 없다. 글을 쓰는 동안에는 숨쉴 수 있었다. 글을 쓰고 집 밖으로 나가 뚜벅뚜벅 산책하며 생각했다. 또 다른 나에게 편지를 쓰자. 임신중절수술 경험을 증언하는 글을 써야겠다고 생각했다. 자궁에서 피가 줄줄 흘러 나왔다. 생리가 내 자궁에 붙은 앙금을 씻겨주는 성수처럼 느껴졌다.

  괜찮아질 줄 알았던 몸에 다시 열이 올라왔다. 하혈이 또 시작됐다. 몸무게가 10킬로그램이나 빠졌다. 이대로 몸을 방치해서는 안 된다고 생각했다. 하지만 마땅히 고통을 분담해야 할 그는 실종되어버렸다. 고민 끝에 그의 아버지에게 SNS로 메시지를 보냈다. 이따금 내게 법에 관해 조언해주던 분이다. 그러나 메시지를 읽은 후 나는 차단됐다. 그의 어머니에게 문자를 보냈다. 알고 계시겠지만 임신중절 후 적어도 한 달은 함께 고통을 분담하기로 한 ○○이가 일방적으로 실종된 상황이라고, 함께 있다면 연락을 부탁드린다고.

  휴대전화가 없다고 한 그는 전화를 받지 않았다. 사정을 처음부터 알고 있는 그의 친구에게 연락했다. 친구는 그에게 연락이 없었다고 했다. 나중에 알고 보니 그는 친구에게 '혹시 승희에게 연락 오면 나랑 연락이 안 된다고 말하라'고 당부했다고 한다. 나와도 가까운 그의 후배에게 연락했다. 그녀는 어제 연락이 왔다며 문자로 주고받은 내용을 보내줬다. "많은 일이 있었지ㅎㅎ 나 이제 시간 많아졌어ㅎㅎ 화욜 저녁에 보자." 휴대전화가 없고, 영원히 실종되고 싶고, 자신의 존재를 찾지 못하겠다고 내게 편지를 보낸 그였다. 내 임신중절수술은 그에게 '많은 일' 중 하나였다.

그의 어머니에게서 연락이 왔다. 그가 집에 없지만, 연락이 되면 전해주겠다고 했다. 얼마 안 있어 그에게 전화가 왔다. 그의 목소리는 아무렇지도 않아 보였다. 그는 엄마에게 연락을 받았다고 했다. 우리는 만나기로 했다. 그가 약속 장소에 나왔다. 다시 마주한 그의 표정은 당당했다. 나와 다르게, 떨지도 않았다. 목이 메었다. 여성학을 공부한 너 같은 사람도 여자친구에게 이렇게 행동할 수 있는 권력은 대체 어디서 나오는 거냐고, 이건 결코 사소한 문제가 아니라고 말했다. 그는 아무 대꾸도 하지 않다가 자신도 힘들었다고 말했다. 나는 함께 살던 집이니 그의 짐을 정리하고 빨래와 냉장고 청소를 부탁한다고 했다. 그리고 자신이 한 일을 되돌아보고 반성이 담긴 글을 써서 보내달라고 했다. 그것이 나에 대한 최소한의 예의라 생각한다고. 그는 알겠다고 대답한 후 돌아갔다.

그는 이후 또다시 연락이 두절됐다. 함께 살던 집에도 그의 흔적이 없었다. 그는 어디로 간 걸까. 또 어머니 뒤로 숨은 걸까. 내가 할 수 있는 것은 없다. 글을 쓰는 것밖에는. 그와 헤어지고 이틀 후, 그가 아니라 그의 어머니가 내가 있던 인문학카페로 찾아왔다. 그녀는 내게 말했다. "너희는 큰일을 해야 하는 청년들이잖니. 승희의 글을 얼마나 많은 사람이 보고 영향을 받을 수 있는데. 그러니까 큰일에 집중하고 기운을 내야지." 그의 어머니는 내가 낙태수술과 그 후의 일을 증언하려는 걸 눈치채고 나를 찾아왔던 것이다. 이어서 "몸은 괜찮니? 우리 ○○이도 대학원 시험도 잘 못 봤고……"라며 말끝을 흐렸다. '큰일' 운운하는 그녀에게서 처음으로 이질감을 느꼈다. 개인적인 것이 정치적인 것이라고 말하는 페미니스트, 한때 존경했던 그녀에게 나는 말했다. "선생님, 저는 이번에 임신중절수술 후 혼자 방치된 시간 동안 여성이 어떻게 소외되는지 제 몸의 감각으로 깨달았어요. 저는 이게 저만의 문제가 아니고 모든 여성이 겪는 문제라고 생각해요. 이건 절대 사소한 일이 아니에요."

마침 카페에 들른 엄마와 그의 어머니가 마주쳤다. 그의 어머니는 우리 엄마에게 가정사에 대한 글을 봤다며, SNS 같은 곳에 사적인 이야기를 쓰는 건 보기 좋지 않다고 말했다. 나와 언니가 아버지에게 폭력을 당하고 이혼한 엄마의 이야기를 쓴 것을 엄마는 알고 있었다. 그런 글을 쓰는 우리를 격려해주는 엄마였지만, 그때 엄마는 위축된 것처럼 보였다. 그의 어머니와 헤어진 후 엄마는 울었다. "승희야, 그 애 어머니가 돈 필요하지 않느냐고 내게 말하더라. 됐다고, 지금 돈이 문제냐고 했어." 나를 낳은 후에도 혼자 병원에 가서 세 번의 낙태수술을 하고 후유증을 견뎌내야 했던 엄마. 나와 비슷한 고통을 통과했을 엄마의 무릎을 안았다.

그날 저녁, 카페에서 팀원들과 오랜만에 만났다. 그간 쌓인 눈물이 터졌고, 우리는 함께 울었다. 그러던 중에 그에게서 연락이 왔다. 그는 마지막으로 내게 할 말이 있다고 했다. 카페로 들어온 그의 표정은 당당해 보였다. "네가 보낸 편지에서 다른 남자 만났다는 거 읽었어. 너도 잘못 있는 거 아니야?" 그가 나를 질책하며 말했다. 나는 입술을 깨물었다. "네가 실종되겠다고 일방적으로 통보했잖아. 고작 그 얘기하려고 왔어? 미안하다는 사과도 아니고?" 그는 자신이 나를 떠난 이유가 내가 다른 남자를 만나서라며 순서를 바꿔 말했다. 그가 한 모든 거짓말이 떠올랐다. 그의 손에 쥐어 있던 휴대전화를 뺏어서 집어던지고, 어깨를 힘껏 밀쳤다. 함께 있던 카페 팀원들이 나를 말렸지만 분노는 가라앉지 않았다. "네가 나한테 일방적으로 실종되겠다고 했잖아. 맞아, 안 맞아? 적어도 한 달 동안은 함께하기로 했는데. 잊었어? 가스 끊긴 집에서 네가 버리고 간 짐들 가운데 혼자 방치된 채 하혈하고, 진통하고…… 너는 내 고통을 생각해 봤어?" 그의 옷을 붙잡고 늘어질 때까지 놓지 않았다. 팀원들이 겨우 말려 상황은 끝났다. 그는 밖으로 나갔다.

나는 그와 살던 집으로 갔다. 그가 정리하겠다고 약속한 빨래, 냉장고 속 반찬과 짐들은 그대로 방치되어 있었다. '아름답고 기품 있는 이별.' 언젠가 그의 글에서 본 단어다. 내게는 아름답고 기품 있는 이별보다 안전한 이별이 절실했었다. 데이트폭력을 당했던 연애관계를 나는 애틋한 사랑으로 기억할 수 없다. 권력을 가졌던 그들은 나를 사랑했던 여자로 추억하겠지만 말이다. 그의 어머니는 마지막 전화 통화에서 '너희가 서로 좋아하는데 좀 서로서로 잘 지내지 왜 이렇게 싸우니, 안타깝다'고 했다. 공적인 문제로 발화하지 말고, 사적인 문제로 간직하라고 당부하고 싶었던 걸까.

며칠 후 언니의 남자친구가 SNS에 '여자가 임신중절수술을 한 몇 주 후 남자가 실종'된 정황을 올렸다. 대상을 특정하지 않은 200자 이내 짧은 글이었다. 그는 언니의 남자친구에게 "형, 이런 식으로 나오면 승은 누나가 돈을 받고 섹스한 경험을 폭로할 수밖에 없습니다"라고 메시지를 보냈다. 내가 임신중절수술의 경험을 이야기하는 글을 쓰려고 하자 눈치를 챘는지 그에게서 메시지가 왔다. "우리 얘기를 공유하면 내 피해 상황과 네 성노동, 승은 누나의 성노동 경험을 매스컴에 폭로할 거야. 성매매는 범죄야, 범죄. 너는 범죄자야." 같이 페미니즘 독서 모임을 하며 팀원들이 성노동 경험에 대해 이야기했을 때 함께 공감해주던 그였다.

그리고 A4 한 장 분량의 메일이 왔다. 내가 그에게 부탁했던, 반성의 글이라며 보낸 편지였다. "다른 남자랑 돈 받고 자면서 동시에 나를 생각했다는 게 말이 돼? 나와 상의도 없이 책을 갖다버린 건 있을 수 없는 횡포야. 너는 가족 등 여럿이서 나를 두들겨 팼고, 내 휴대전화를 박살내버렸다"고 쓰여 있었다. 어서 방을 비워야 했던 상황에서 나는 실종된 남자친구의 짐을 혼자 처리해야 했다. 또 나 혼자서 휴대전화를 던지고 그의 어깨를 밀친 건데, 우리 가족이 자신을 두들겨 팼다고 말하고 있다. 편지의 마지막에는 이렇게 쓰여 있었다. "나는 쓰레기처럼 내동댕이쳐졌다. 너는 내가 얼마나 좋아했던 여자인데. 미안했고, 애도하는 맘으로 살게. 네가 하는 일도 응원할게. ○○ 형 글 좀 즉각 내려줘."

한때 서로 사랑한다고 속삭였던 사람. 이 인간에게서 환멸을 느끼고, 구역질이 났다. 자기 가족과 자기 이름이 위험해질 때(명예가 실추될 때) 인간은 이렇게 더럽고 역겨워질 수 있다. 얼마나 대단한 가문의 명예를 지키고 얼마나 큰일을 하려고 하길래. 어쩌면 그는 처음부터 달랐다. 대단한 엘리트 집안에서 지원을 받으며 엘리트 교육 코스를 밟아온 그는 내가 살아온 고통과 빈곤, 밑바닥을 동경했다. 자신의 삶에는 결핍되어 있던 예술과 사랑과 추락을 동경했던 그. 그와 나는 발 딛고 있는 땅부터가 달랐다.

이런 상황이 답답해서 몇몇 페미니스트 학자를 찾아가 상담을 받았다. 어떤 분은 "남자친구랑 다시 만나고 싶어서 그래요?"라고 물었다. 내 낙태 경험을 기록하는 행위가 남자친구를 돌아오게 하려는 여자의 발악으로 보인다는 건가. 페미니스트들이 바로 그런 시선과 싸우는 게 아닌가. 답답하고 화도 났다. 대부분은 낙태수술 경험을 공유하는 걸 감당할 수 있겠냐며 나를 걱정해주었다. 외국에서도 낙태수술이 합법화된 후에야 여성들이 자신의 경험을 털어놓았다며, 소설로 써서 공유하는 건 어떻겠냐고 했다.

집으로 돌아와 한참을 고민했다. 소설로만 남길 수 있는 걸까, 여자의 경험은. 나는 감당할 수 있을까? 확실한 건, 이 고통을 말하지 않으면 내가 견딜 수 없다는 사실이다. 낙태충, 살인마라고 낙인찍히고 돌팔매질당할 것쯤, 협박을 당하고 사회적으로 매장당하는 것쯤 견딜 수 있다. 고통스러운 독방을 말할 수만 있다면……

「지구 여자, 어머니 하느님」, 2016

독방을 부수며

                  다시는 한국에 돌아오지 못할 것을 각오하고 낙태수술을 증언하는 글을 써서 공유했다. 그리고 인도로 떠났다. 생각보다 특별한 일은 일어나지 않았다. 많은 여성이 내 글을 읽고 메시지를 보내주었다. "저도 비슷한 경험이 있어요. 글을 읽고 위로를 받아요. 얼굴도 본 적 없고, 나는 당신을 잘 모르지만 끝까지 손 놓지 않을게요." 보이지 않는 끈이 내내 나를 잡아주었다. 6개월 뒤 한국에서 '검은 옷' 시위가 열렸다. "숨은 남자, 드러나는 여자"라는 구호가 보였다. 많은 여성이 검은 옷을 입고, 낙태죄 폐지를 외치며 거리로 나왔다. 그녀들의 모습을 보며 뜨거운 눈물을 흘렸다. 나는 혼자가 아니었다.

    임신중절수술은 쓰라린 아픔이었지만 그것 자체가 비극은 아니었다. 그보다 나를 고통스럽게 한 건 페미니스트이자 인권, 난민여성, 성소수자의 권리를 위해 앞장서온 그의 부모님이 나를 입막음하려던 태도였다. 여성 인권을 말하는 이들이 여성에게 '성노동을 했으니 네 책임'이라고, 세상에 알리겠다고 협박하다니 우스꽝스러웠다. 난민여성은 피해자인데 자발적 성노동자는 피해자가 아니기 때문에 페미니스트인 그녀는 나를 협박할 수 있었던 걸까. 데이트폭력,

가정폭력, 성추행 피해자들을 입막음하기 위해 가해자가 즐겨 쓰는 '문란한 여자' 서사는 손쉽고 효과적인 협박이다. 정말 힘들었던 건, 그런 협박에 위축되는 나 자신을 보는 것이었다.

임신중절수술 자체보다 그 이후에 들이닥친 고통이 나를 더 힘들게 했다. 말하지 못하는 고통, 수많은 여성이 혼자 갇혀 있었을 독방의 시간을 통과하면서 남성중심사회의 맨얼굴을 온몸으로 직면했다. 지금 나는 그들이(이 사회가) 원하는 것처럼 두렵거나 수치스럽지 않다. 부끄러워해야 하는 건 내가 아니다. 여성을 억압해온 전형적인 '문란한 여자' 서사의 무기로 나를 입막음하려던 사람들이 민주주의와 여성 인권을 말하며 존경받는 사회라는 게 허무하고 슬프다. 민주주의와 여성 인권을 위해 한평생 살아온 그들이 지킨 것은 결국 가족의 명예였다. 자신의 아들, 어머니, 아버지의 '이름'을 지키기 위해 협박도 불사하는 가족 안의 휴머니스트들. 내가 활자 속 페미니즘, 엘리트 민주주의를 믿지 않는 이유다. 나는 내 몸이 겪은 일들만 말할 수 있다.

고통에 귀를 기울인다…… 고통은 지난한 삶의 증거이다.

다른 증거 따윈 없다. 다른 증거 같은 건, 나는 믿지 않는다. 사람의 말이 얼마나 우리를 진실에서 멀어지게 했던가. _스베틀라나 알렉시예비치, 『전쟁은 여자의 얼굴을 하지 않았다』, 박은정 옮김, 문학동네, 2015, 32쪽

고통의 밤들에게

점점 죽어가는 몸, 영원할 수 없는 관계, 불확실한 삶에서 어쩌면 눈물은 필수다. _홍승은, 『당신이 계속 불편하면 좋겠습니다』, 동녘, 2017, 296쪽

임신중절수술 후 몸을 추스르고 그와 함께 양양 바다로 여행을 갔었다. 아직 완전히 아물지 못한 몸을 이끌고 낙산사와 모래사장을 산책하면서 모든 것이 회복되길 간절히 기도했다. 바람이 불면 살아 있는 느낌이 들어 미소 지었다. 밤이 되어 근처 민박집에서 짐을 풀었다. 잠에 들려던 때 두통이 찾아왔다. 몇 개 챙겨온 두통약은 이미 내 안에 쌓여서 효과가 없다. 불이 꺼진 방 안에 가로수 빛이 들어왔다. 바닥에 이불 몇 장을 깔고 그와 나란히 누웠다. 걱정해주는 그의 목소리는 멀리서 들리는 파도 소리만큼 작고 멀었다. 이

통증에서 철저히 혼자일 수밖에 없는 몸, 고독할 수밖에 없는 생의 감각을 직면했다. 통증을 잊을 수 있도록 잠이 오길 바라고 바라다가, 몸의 통증을 받아들이기로 했다. 쉴 새 없이 망치로 머리를 치는 것 같은 통증에 저항하지 않고 몸을 내맡겨버렸다. "여기는 바다 사막 같아." 아픈 나를 내려다보는 그의 얼굴을 보며 중얼거렸다.

아픈 몸, 그래서 쓸모없는 존재를 등지는 세상이 문득 서럽고 아팠다. 내 옆에 있는 사람이 속해 있는 그 세상. 먼저 잠든 그와 한 침대에서 잠들 때 내팽개쳐진 느낌이 들어 잠 못 이루고 글을 끼적이곤 했다. 당시 쓴 일기장엔 이렇게 적혀 있다. "사랑이 오늘 증발된 줄 모르고 외치는 정의가 무섭다. 곁에서 슬픔에 잠길 사이 없이 열심히 사는 사람들이 두렵다. 죽음을 소외시키는 오늘, 반쪽짜리 삶을 살고 싶지 않다. 정직하게 죽음을 응시하면서 살아내고 싶다."

정의로운 사회를 만들기 위해서 학자가 되는 데 온 존재를 걸었던 그에게서 이질감을 느꼈다. 학자가 되기 위해 애쓰는 그와 모든 역할과 의미에서 벗어나 삶의 맨얼굴로 하강해버리고 싶은 나. 우리는 완전히 다른 세계로 달려가고 있다. 그와 이 세계가 소외시킨 아픈 몸. 아픈 몸이 된 '쓸모없는' 나.

아픈 몸은 내 오랜 친구다. '모두가 병들었는데' 왜 나만 아프지? 우리는, 나는 어쩌면 진통제를 맞았기 때문에 아프지 않았던 게 아닐까. 허무하고 무의미한 삶의 고통을 이겨내려고 의미와 역할의 진통제를 맞으며 꾸역꾸역 살아왔던 거다. 너도 사실 아픈데 진통제를 맞고 있어서 마비된 게 아닌가.

다음 날 아침 두통 없이 잠에서 깼다. 몸은 가벼웠다. 아픈 몸은 내게 정직하게 애도하고 성찰할 기회를 주었다. 죽어가는 생들을 애도했다. 들리지 않는 목소리가 들렸다. 독방에 갇힌 사람들의 울음소리, 말 못하는 비인간 동물들의 신음 소리, 생리 주기에 맞춰 차오르는 보름달, 파도 소리, 고요한 엠비언트의 진동들. 나는 치유되어왔다. 정직한 절망을 받아들이자고 말하는 승은 언니, 넘어지기 위해 일어서고 일어서기 위해 넘어지자고 말하는 오도, 우울한 열정을 사랑하는 조재, 달팽이, 해달, 진주, 바다씨와 한강의 『채식주의자』, 최승자 시인의 울림 속에서. 쓸쓸한 진실의 편에 서서 생을 응시하는 그들의 흔들림에서 어둠 속의 자유를 느꼈다. 깜깜한 밤에 더듬으며 느꼈던 손길과 온기, 연결감과 경외감, 해방과 애도의 눈물을 흘리던 밤들을 기억한다. 여전히 한 달에 한 번씩, 보름달이 뜬 월경 주기에 맞춰 하강의 시간이 찾아온다. 그 밤들에 감사하다.

겨울에 바다에 갔었다. / 갈매기들이 끼룩거리며 흰 똥을 갈기고 / 죽어 삼일간을 떠돌던 한 여자의 시체가 / 해양 경비대 경비정에 걸렸다. / 여자의 자궁은 바다를 향해 열려 있었다. / 열려진 자궁으로부터 병약하고 창백한 아이들이 / 바다의 햇빛이 눈이 부셔 비틀거리며 쏟아져 나왔다. / 그들은 파도의 포말을 타고 / 오대주 육대양으로 흩어져 갔다. / 죽은 여자는 흐물흐물한 빈 껍데기로 남아 / 비닐처럼 떠돌고 있었다. / 세계 각처로 뿔뿔이 흩어져 간 아이들은 (중략) 간혹 너무도 길고 지루한 밤에는 혁명을 일으킬 것이다. / 언제나 불발의 혁명을. _최승자, 「겨울에 바다에 갔었다」, 『즐거운 일기』, 문학과지성사, 1984

「야생초」, 2017

성 노 동

:

섹 스 가
뭐 라 고

"할까?"

"응. 이게 뭐라고."

"원나잇이랑 뭐가 달라."

"그러게. 해보지 뭐."

8년 전, 스무살인 내가 성노동을 하기 전 언니와 나눴던 대화다.

짜릿한 섹스

늦은 밤, 그의 차에 올라타 창문을 활짝 열고 바깥을 구경했다. 차 안에는 빠른 템포의 무거운 블루스 음악이 흘렀다. 까만 밤 밑으로 건물들이 별처럼 빛났다. 차가운 공기와 함께 담배 연기를 깊게 들이쉬고 내쉬었다. 달이 유난히 밝을 땐 차를 멈추고 그와 운전석에 누워 하늘을 구경했다. 한적한 곳에 도착하면 조수석이나 뒷자리에 누워 섹스를 했다. 그의 사정이 끝나면 물티슈로 몸을 닦았다. 그는 내가 차에 타면 먼저 돈을 줬다. 나는 해방감을 느꼈고, 대상화되는 욕망의 쾌감, 스릴 있는 섹스를 즐겼다. 이 사회가 가장 경멸하는 행위를 하며 금기를 깨는 느낌이 짜릿했다. 『여성 혐오를 혐오한다』에서 우에노 지즈코는 성노동을 하는 여성들이 가부장 사회에서 일탈하고 반항하고 싶은 욕망이 있음을 말했는데, 후에 그 글을 읽으면서 크게 공감했다.

나는 그와 스무살 때 처음 알게 되었다. 그와 나는 종종 만나 차에서 섹스를 했고, 그가 준 돈을 그때그때 필요한 곳에 썼다. 학생운동을 할 때는 그 돈을 후배의 등록금에 보태기도 하고, 카드빚에 힘들어하는 동료에게 주기도 했다. 정당과 시민사회단체 후원금으로 보내기도 하고 데이트 비용으로 쓰기도 했다. 야식을 사먹거나 사고 싶던 책과 옷을 사고, 월세와 통신 요금, 여행 경비로도 썼다.

그가 내게 돈을 주는 이유는 자신의 성욕을 해결하기 위해서라기보다 여자를 돈 주고 사는 권력의 쾌감을 느끼고 싶어서였다. 자신의 비싼 차, 커다란 자지, 섹스 능력이 얼마나 좋은지 자랑하고 확인받고 싶어서 나를 만나는 것이다. 그런 그의 자랑을 들어주고 몇 마디 보태주는 감정노동을 하다가 10분 동안 신음 소리를 내면서 육체노동을 하는 게 내 일이었다.

서비스를 제공하는 노동,
성 서비스를 제공하는 성노동

첫 아르바이트는 패스트푸드점이었다. 열일곱 살 때였다. 동전을 툭툭 던지고 반말하는 손님들을 상대하면서도 웃어야 했다. 돈을 벌어야 하니까, 웃으며 참아야지 생각했다. 50대 후반의 사장님이 어느 날 내게 케첩을 달라고 했다. 케첩이 없는 줄 알고 "죄송합니다. 지금 케첩이 다 떨어져서……"라고 말하다가 구석을 보니 케첩이 눈에 띄었다. 바로 "아, 죄송합니다. 있었네요" 하며 그의 손 위에 케첩을 올려주었다. 그가 눈을 크게 뜨고 아래에 있는 내 눈을 쳐다보며 큰 목소리로 말했다. "이 친구 안 되겠네. 무한경쟁 시대야. 이렇게 어리버리해서 어떻게 해!" 나는 어리버리하고 일도 굼뜨게 하는 알바생이었다.

나는 산만하다. 야무지고 손 빠른 인간형이 아니다. 계산대에서 일하는 아르바이트생은 나 혼자라서 거의 모든 청소, 정리, 계산, 인사, 햄버거 포장을 혼자 해야 했다. 그 후로도 스크린골프장, 일식집, 호프집, 인형탈 알바, 어린이집 보조교사 등 여러 아르바이트를 해왔다. 나에게 가장 잘 맞는 건 인형탈을 쓰고 사람들과 노는 일과 성 서비스를 제공하는 성노동이었다.

열아홉 살 때 나이를 속이고 일식집에서 일할 땐 남자 손님들이 종종 팁을 줬다. 일식집 매니저 언니는 내가 손님들이 좋아하는 스타일이라고 칭찬했다. 어려 보이고 순진해 보인다며. 가슴이 은근히 드러나는 유카타를 입고 손님 옆에 앉아 앞 접시에 회를 가져다놓거나 술을 따르는 노동이었는데, 내가 한 일 중에 가장 시급이 높았다. 손님들이 주는 팁이 하루 수입을 훌쩍 넘었다. 술을 권하는 손님도 있었지만 마시지 않겠다고 하면 정중히 그만뒀다. 일한 지 이틀째, 매니저 언니가 끔찍한 손님을 만났다며 욕을 했다. 술에 취한 손님이 팁을 주겠다며 유카타 틈새의 가슴팍에 돈을 넣어줬다는 것이다. 언니를 걱정하는 눈빛으로 보자 괜찮다며 오히려 나를 다독거렸다. 이 정도 일은 있을 수 있다면서 언니는 금세 밝은 표정으로 서빙을 했다. 이상한 분위기가 찜찜해서 일한 지 며칠 만에 그만두었다. 매니저 언니는 중국에서 온 조선족 동포였다. 일식집 위층에는 모텔이 있었다. 모텔과 일식집이 하나가 된 그 건물을 지날 때마다 언니의 얼굴이 떠올랐다.

여러 일터를 겪으면서 고민이 깊어졌다. 먹고살기 위해, 생존하기 위해 매일 6시간을 평생 기계처럼 일하는 인간으로 살아야 하는 걸까. 혹은 중학교 때 들었던 어느 선생님의 말처럼 여자 팔자는 뒤웅박 팔자니까 돈 많은 남자를 만나 결혼해야 하는 걸까. 두 가지 선택지밖에 없는 인생일까.

어차피 이 사회에서 내 몸이 도구화될 것이라면, 먹고살기 위해 영혼 없는 노동이나 결혼을 해야 한다면, 한 달에 한 번, 딱 한 시간만 영혼 없이 일하는 것이 낫다고 생각했다. 한 달에 주5일 5시간을 일해서 쥐어지는 돈이 한 시간만에 쥐어진다면. 10분 대화, 20분 샤워, 15분만 다리를 벌리고 있으면 되는 일이다. 나머지 시간에는 영혼을 팔지 않아도 된다. 바로 이 점이 좋았다.

실제로 성노동의 노동 강도는 일식집, 호프집, 어린이집, 고등학교 특수교실, 대학원 연구실, 패스트푸드점에서 노동하며 겪은 것과 비슷했다. 성노동 역시 내 서비스를 사는 고객들과 상사에게 웃음노동, 돌봄노동, 감정노동, 눈치노동,

정신노동을 해야 했다. 모든 노동은 내 몸의 일부를 써야 했고, 내 몸은 도구이자 상품이었다. 여자인 나는 무슨 일을 하든 섹슈얼리티가 부각됐다. 섹슈얼리티는 감추거나 적당히 드러내야 하는 업무 능력에 포함되었다. 자본주의사회에서 모든 노동이 그렇듯, 성노동도 내 섹슈얼리티가 상품화되는 하나의 노동이다.

산만하고 한 가지에 집중을 잘 못하는 내게 성노동은 결과물을 칼같이 제출해야 하는 다른 노동보다 더 나았다. 섹스를 하면서 다른 생각을 할 수 있고, 이런저런 산만한 이야기를 나눌 수도 있기 때문이다. 또 체력이 약한 내게 성노동의 육체노동은 다른 일보다 견딜 만한 것이었다. 힘들다고 말해도 되고, 오늘은 피곤하니까 내일 만나자(다음 날 출근하겠다)고 말해도 괜찮다. 다른 일과 다르게 성노동은 밤늦게 술을 마신 후에도 할 수 있다. 새벽이나 낮 시간에도 내가 가능할 때 유동적으로 시간을 정할 수 있어서 좋다. 빡빡한 조직생활이 없고, 일대일로 고객을 만나는 일이라서 마음 안 맞는 사람들과 부대끼지 않아서 좋다. 다른 직장처럼 업무 성과를 내거나 경쟁할 필요도 없다. 조금이라도 짧은 바지를 입으면 주의를 받아야 했던 다른 일터와 다르게 내 마음대로 옷을 입을 수 있어서 좋았다. 일식집, 호프집에서 느껴지는 끈적한 시선, 더듬거리는 손을 견디는 것보다 합의 하에 성 서비스를 제공하고 정당하게 대가를 받는 것이 훨씬 마음 편했다.

한두 시간 노동으로 몇 주의 생활비를 벌고, 남는 시간에는 영혼과 몸을 다해 하고 싶은 일에 몰입했다. 예술 작업을 하는 사람들도 자본의 입맛에 맞춰야 '잘 팔리는' 세상에서, 내가 하고 싶은 작업을 상품화해 세상에 소비되도록 하고 싶지 않았다. 자본으로 환원할 수 없는 가치들을 지키고 싶었다. 아이러니하게도 성노동은 내가 자본주의사회에서 상품으로 살고 싶지 않아서 시작한 일이다.

데이트 비용,
데이트 노동

열아홉 살, 같은 공간에서 일하던 남자와 연락을 주고받을 때의 일이다. 어느 날 그는 밤 바다를 보러 가자고 했다. 밤과 바다를 유난히 좋아하는 나는 바로 옷을 챙겨 입고 집을 나왔다. 그는 차에 탄 내게 예쁘게 포장한 은색 목걸이를 내밀었다. 고맙다며 선물을 받았다. 그는 그 목걸이가 얼마나 좋은 건지에 대해 한참을 이야기했다. 도착한 해변에서 우리는 비싼 회를 먹고, 근처 카페에서 커피를 마시고 차에 들어가 바다 공기를 마시며 밤 바다를 구경했다. 파도 소리에 매료되어 멍하니 바다를 보고 있는데, 그가 할 말이 있다는 듯 나를 빤히 쳐다봤다. "맛있었어?" "좋았어?" 그가 이것저것 질문했다. 좋았다, 고맙다는 대답이 이어지자 그는 "이제 우리 본격적으로 우리 얘기 하자"며 내가 앉아 있는 조수석으로 가까이 오더니 내게 몸을 밀착했다. 내가 제자리로 가라고 하자 그는 손으로 내어깨를 세게 움켜쥐었다. "잠깐이면 돼. 가만히 있어." 그가 굵은 목소리로 낮게 속삭였다. 주변 건물은 불이 꺼졌고 해변에는 아무도 없었다. 반항해도 힘으로 나를 누를 것 같았다. 별로 내키지 않는 섹스지만, 그냥 해주자고 생각했다. 내게 이렇게 많은 걸 줬으니 그만큼의 대가로 그와 '우리의 이야기'를 해줘야 한다고 느꼈다. 찝찝한 섹스 후 그는 말없이 나를 집까지 바래다주었다. 헤어진 다음 날, 그는 우리가 연인 사이인 것처럼 행동했다. 그에게 '당신을 좋아하지 않는다'고 말한 후 연락을 끊었다. 그런 나에게 그는 적잖게 실망한 것 같았다. 섹스할 때 가만히 있었으면서 왜 자신과 연인이 되어주지 않느냐는 느낌이었다. 이런 식의 패턴은 연인관계에서도 반복됐다. 비싼 데이트 비용을 지불한 남자친구가 데이트 코스의 마지막처럼 모텔에 가자고 조를 때, 내가 거부하면 사랑의 위기라도 온 것처럼 토라져버리는 그에게 더 이상 감정노동을 하고 싶지 않아서 그냥 섹스한 적도 여러 번 있다.

"데이트 비용을 많이 쓰는 남성 입장에서는 여성에게 그에 상응하는 보답을 원하기 마련이다. 그 과정에서 데이트 성폭력이 발생할 수 있다." 고등학교 교재에 나오는 성교육 내용이다.

가깝고 일상적인 관계에서의 성추행과 성착취가 견디기 힘들었다. 애인처럼 편하게 지내자는 남성 동료와 멘토들에게 어물쩍 성추행을 당하면서 오히려 합의하에 거래하는 섹스가 안전하다고 느꼈다. 성노동이라는 역할극 안에서는 적어도 섹스 전 마음의 준비를 할 수 있으니까.

대가 없는 노동, 보상 없는 폭력

아빠는 밖에서 돈을 벌어오고, 아빠 집에 사는 대가로 엄마는 집안일을 했다. 아빠는 엄마가 빨간 립스틱을 바르거나 귀가가 늦어지는 날에는 창녀 같은 년, 더러운 년, 걸레 같은 년이라고 말했다. 엄마는 그렇게 욕먹은 다음에도 현관문 앞에 앉아 아빠의 구두를 닦

아주고 잠들었다. 따로 월급을 주는 것도 아닌데, 엄마는 자신에게 언어폭력을 휘두르는 아빠의 블라우스를 다리고, 아침밥을 차리고, 뒤집힌 양말을 빨아줬다. 엄마는 내가 어렸을 때 집에서도 청바지를 입고 생활했는데, 아빠가 옷을 벗기지 못하게 하려고 그랬다 한다. 엄마는 피임 없는 섹스로 임신이 될까봐 걱정했다. 혼자 임신중절수술을 하러 또다시 병원에 가는 게 두려웠던 것이다. 가끔 화난 엄마는 설거지를 하면서 중얼거렸다. "내가 이 집 노예도 아니고 정말." 종종 상상했다. 아빠가 20대 시절, '나랑만 섹스하고 내 씨를 받아 아이를 길러주고, 24시간 가사, 돌봄, 성 서비스를 해줄 사람을 모집합니다. 숙식(주거 공간과 살림 비용 일부) 제공'이라고 정직한 프러포즈를 했다면 좋았을 텐데. 그랬다면 어떤 여자가 결혼해줬을까.

엄마의 모습과 예비 엄마인 내 친구들의 모습은 크게 다르지 않았다. 취직과 시집을 합친 취집이라는 말이 있다. 주변 친구들 몇몇이 취집을 했다. 우리는 20대 초반에 처음 만나서 여러 이야기를 나눴다. 아침 9시부터 밤 11시까지 근무를 하면서 100만원이 채 안 되는 월급을 받던 친구는 '일을 그만두고 싶다, 너무 힘들다'고 줄곧 하소연했다. 지방 전문대를 졸업한 친구는 직장 내에서 학력과 학벌, 결혼 유무,

성별에 따라 다른 대우를 받으며 겪는 차별에 모멸감을 느 낀다고 했다. 친구는 몇 년 후 4년제 대학을 졸업한 정규직 직장인과 결혼했다. 신혼여행을 다녀오고 며칠 후 친구에게 서 연락이 왔다. "신랑이 집안일을 안 해. 나 혼자 세탁기 안 고 울었어. 너무 서러워." 친구는 지금도 가사노동을 하면서 신랑의 집에서 살고 있다. 얼마 전엔 임신을 했다. 곧 아들 을 출산한다. 친구는 취집을 했지만 그의 집을 쓸고 닦고 반 찬을 만들고 빨래하고 섹스하고 눈치 보는 감정노동, 육체 노동에 대해 남편은 따로 월급을 주지 않는다. 대신 남편은 결혼만 하면 일대일 성노동, 돌봄노동, 감정노동, 가사노동 의 혜택을 받으면서 자신의 성을 물려받은 아이를 키워주는 사랑하는 아내와 평생 함께할 수 있다.

'사적' 공간에서 감정노동, 육체노동을 하는 여성은 노동 의 대가를 받지 않는다. 24시간 돌봄노동, 감정노동 등 '성' 적 노동을 하는 전업주부라는 직업은 가부장의 집에서 대가 없이 착취당한다. 남편이 경제적 능력이 있든 없든 상황은 비슷했다. 때로는 폭력도 사랑이라는 이름으로 합의금조차 받지 않고 감싸준다. 내 할머니와 엄마와 친구, 옛날의 내가 그랬던 것처럼.

남자친구에게 외모 지적과 언어폭력을 당하고, 오르가슴을 느끼지도 못하면서 상대가 삐질까봐 섹스해주는 친구가 있었다. 친구의 고민을 듣다가 참다못한 내가 말했다. "그럴 거면 돈이라도 받고 섹스해." 하기 싫은 섹스를 억지로 하는 건 결혼한 친구도 마찬가지였다.

엄마와 이혼 후 아빠의 욕설은 언니와 나를 향했다. 귀가가 조금이라도 늦어지거나 짧은 치마를 입으면, '더러운 년들'이라고 말했다. 아빠의 언어폭력이 지배하던 가정은 내게 학교만큼 억압적이고 두려운 공간이었다. 24시간 아빠의 눈치를 보면서 음악 소리를 줄이고, 숨을 죽이며 잠을 청했던 가정의 울타리는 감옥의 철창 같았다. 나는 어머니, 아내, 며느리가 되어 또다시 가부장이 다스리는 가족의 철창 안에서 살고 싶지 않았다. 아이를 낳는 대신 내가 표현하고 남기고 싶은 작업을 하다가 죽음을 맞이하고 싶었다. 결혼은 하고 싶지 않았다. 아량 넓은 남편을 만나 사랑 가득한 울타리를 만든다 해도, 남편과 시부모가 가진 권력의 틀 안에서 숨 막힐 것 같았다. 가슴과 질이 달린 여자로 태어난 이상 살아 있는 동안 어떻게든 성으로 교환되고 이용될 수밖에 없다면, 좀더 자율성이 보장되는 방식을 찾고 싶었다. 게일 루빈의 지적처럼 결혼이 사랑을 가장한 계약 매춘이라면, 나는 프리랜서로 살겠다고 다짐했다. 사랑이라는 이름의 착취 말고, 대가 있는 노동을 하면서.

용납될 수 없는 성노동

20대가 되면서부터 주변에서 심심찮게 성상납과 스폰서에 대한 소문이 들렸다. 예술가, 연예인뿐 아니라 다양한 업종의 여성에게 같은 업종 내에 연애관계 같은 스폰서가 있고, 어떤 정치인에게 누가 성상납을 하는지 등의 이야기는 진부한 사실이다. 그런데 유독 빨간 조명의 유리방에 앉아 있는 성노동자를 욕하거나, 성판매 여성을 모두 피해자로 여기며 불쌍해하는 사람들을 보면서 나는 의아했다.

성노동자 중에는 돈이 없어서 하는 사람도 있고, 그냥 하는 사람도 있다. 나이가 많은 사람도 있고 부유한 사람도 있다. 프리랜서도 있고 전문직도 있고 주부도 있다. 대학 등록금이 필요해서 하는 사람도 있고, 유학을 가거나 비싼 집을 사거나 그저 돈을 모으는 게 재밌어서 혹은 생활비를 벌기 위해 성노동을 하는 사람도 있다. 그러나 그것도 하나의 계기로 설명할 수는 없다. 직장을 다니는 모든 회사원이 어쩌다 그 노동을 하게 되었는지 한마디로 대답할 수 없는 것처럼 성노동도 그렇다. 그러나 성매매 종사자의 환경, 심리적 상황이라고 하면 으레 성폭력 경험, 부모님의 불화, 청소년기의 일탈, 우울증 등이 거론된다. 나 역시 그런 느낌의 삶을 살아온 건 맞지만 그것만으로는 설명될 수 없고 설명할 필요도 없다. 특별한 계기가 있어서 성노동을 한 게 아니라 절대 성노동을 하지 말아야 할 이유를 찾지 못했을 뿐이다.

성노동자 안에서도 계급적 차이가 있다. 사회적 자본에 따라 하는 일의 층위도 다르고 삶의 서사도 당연히 다르다. 성노동자는 하나의 덩어리가 아니다. 그러나 성노동자의 이미지와 목소리도 제멋대로의 상상대로 판단된다. 사회는 성노동자를 하나의 이미지로 소비한다. 이것은 오래된 역사다. '창녀의 추억' 따위로 남성 작가의 문학작품에서 신비화되거나, 영화에서 술집여자 1, 술집여자 2와 같은 화려한 배경으로 등장하거나. 남자의 돈만 밝히는 김치녀, 갈보처럼 여성을 손쉽게 비하하는 욕으로 확장되거나, 성노동자를 죄다 피해자화한 '성매매 방지법' 등이 하늘에 둥둥 떠 있는 식이다. 여성의 몸에서 일어나는 모든 주제가 그렇듯, 각양각색의 삶을 살고 있는 당사자의 목소리와 입장은 없다.

자본주의사회에서 모든 건 상품화된다. 그런데 왜 유독

성에 있어서는 그토록 예민하게 반응하는 걸까? 1시간 동안 영혼 없이 타자기를 두드리는 것과 1시간 동안 영혼 없이 다리를 벌리는 일이 뭐가 그렇게 다른 걸까. 섹스도 상품화되는 것이 정당하다고 말하고 싶은 게 아니다. 내가 하고 싶은 말은 왜 거래되는 섹스에 대해서만 유독 많은 혐오와 멸시의 감정이 따라붙느냐는 것이다. 정상적인 섹스는 임신이나 로맨스나 쾌락을 위해서 하는 건데 돈을 받고 하는 섹스는 비정상이라고 생각해서가 아닐까. 아니면 섹스 자체가 대단히 신비롭고 특별한 건데 돈으로 거래되는 섹스가 특별히 더럽게 느껴져서일까. 섹스가 뭐라고.

아니면 여자가 자기 몸을 도구로 돈을 버는 것이 대단히 혐오스러운 건지도 모른다. 성을 파는 여자를 비하하는 창녀와 걸레라는 말은 있지만 성을 구매하는 남자를 비하하는 단어는 없다. 어머니가 되고 아내가 되어야 하는 여자가 고귀한 성을 함부로 쓰는 것이 끔찍하게 경멸스러운 것이다. 생각해보면 성행위는 '하는' 거라서 몸을 판다는 말도 맞지 않다. 신약 실험 알바처럼 몸에 약을 투여하거나 장기를 적출하는 것도 아니다. 아니면 섹스를 여러 사람이랑 하는 게 문제인가. 내가 얼마나 많은 사람과 섹스하든 얼마나 문란하든 그걸 누가 참견할 수 있을까. 아니면 모르는 사람이랑

하는 게 더러운 걸까. 원나잇은 되는데, 왜 성노동은 안 될까. 마음에 드는 사람과 초면에 섹스할 수도 있고, 부부나 연인관계에서 내키지 않는 섹스도 한다. 성노동이라고 해서 아무하고나 자는 것도 아니다. 나는 상대를 파악하고, 사전에 약속하고, 충분히 이야기를 나눠보고 시작한다. 폭력에 쉽게 노출될 수 있어서 위험한 게 문제라면 친밀한 사람에게 당하는 성추행과 사랑하는 사람에게 당하는 데이트폭력과 데이트강간은 어떤가. 나는 남자친구와 섹스하는 것보다 시간과 피임, 횟수를 정해놓고 하는 깔끔한 성노동이 삽입섹스에서 더 안전하다고 느꼈다. 특히 피임을 확실히 했기 때문에 가까운 관계에서 어물쩍 피임하지 않고 넘어갔던 섹스보다 마음이 편했다. 물론 상대가 몰래카메라를 찍으려 하거나 경찰에 신고하겠다고 협박했던 위험한 순간도 있었다. 그러나 그 정도 위험은 가까운 관계에서도 일어난다. 이별을 말하자 집 앞에서 자해하던 남자친구의 폭력보다는 나았다. 포주가 시켜서 억지로 하는 것도 아니고, 내 자발적인 판단으로 하는 행위다. 인신매매식 성노동은 사라져야 하지만, 자발적으로 내가 원하는 상대와 합의해서 하는 건데 국가나 법 따위가 불쑥 내 삶에 끼어들어 윤락이니 불법이니 딱지 붙이는 게 이상하다.

성노동 과정에서 당사자의 안전을 지키기 위한 현행법 (살인, 강도, 협박죄 등)은 존재하는데, 왜 그 당사자 자체를 불법으로 만들어서 현행법에도 보호받지 못하게 만들어놓은 걸까. 그 법은 누구를 지키기 위해 누가 만든 법일까. 나는 고작 성노동에 '찬성'하고 성노동이 '합법화'되어야 한다는 주장을 하고 싶은 게 아니다. 그보다 왜 국가가 개개인의 성에 개입하느냐고 묻고 싶다. 도대체 무슨 기준으로 국가와 법이 어떤 성은 죄악시하고 어떤 성은 합법화시키는지 말이다. 여자가 남자가 될 수도 있고, 여자가 여자와 결혼을 할 수도, 여자가 여자와 섹스를 할 수 있는 것처럼, 여자가 남자에게 돈을 받는 대가로 섹스를 할 수도 있다. 그건 국가가 벌주고 통제할 일이 아니다. 법에는 그럴 자격이 없다.

내가 만난 그들

남성성을 증명하고 싶은 남자

남자들은 내게 물었다. "여자들은 남자 성기가 큰 게 중요하다는데? 난 어떤 편이야?" "이제 곧 결혼하는데 섹스를 어떻게 하는지 잘 몰라서요. 저 섹스 잘하는 건가요?" 남자들에게 섹스는 수컷으로서의 능력이고 자기 존재의 증명인 것 같다. 어떤 남자는 침대로 들어가자마자 클리토리스를 마구 핥으면서 연신 "좋아?"를 물었다. 아무 느낌도 없었지만 그가 나를 만족시켜주면서 효능감을 느끼고 싶어한다는 걸 알았기에 오르가슴을 느끼는 척했다. 클리토리스 애무가 끝난 후 그는 말했다. "나는 내가 받는 것보다 여자들 느끼게 해주는 게 좋아. 어땠어? 좀 괜찮았지?" 아예 대놓고 물어보는 남자도 많았다. "여자들은 어떻게 하는 게 좋아? 이렇게 애무해주는 게 좋아?" 사람마다 다 다른 거라고 말해줘도 그들은 가르쳐달라며 여자가 좋아하는 애무를 배우고 싶어했다. 클리토리스를 핥던 그들이 나와 헤어진 후 자신의 여자친구에게 그 기술을 선보일 것이, 동성 친구들과 만나 자신의 섹스 능력을 자랑할 것이 눈에 훤히 보였다.

평범한 직장을 다니던 말수 없고 조용한 남자를 만났었다. 그는 처음 나를 만났을 때부터 시종일관 예의 바르고 부드러웠다. 그와의 섹스 역시 편안하고 부드러울 것이라고 생각해 안심하며 방에 들어갔다. 그런데 침대 위로 올라가자 그는 온오프 버튼이 바뀌듯 짐승으로 돌변했다. 내 위로 올라와 땀을 뻘뻘 흘리고 헐떡거리며 아주 빠르고 세게, 마치 자위하듯 피스톤을 한 후 내려왔다. 아까 만났던 그 부드

216

럽고 조용한 남자가 맞나 싶을 정도로 다른 모습이었다. 침대 위로 올라가면 짐승이 되어야 한다고 배운 건지, 그게 정말 섹스라고 생각하는 건지 애잔하고 안타까운 마음이 들었다. 성노동으로 만난 남자들뿐 아니라 부드러워 보이던 남자들이 침대에서는 이상하게 돌변하는 모습을 봐와서 익숙했지만 여전히 그들의 심리는 연구 대상이다. 섹스에서만큼은 모든 고삐를 풀어야 미덕이라고 여기는 건지. '낮저밤이'처럼 낮에는 지고 밤에는 이기는 것이 반전 있는 진정한 남자의 매력이라고 생각하는 것인지도 모른다. 포르노를 너무 많이 봐서 밥을 허겁지겁 먹는 방법만 배운 걸까. 천천히 밥을 음미하면서 먹어도 되는데.

그들에게 포르노는 이론, 성구매는 실습, 연인이나 부부간의 섹스는 실전인 것 같다. 성노동자인 나는 그들의 섹스 실습을 돕는 연습장이었다.

배설하는 남자

크리스마스이브였다. 눈이 내리던 저녁, 한 구매자를 만났다. 그는 숙소에 들어가기 전에 술을 한잔하면서 이야기를 나누고 싶다고 했다. 시간당으로 그것까지 다 쳐주겠다

고 하면서. 노란 불빛의 술집 안에는 앞, 뒤, 옆으로 이성애
자 커플들이 빼곡하게 앉아 있었다. 나는 그와 어색하게 술
을 주고받으며 이야기를 나눴다. 주로 그의 첫사랑, 사업, 섹
스를 잘하는데 요즘엔 통 못 했다는 이야기였다. 가끔 내게
이런 질문을 던지기도 했다. "너는 안 그렇게 생겼는데 왜
이런 일을 하냐." "애인은 없냐. 애인을 만들어라. 나는 어떠
냐." 그는 마구 질문을 던졌고 나는 진부하게 대답을 이어갔
다. 2시간 정도 식당에 있다가 나와서 숙소로 가는 길이었
다. 미리 돈을 받아놓을걸, 덜컥 불안해졌다. "저, 이제 숙소
들어가니까 돈을 주세요." 내가 말했다. 그는 지갑을 뒤지더
니 현금이 없다며 근처 ATM에서 뽑아주겠다고 했다. 걷다
가 한 편의점 앞에 멈춰 어슬렁거리더니 지금 현금이 안 뽑
힌다며 가는 길에 다른 ATM을 찾아보겠다고 했다. 내가 싸
늘한 표정을 짓자 그는 기분이 나빴는지 과격하게 걸어 다
녔다. 그가 걷는 도중 다른 행인과 어깨가 살짝 부딪혔다.
그는 내게 보란 듯이 행인에게 소리쳤다. "눈깔 똑바로 뜨고
다녀!" 그를 겨우겨우 말린 후 근처 숙소로 들어가려는데 카
운터에서 또 시비가 붙었다. 그는 모텔 사장에게 반말을 했
고 사장은 화가 난 듯 앞으로 나와 그의 등을 밀면서 내쫓았
다. 이제라도 집에 갈까. 하지만 크리스마스이브에 2시간 동

안 이 사람 이야기를 들어주는 감정노동을 한 것을 생각하면 돈은 받아야겠다고 다짐했다. 근처의 다른 숙소를 발견해 들어갔다. 그가 옷을 벗으며 말했다. "피곤하다. 일단 자자." 내가 말했다. "그럼 돈을 주고 자요. 시간당 주기로 했잖아요." 그가 처음 듣는다는 표정으로 내게 말했다. "섹스하지도 않았는데 내가 왜 줘?" 쌓였던 불쾌함이 폭발했다. "돈 내놔." 내가 소리를 질렀다. 그는 꿈쩍도 않다가 말했다. "그럼 경찰서 가서 얘기하든지." 화가 나서 모텔 창문을 열고 에어컨 실외기 위에 섰다. "나 여기서 뛰어내린다, 이 새끼야. 돈 안 내놔?" 그는 "뭐야, 미친년" 하더니 방을 나가버렸다. 방이 떠나가라 비명을 지르면서 통곡하다가 잠이 들었다. 화이트 크리스마스이브의 밤이 지나고 아침에 팅팅 부은 눈으로 일어났다. 휴대전화를 보니 문자 한 통이 와 있었다. "방에 있는 내 손장갑이랑 손목시계 놔두고 가라. 가지고 가면 경찰에 신고한다, 쌍년아." 손장갑에 침을 뱉고 방을 나와버렸다. 뾰족한 검은색 구두가 흰 눈에 푹푹 밟혀서 발이 얼어붙었다. 하룻밤 사이 죽음의 경계를 넘나든 느낌이었다. 어제가 꿈이었다면 좋겠다고 생각했다. 이런 일은 많았다. 돈을 주지 않고 도망가거나, 관계 도중 몰래카메라를 찍으려던 그들. 그들에게 정당하게 돈을 요구하거나 잘

못을 사과하라고 하면 내게 말했다. "어쩌라고. 그럼 같이 경찰서 가든가."

어떤 남성은 나를 감금하려 하기도 했다. 몇 시간만 더, 하루만 더 있어달라며 간청하더니 내가 나가겠다고 하자 그럼 돈을 줄 수 없다고 위협했다. 큰 몸으로 문을 막아서는 그 앞에서 이대로는 안 될 것 같아 소리를 지르고 미친 척하면서 도망쳐 나왔다. 멀리서 그가 나를 부르는 소리가 들렸다. 허겁지겁 계단을 내려와 아스팔트 바닥을 땅땅 치며 달렸다. 발자국 소리는 건물 사이사이에 크게 메아리칠 만큼 컸지만, 도움을 요청할 곳이 없었다. 사람들이 많은 곳을 찾아야 했다. 그가 나를 계속 따라오면 어떡하지, 해코지하면 어떡하지. 숨을 돌릴 틈도 없이 달리면서도 다리가 떨렸다. 성노동이니까 이런 취급은 감수해야 하는 건가. 그저 재수 없이 나쁜 사람을 만난 거라고 생각하려고 해도 분노가 가라앉지 않았다. 누가 누구에게 이렇게 무례하고 폭력적일 수 있을까. 성노동자에게 붙는 걸레라는 별명처럼, 그들은 정말 나를 인간이 아니라 걸레라고 생각하는 것 같았다. 만약 정말 감금되었다면 나는 무사했을까. 경찰에도 신고할 수 없는 일이다. 폭력적인 사람들을 만난 후부터 나는 사전에 치밀하게 그 사람에 대해 알아보고 대화한 뒤 만났다. 그래도 완벽히 안전할 수는 없지만 그게 폭력을 피하기 위해 내가 할 수 있는 전부였다.

도피하는 남자

내가 만난 대부분의 남성들은 평범하게 사회에 잘 적응하며 문제없이 살아가는 사람들이었다. 호모소셜에서 잘 적응해 성실하게 일하는 노동자들. 멀쩡하게 생기고 여자친구가 있는 사람도 많았다. 2시간 함께 있어주는 조건으로 만났던 사람이 있다. 숙소에 갔더니 그가 맥주를 마시고 있었다. 20대 후반으로 보이는 점잖은 인상의 사람이었다. 술을 마시고 취한 그가 혹시 나를 해코지하지 않을까 불안해서 이런저런 말을 걸었다. 그는 옆에 와서 머리에 손을 얹어달라고 부탁했다. 침대에 대충 걸쳐 누운 그의 머리 위에 손을 얹고 10분, 20분이 지났다. 아무 말 없이 있었다. 그가 갑자기 숨을 가쁘게 쉬었다. 술을 마셔서 그런지 점점 숨이 가빠졌다. 걱정하는 내게 그가 말했다. "공황 증상이 심해요. 아주 조용한 곳에 있어야 하는데 옆에 있어줄 사람이 없어요. 이렇게 숨이 가쁠 때 그냥 머리에 손만 얹어주고 있으면 돼요. 곧 괜찮아질 거예요. 그리고 제가 잠들면 테이블 위에 돈 있으니까 가지고 나가시면 돼요." 그는 곧 잠이 들었다. 나는 테이블 위에 놓인 돈을 들고 방을 나왔다. 그는 이후로도 내게 연락했다. "지금 너무 숨이 가쁜데 저희 동네로 와줄 수 있나요?" 가까운 곳에 있을 땐 그에게 달려가 머리에 손을 얹어주다가 나왔다. 그는 2시간 동안 별 접촉 없이 만나면서 약속한 대로 돈을 챙겨주었다. 동네가 멀어지면서 다시 그와 만나지 않았지만, 가끔 그를 생각한다. 숨이 가쁠 때 그런 자신을 이상하게 생각하지 않고 그저 가만히 손 얹어줄 사람이 필요했던 사람.

그 말고도 만나서 꼭 섹스를 하지 않고도 가만히 자기 얘기를 들어주거나, 손을 잡고 잠을 자는 조건만 요구하는 사람도 있었다. 그들은 그저 쉬고 싶은 것이다. 아들을 챙겨주던 엄마의 된장찌개와 무릎베개같이 편안한 존재가 필요한 것이다. 진지한 연애관계를 제안하는 사람도 있었다. 나에 대해 아는 거라곤 내 알몸밖에 없으면서 내 존재를 사랑한다며 집착하는 남자들. 그들은 그저 쓰다듬어주고, 얘기를 들어주고, 자신의 모든 허리띠를 풀 수 있는 안락한 어머니가 필요한 것 같았다. 이런 성노동은 호모소셜에서 갈 곳 없는 남성들의 애잔하고 비겁한 도피처 같다. 이런 사람들이 결혼하면 내게 했던 것처럼 똑같이, 그들의 아내에게 엄마가 되어달라고 하겠지.

───

금기는 매력적이다. 호기심으로 성구매를 하는 남성이 많다. 매일 똑같은 일상을 살아가는 그들은 금기를 소비하기 위해 성매매를 하는 것 같다. 성노동에 대해 사회가 낙인찍은 금기와 불법의 테두리는 성노동을 더 성행하게 해주는 요인이다. 그 덕분에 다른 노동과 다르게 성노동에는 더 큰 정신적 노동이 추가됐다. 그가 나를 정말 '창녀'라고 생각하지 않도록 적당히 순진하면서도, 돈을 떼먹히지 않도록 적당히 강해 보여야 했다. 또 상대방이 괘씸한 마음을 먹지 않도록(경찰에 이른다는 협박 등) 그의 마음을 살살 추슬러주는 정신노동이 필요했다. 성노동에 대한 사회적 낙인은 호모소셜에 속해 있는 구매자에게는 매력적인 일탈이고, 성노동자인 내게는 고강도의 정신노동을 추가시키는 족쇄다.

스무 살에 종종 차에서 만나던 한 사람은 늦은 밤 집 앞에 찾아와 말했다. "나 경찰서 다녀왔어. 성매매했다고 교육받아야 한대. 잠깐 나와봐." 깜짝 놀라서 나갔다. 약속하지 않은 만남이었다. 그는 내게 말했다. "경찰이 성매매한 여자

이름을 말하래. 말 안 할게. 대신 오늘 나랑 같이 있어줘." 정
말 경찰에게 연락이 온 것인지 몇 번이고 확인했지만 진실
을 알 방법은 없었다. 그날 나는 그를 입막음하기 위해 대가
없이 섹스해줬다. 찝찝하고 더러운 거래였다. 이후로도 그
는 몇 번이고 대가 없이 나를 만나길 원했다. "경찰에 말하
든가 말든가 알아서 해. 이렇게는 못 만나"라고 이야기하고
나서야 그와의 협박성 만남은 끝났다.

성노동자를 동경하는 남자

한 남성 작가는 자신이 만났던 여자가 성노동을 했었다
며, 굉장한 추억인 양 그 여자와 만나고 헤어진 이야기를 장
황하게 늘어놨다. 그는 그 여자를 비난하면서도 그녀에게
는 성노동에서 '쌓은' 섹슈얼리티의 유능함이 있다는 듯 말
했다. 창녀의 추억 운운하며 나는 야한 여자가 좋다고 떠
드는 남성 예술가와 작가들의 전형적인 모습이다. 이들에
게 창녀는 뮤즈다. 창녀 같은 여자는 팜므파탈의 매력을 지
닌 위험하고, 그래서 추락을 유혹하는 존재다. 기생, 해어화,
창녀 등 남성 지식인들의 뮤즈가 된 그녀들을 칭송하며 경
멸하는 이미지와 이야기는 끊임없지만 정작 여자이기 전에

인간이었을 그들의 목소리는 없다. 호모소셜에서 살아가는 지루한 하루하루에 짜릿한 스릴을 선사해줄 그녀들은 예쁜 메두사, 섹시한 악녀일 것을 요구받는다. 나 역시 그랬다. 성노동을 할 때 많은 남성은 내게 요부처럼 위험하고 급진적일 것과 동시에 너무 화장이 진하지 않을 것을 요구했다. 나는 그들의 입맛에 따라 요부와 숙녀 사이를 오가며 줄타기했다.

생긴 게 멀쩡했던 한 남자는 식사 도중 이런 말을 했다. "나는 성노동자와 만나보고 싶어요." 자신을 급진적으로 변화시키고 싶고 한계를 뛰어넘고 싶다고 덧붙이면서. 성노동자와 연애를 하면서 내 여자친구가 다른 남자랑 돈 받고 자는 일을 감당할 수 있을 것인가를 시험해보고 싶은 것이다. 그는 자신이 그만큼 열려 있는 사람이라고 내게 말하고 싶었던 걸까. 정말 생각이 없는 건가. 그의 머릿속엔 구체적인 인간은 없고 둥둥 떠다니는 성노동자의 이미지가 있을 뿐이다. '당신 앞에 앉아 있는 내가 그 성노동자다. 성노동자가 무슨 인형이냐. 당신과 똑같은 사람일 뿐이다. 그들을 이용해 당신의 우월함과 급진성을 증명하려 들지 마라. 불쾌하다.' 이렇게 말해주지 못한 것이 내내 후회됐다. 비슷한 말을 하는 남자들은 많았다. 심지어 좋아하는 사람에게 어렵게 성노동을 했다고 고백했을 때, "그럼 포커페이스겠네요. 이런저런 손님들 만나면서 상대하려면 뭔가 그런 능력이 있겠어요!"라고 신기한 듯 물었다. 그때 나는 대상화된다는 게 얼마나 더럽고 슬픈 일인지 느꼈다. 그리고 더 이상 그와 관계를 진전하지 못하겠다고 생각했다. 그가 성노동자를 동경하거나 멸시하거나, 그것은 모두 혐오이기 때문이다.

성노동자를 도와주고 싶은 남자

종종 성판매 여성이 불쌍하다며 도와주고 싶다고 그곳에서 나오라고 말하는 남성들을 마주친다. 그들은 성판매 여성을 죄다 피해자화해서 시혜적으로 도와주고 싶어한다. 그들의 마음은 흡사 자상한 아버지, 점잖은 가부장 국가의 이미지와 닮아 있다. 사회 정의를 외치는 혁명가스러운 모습도 있다.

최근에 만났던 어떤 남성은 성노동자들을 찾아가 인터뷰를 하고 그들의 어려움을 듣고 연구 자료로 쓴다고 했다. 대체 무엇을 위해? 그는 자신이 만난 성노동자들이 힘들어한다는 이유로 성노동은 없어져야 한다고 주장한다. 만약 그와 만난 성노동자 여성들이 고객이자 연구자인 그가 자신의 직업을 '없애버려야' 한다는 주장을 하고 다닐 걸 알았다면 그녀들은 그에게 자신의 이야기를 털어놓을 수 있었을까. 모든 성노동자가 피해자이고, 자신의 직업을 원치 않을 거고 모두 착취받는 것이라는 생각 자체가 오만하고 무례한 태도일 수 있다. 누누이 말하지만 성노동자는 하나의 덩어리가 아니다. 모든 노동자가 그렇듯 말이다. 그가 정말 성노동자를 걱정하고 배려한다면, 성노동자 당사자가 자신의 이야기를 발화할 수 있도록 낙인찍는 환경을 바꾸는 게 먼저 아닐까. 낙인과 경찰의 눈이 무서워 폭력의 피해도 말하지 못하는 지금 이 상황보다 다급한 것이 또 있는 걸까. 구원자를 자처하는 그들에게 간절히 말하고 싶다. "나도 당신과 같은 노동자다. 나를 걱정할 시간과 에너지가 있다면 노동자로서 자신이 착취받는 환경을 개선하기 위해 노동조합이라도 만들고 활동해라. 나는 내 입장에서 내가 직면한 문제를 발화하는 것이다. 나를 불쌍히 여기기 전에 착취받고 도구화된 당신의 불쌍한 일상을 발화해달라. 나는 당신의 우쭐한 시민 의식을 증명하기 위해 구원받아야 할 대상이 아니다. 연민하지 말고 연대해달라."

가장 오래된 재갈

　　　　　　　　일본군 위안부 소녀상 앞에서 한 대한민국 효녀연합 퍼포먼스로 언론에 오르내리고, 여성혐오 커뮤니티 일베에 내 이름이 자주 등장할 때였다. '과거 통합진보당 활동 경력이 있는 전문 시위꾼, 종북 빨갱이, 간첩이다'라는 비난이 주가 되었다. 분단국가에서 빨갱이, 종북으로 낙인찍는 국가 폭력은 익숙하다. 그런 낙인은 이제 우습다. 그리고 나와 연대할 사람들이 있다고 느껴서 별로 개의치 않았다. 그런데 한 게시물을 읽고 나는 심장이 푹 가라앉는 걸 느꼈다. '나 쟤 안다, 돈 받고 남자랑 자고 다니는 애다. 나도 만났었다.' 가장 오래된 낙인, 더러운 여자. 창녀라는 낙인은 빨갱이보다도 실제의 공포로 다가왔다. 나와 연대해줄 사람들이 있을까. 페미니스트들은 나와 연대해줄까. 숨어 있는 익명의 그녀들과 연대하는 방법도 없는 것 같다. 오래된 공포 앞에서 나는 철저히 혼자가 된 채로 무기력해졌다.

　애초에 효녀연합 퍼포먼스를 했던 마음의 진정성이 의심받지 않을까 하는 생각도 들었다. 자발적 매춘을 한 나는 일본군 위안부 할머니들과 연대할 자격이 없는 걸까. 그러나 여성의 기표를 벗어나면 누구에게나 손쉽게 붙는 '창녀'라는 딱지는 위안부 생존자들의 증언을 어렵게 만들었고, 실제로 많은 생존자가 고국으로 돌아온 후 같은 민족의 가부장들에게 따가운 시선과 낙인을 받기도 했다. 지금 이 시대를 사는 여성들은 어떠한가. 여성의 자리를 비껴간 행동, 쉽거나 싸 보이면 더럽다는 욕을 듣는 지금은. 여성문제는 계속해서 반복되고 있다. 국경보다 높은 젠더위계는 여전히 내 앞을 가로막고 있다. 나는 많은 여성이 걸려 넘어졌을 그 돌멩이에 똑같이 걸려 넘어졌다. 강간을 당하거나 매춘을 해도 순결한 피해자일 경우에만 보호해주겠다는 우리 민족 가부장들의 시선이 눈에 훤히 보인다. '효녀'를 지켜주겠다고 외치던 아저씨, 오빠들은 성노동을 하는 나를 어떻게 생각할까. 나는 순결하지도 않고 피해자도 아닌데.

"너, 남자랑 돈 받고 잔다고 사람들한테 말한다?" "너 성노동한다고 인터넷에 올린다?" 오랜 시간 남자들이 나를 협박하며 했던 말이다. 늘 협박의 대상이 되었던 성노동. 수많은 애인이 자신의 가해 사실을 숨기려고 내 입에 재갈을 물렸던 그 아무것도 아닌 것에서 나 스스로 자유로워지고 싶다. 더 이상 그들이 만든 낙인에 이리저리 휘둘리고, 겁먹지 않았으면 한다. 나도 이렇게 떨게 되는데, 얼마나 많은 성노

동자가 협박과 공포 앞에서 무기력해질지, 소리 지를 수 없
는 비명을 지르며 끙끙 앓고 있을지 상상됐다. 얼굴도 모르
는 사람들의 비명이 들리는 것 같았다. 그들에게 가닿기 위
해서라도 성노동에 관한 글을 써야겠다고 생각했다. 그리고
나부터 자유로워지기 위해서. 지금 이 글을 쓰고 있는 이유
이기도 하다. 그러나 이야기를 받아주는 곳은 드물었다. 여
성주의 언론에 성노동 경험을 송고했을 때, 편집 방향과 다
르다는 이유로 내 글은 실리지 못했다. 성노동 자체가 여성
인권을 후퇴시키는 일이기 때문에 성노동을 조금이라도 옹
호하는 내용은 편집 방향과 맞지 않다는 것이다. 그들이 말
하는 '여성' 인권에 성노동을 하는 여성은 포함되어 있지 않
은 걸까. 나는 자발적으로 성노동을 하는 거니까 인권 운운
할 자격이 없다고 생각하는 걸까. 그렇다면 자발적으로 돈
을 벌려고 성노동을 하는 된장녀는 폭력을 당해도 어쩔 수
없다고 생각하는 건가. 도대체 자발과 비자발이 성노동에서
는 왜 그렇게 중요할까. 다른 노동을 하는 사람들과 마찬가
지로 자발적이기도 했고 비자발적이기도 했다. 온전히 자발
적인 노동이 세상에 있을까.

  소위 '진보적'이라고 하는 신문사에 성노동 경험에 대한
칼럼을 제출했을 때도 마찬가지였다. 내 성노동 경험과 함

「내가 누구든」, 2016

께, 사회에 뿌리 깊은 창녀에 대한 혐오와 낙인이 폭력을 부추기며 지금 실존하는 사람들의 목소리가 들려야 한다는 요지의 글이었다. 그러나 신문사는 내게 '굳이 커밍아웃을 해서 인당수에 빠질 필요는 없다'고 조언했다. 신문사의 독자층이 성노동에 대해 보수적이라서 무리가 있을 것 같다고 덧붙이면서. 지금까지 칼럼에 낙태수술, 데이트폭력, 대마초에 대한 글을 실어왔지만 이런 저지를 받은 적은 없었다. 낙태수술도 불법이고 대마초도 불법인데 왜 성노동은 안 되는 건지 이해되지 않았다. 도대체 성노동이 얼마나 불법적이고 치명적인 것이길래 당사자의 목소리조차 금기시되어야 하는 걸까. 자발적인 매춘을 한 여성은 그저 윤리적 비난의 대상이 될 뿐이라고 생각하는 걸까. 그 안에서 당한 노동 착취나 폭력, 낙인의 문제는 당신이 각오한 것이니 어쩔 수 없다고 생각하는 듯했다. 또 인당수에 빠지는 효녀 심청처럼 나를 희생하고자 한 것도 아니다. 나는 유독 성노동자를 따라다니는 뿌리 깊은 혐오감과 낙인 효과가 부당하고 비합리적이라고 느꼈을 뿐이다. 그래서 나부터 자유로워지기 위해 글을 쓴다. 결국 내 직접적인 성노동 경험은 삭제하고 원고를 수정해서 제출해야 했다.

　이들이 공통적으로 한 말은 진짜 성노동을 하면서 피해

받고 있는 성노동자들에게 도움이 되지 않을 수도 있다는 것이었다. 진정한 페미니스트도 아니고, 진정한 성노동자를 가려야 하는 건가. 피해의 정도가 클수록 진짜 성노동자인가. 언제든 성노동을 그만둘 수 있는 조건의 '여유 있는' 사람들은 진정한 성노동자가 아니라는 건가. 뒤집어 말하면 피해자가 아닌 성노동자는 진짜 성노동자도 아니고, 도와줄 가치가 없다고 생각하는 것 아닌가. 그들에게 성노동자는 단일한 이미지와 수집된 피해 사례로만 그려진다. 그들 앞에 있는 나는 보이지 않는 걸까. 내가 성노동을 했고, 부당한 낙인을 부수고 싶어서 목소리를 내는 거라고 말하는 건 들리지 않는 것 같다.

그녀들의, 또 다른 '나들'의 목소리가 들리는 '성판매 여성 안녕들 하십니까'라는 페이스북 페이지는 성노동자가 자신의 이야기를 쓰는 공간이다. 얼굴 없는 사람이 얼굴을 드러낼 수 있는 고맙고 반가운 곳이었다. 그러나 페이스북 코리아는 이를 음란물 페이지로 규정했다. 다행히 지금은 많은 사람의 항의로 규제가 풀렸다. 창녀의 추억 따위가 남성 작가의 문학작품에 등장하고, 영화의 화려한 배경으로 창녀가 등장하는 땅에서 창녀가 자기 목소리로 자기 이야기를 하는 건 음란물이 된다. 성노동자는 스크린 속의 미학이거나 환상 속 악마, 팜므파탈이어야 하기 때문이다. 성노동자를 '지켜'주기 위한 법의 울타리는 성노동자의 입을 틀어막는 재갈이다. 아무도 들어오지 못하는 방에서 매를 맞아도 호소할 곳이 없다. 공포는 실재였다. 경찰 단속 중 성노동자가 건물에서 투신해 사망하거나, 성구매자에게 당하는 폭행 사건은 연일 가십거리로 휘발된다. 얼굴 없는 그들은 애도되지 못한다. 그들이 얼굴을 드러내고 '나도 당신과 똑같은 인간이다'라고 말할 때, 당신은 편견 없이 목소리를 듣고 고개를 끄덕여줄 수 있을까. 나에게는 어떨까.

여성혐오의 밑바닥

　　　　　　남성중심사회에서 창녀는 가장 천박한 계급이고 타락의 상징이다. 남자의 돈만 보는 김치녀와 돈 받고 섹스하는 창녀를 경멸하는 이유는 자신의 어머니와 할머니처럼 한 남자에게 헌신하지 않아서(자기 위치를 지키지 않아서)다. '창녀와 성녀'는 남성들의 입맛에 따라 매운맛, 짠맛, 단맛 정도로 나눈 구획이다. 요부와 숙녀, 창녀와 성녀. 성적으로 능숙한 여성과 성적으로 능숙하지 않은 여성을 나누는 그들의 시선에 따라 여성들은 서로

「Eve maria」, 2013

를 경멸하고 혐오하기 쉽다. 또한 창녀의 존재로 인해 '창녀가 아닌' 자신들이 창녀처럼 도구화되는 거라고 판단하기도 한다. 남성들뿐 아니라 여성들도 여성 인권을 망치는 게 '창녀' 때문이라고 생각하는 것이다. 여성혐오의 발원지는 창녀가 아니라 창녀혐오를 만들어낸 그들의 권력인데. 여성도 창녀를 혐오한다. 그리고 여성혐오 맨 밑바닥에 창녀혐오가 있다. 나는 여성이고, 성노동을 했지만 나는 나를 혐오하지 않는다.

'그'들의 시선과 입맛과 구획으로 그녀들의 삶이 분류되거나 입막음되지 않고, 그저 그녀들의 목소리가 들려오는 세상이길 바란다. 여성은 '창녀 취급'을 당하지 않도록 눈치 보고, 남성은 누가 창녀 같은지 감시하는 행동을 이제 좀 그만뒀으면 좋겠다. 내게 애인 같은 스폰서 관계의 섹스, 연애관계의 섹스, 처음 만난 사람과의 섹스, 그냥 아는 사람과의 섹스는 별로 다르지 않았다. 연애, 스폰서, 성노동, 원나잇, 섹스. 여성인 내게 그런 섹슈얼리티 구분은 의미가 없다. 모두 내 몸이 연속적으로 겪은 일일 뿐이다. 내가 창녀인가. 창녀가 뭐라고. 나를 '창녀 취급'하지 말라는 게 아니다. 내가 창녀든 아니든 누구도 나를 함부로 취급할 권리는 없다. 누구나. 누구라도.

얼굴 없는 사람들의 연대

퀴어문화축제에 가기 위해 비키니와 파란색 반바지를 입고 망사스타킹을 신었다. 망사스타킹에는 여기저기 커다란 구멍을 뚫었다. 마치 방금 섹스하고 나온 사람처럼. 내 소수자성을 드러내는 축제에서 나는 한바탕 자유롭게 외치고 춤출 수 있었다. 오랜만에 느끼는 해방감이었다. 신나게 춤추며 걷고 있는 내게 한 기자가 물었다. "스스로가 성소수자라고 생각하시나요?" 내가 대답했다. "글쎄요. 성소수자 아닌 사람이 어디 있을까요." '정상적'인 일대일의, 이성애의, 거래하지 않는, 혼인관계에서 하는 섹스가 아닌 섹스는 비정상이라고 비난받는 사회에서 성소수자가 아닌 사람이 얼마나 될까. 아니, 그런 비정상과 정상의 구분은 얼마나 의미 없는가. 나는 성 서비스를 거래하고, 변태적 섹스를 좋아하고, 혼외관계의 섹스를 하고 있고, 비혼과 비출산을 지향하고 비독점적 다자연애를 하고 있는 성소수자가 맞다. 그러나 그것이 나를 전부 설명해주지는 못한다. 퀴어문화축제에서 나는 얼굴 없는 사람들과 연대하고 있음을 느꼈다. 우리는 모두 다르다. 다르기 때문에 하나의 이름으로 묶일 수 없고, 그래서 다 함께 연대할 수 있다.

나는 성노동을 성적 다양성 중 하나로 봐야 한다고 생각한다. 성노동이 숭고하고 예술적인 노동이라고 추앙하려는 게 아니다. 예술노동이고, 쾌락을 생산하는 노동이라고 규정짓고 싶지도 않다. 어떤 이들에게 어떤 상황에서는 그렇고, 어떤 이들에게는 그렇지 않기 때문이다. 자본주의사회의 다른 모든 노동이 착취로만 설명될 수 없듯 말이다.

여성혐오가 문화의 기본값인 사회에서, 성의 금기와 젠더의 낙인 최전선에 있는 성노동자가 낙인을 부술 수 있는 주체가 될 수 있지 않을까. 모든 여성에게 재갈과 억압으로 작용하는 '창녀'라는 기표가 모욕적이고 수치스러운 것이 아니게 된다면, 모두가 좀더 자유로워지지 않을까. 그랜트의 말처럼 성노동자 페미니즘, 잡년 페미니즘이 가능할까. 낙인찍힌 존재들이 연대할 수 있을까. 오랜 질문이다. 미래가 어떻든, 잡년slut 페미니즘은 당장의 내 실존이다. 나는 성노동자이고, 페미니스트다.

성산업에 종사하는 '여성'들이 '나는 성노동자다'라고 말할 때, '나는 당신만큼이나 구조의 피해자이고 당신만큼이나 구조를 바꾸려는 행위자이며 당신처럼 일하는 노동자다'라고 말할 때, 그것이 얼토당토않다고 생각하는 사람은 무슨 일을 하고, 어떤 사회적 위치에 있으며, 어떤 가치관을 가

지고 무엇을 지키고자 하는 사람인가? _멜리사 지라 그랜트,
『Sex Work: 성노동의 정치경제학』, 박이은실 옮김, 여문책, 2017,
15쪽

낙인과 폭로, 균열

사회는 괴물을 발명한다. 사회
자체가 괴물이라는 걸 은폐하기 위해 괴물은 필요하다. 괴
물이 된 사람은 많다. 종북 빨갱이, 동성애자, 정신이상자,
창녀 등. 자신을 정상이라고 위안하는 사람들은 자신은 괴
물과 관련 없다고 자위하며 폭력적인 구조를 지탱해주고 있
다. 성노동도 괴물의 역할을 한다. 감옥의 존재로 사회 전체
가 감옥이라는 사실을 은폐하듯, 성노동이 착취당하는 여성
의 인신매매가 될 때 사회의 다른 노동이 착취되는 현실은
지워진다. 정말 성노동자인 나만 상품화되고 있는가. 나만
착취당하고 있는가? 이 글을 읽고 있는 당신은 나와 다르게
이 사회에서 도구가 아닌가. 성노동에 붙은 부당한 낙인을
폭로해서 도구가 된 모든 몸과 연대하고 싶다. 성노동만 착
취라고 기만하는 현실을 들춰내서 자본주의에 균열을, 아니
흠집이라도 내고 싶다. 페미니즘이 없어도 되는 세상을 꿈
꾼다. 또한 성노동을 포함해 모든 노동이 착취되지 않는 사

회를 원한다.

소외 없는 노동과 만남

내 몸과 영혼을 소외시키지 않
는 창작에 집중하면서 살고 있다. 방을 가꾸고 책 읽고 그
림 그리고 글을 쓰면서. 요즘은 야생초를 그린다. 어떤 이름
으로도 규정지을 수 없는 삐뚤삐뚤한 생명을 그려내고 싶
다. 모든 사람이 자기 이유로 노동하고 살아가는 세상을 당
장 만들 수는 없어도, 그릴 수는 있다. 누구도 이름에 갇히
지 않고 스스로를 무엇으로 규정짓지 않아도 되는 오늘을
나부터 살아낼 수 있다. 금기가 된 내 몸의 이야기를 발화해
서 모든 낙인의 울타리를 부수고 싶다. 낙인에 갇힌 내 몸이
해방되는 것부터다.

돈이 급하게 필요할 때는 가끔 나를 도와줬던 사람을 만
난다. 내가 필요할 때 멀리서도 달려와주고, 잡다한 일들을
도와주는 사람이다. 채식하는 나를 위해 당근, 감자, 견과류,
과일을 보내주기도 한다. 그와 만나면 2시간 정도 시간을
함께한다. 각자 자위를 하며 오르가슴을 느끼기도 한다. 삽
입섹스나 사정을 하지 않을 때도 있지만, 대부분은 삽입섹
스를 한다. 그의 최대 쾌락은 나와 섹스할 때 느끼는 교감이

아니라, '다양한 남자와 섹스해본 여자를 만족시킬 정도로 섹스 잘하는 남자'로 인정받는 것이다. 그런 그의 태도는 내가 마주쳤던 대다수의 남자와 크게 다르지 않다. 그가 나를 여자이기 전에 인간으로 보게 되는 건 언제쯤 가능할까. 그건 잘 모르겠다. 이 글을 읽는 사람들이 나를 납작한 존재로 보기 전에 내 입체적인 삶을 경청해줄 수 있을 때까지 얼마나 많은 세월이 필요할지 모르는 것처럼. 섹스 후 나머지 시간에는 우주, 사회문제, 여행, 사는 이야기를 나눈다. 노동자인 그는 어려움을 하소연하고, 새로운 사업을 시작할까 하는 고민을 털어놓는다. 나도 글쓰기노동, 성노동을 할 때의 어려움을 말한다. "하고 싶은 거 하면서 먹고사는 거 힘들다, 그치?" 캔맥주를 들이켜며 이런저런 대화를 나눈다. 대부분은 친구가 없는 그의 얘기를 내가 들어주는 식이다. 그 정도 감정노동쯤은 익숙하다. 밥을 안 먹고 만난 날에는 함께 짜장면을 시켜 먹는다. 가끔 그가 결혼하자는 헛소리를 하지만 흘려보내면 그만이다. 그도 나에게, 나도 그에게 그 이상 기대하는 건 없다. 우리 관계를 뭐라고 규정하고 싶지도 않고, 할 필요도 없다.

그가 보내준 당근과 감자를 다듬고 견과류와 볶아서 당근감자조림을 만들었다. 이 음식은 더러운 노동으로 만난

더러운 관계의 사람이 준 거니까 더러운 건가. 나는 담백하
고 맛있기만 한데.

몸바쳐 밥을 사는 사람 내력 한마당 / 구멍 팔아 밥을 사는
여자 내력 한 대목 / 조국 근대화가 나와 무슨 상관이며 / 산
업발전 지랄발광 나와 무슨 상관이리 / 의지가지 하나 없는
인생이 서러워 / 모래밭에 혀를 콱 깨물고 죽은들 / 요샛말
로 나도 홀로서기 좀 해보자 했을 때 / 아이고 데이고 어머
니이 / 수중에 있는 것이 몸밑천뿐이라 / 식모살이도 이제
싫고 / 머슴살이도 이제 싫고 / 애기데기 부엌데기 구박데
기 내 싫다 (중략) 내 팔자에 어울리는 말로 뽑자면 / (유식한
분들은 귀 좀 막아!) / 썹구멍가게 차려놓고 하 / 썹 – 할 – 놈
의 세상에서 / 썹 – 할 – 년 배 위에 다리 셋인 인간 태우고 /
썹구멍 바다 뱃길 오만 리쯤 더듬어온 여자라 (장고, 쿵떡) /
아 막말로 지 구멍 팔아먹는 장사처럼 / 정직한 밥장사가 또
어디 있으며 / 썹할 때처럼 확실한 인간이 또 있어? / 어찌
하여 구멍밥 먹는 놈은 거룩하고 / 구멍밥 주는 년은 갈보가
되는 거여? / 까마귀 뱃마닥 같은 소리 하지를 말어, / 구멍
팔아 밥을 사는 팔자 중에 / 지 혼 파는 여자 아무도 없어 /
구멍밥 장사는 비정한 노동이야 / 물건 대주고 밥을 얻는 비

정한 노동이야/ 혼 빼주고 밥을 비는 갈보로 말하면야/ 여자옷 빌려 입고 시집가는 정치갈보/ 지 영혼 팔아먹는 권력갈보가 상갈보 아녀? (중략) 허튼밥으로 푸는 매춘 내력 세대목/ 어허라 사람들아/ 허튼사랑 있으니 허튼욕심이 있고/ 허튼욕심 있으니 허튼밥이 있구나/ 허튼밥이 있으니 허튼길이 있고/ 허튼길이 있으니 허튼꿈 천치구나/ 허튼꿈 있으니 허튼섹스 천지구나/ 어허라 사람들아/ 저승사자도 아니 먹는 허튼밥 세상이로다/ 몽달귀신도 마다하는 허튼사랑밥 세상이로다 (휘몰이장단에 칼춤⋯⋯)

고정희 시인의 「밥과 자본주의」(『모든 사라지는 것들은 뒤에 여백을 남긴다』, 창비, 1992) 중 일부다. 사람들이 지나다니는 거리에서 한바탕 외치고 싶은 시다.

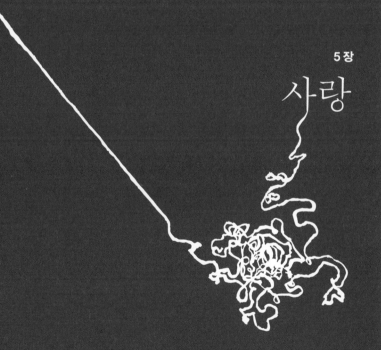

5장

사랑

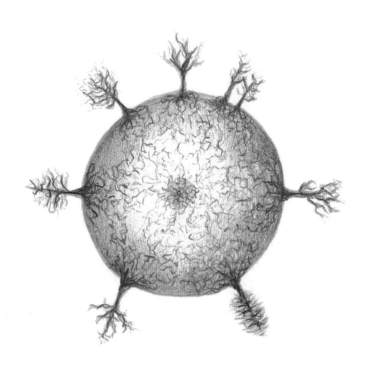

「사랑」, 2014

일 대 일
독 점 관 계

:

나 하 고 만
섹 스 해 야 해

청소년기 때부터 오랜 시간 친하게 지내던 이성 친구가 있다. 그는 만나는 여자친구에게 로맨틱하기로 유명했다. 이벤트를 해주고, 그 여자에게만 집중하고, 여자친구가 아닌 다른 '여자'와는 연락을 끊었다. 그 친구와 연락이 안 되면 '아, 여자친구가 생겼구나' 생각했다. 처음엔 서운했다. '나와의 관계는 뭐지.' 그러나 이내 이해했다. 그와 친하게 지내던 다른 여자인 친구들도 그를 이해했다. '여자친구가 서운해할 수도 있고, 자기 연애할 땐 그럴 수 있지.'

그 친구는 여자친구와 헤어지면 다시 연락해왔고, 여자친구가 생기면 또 모든 여자인 친구들과 연락을 끊었다. 이런 그를 사람들은 로맨틱하고 멋지다고 했다. 하지만 나는 점점 그의 태도에 화가 났다. 내가 인간이고 친구이기 이전에 다른 '여자'로 취급되는 것이 기분 나빴다. 그가 나를 정말 소중한 친구로 인식했든 그렇지 않았든 그가 일대일 독점적 연애관계에서 로맨틱한 남자친구일 때, 나는 그에게 주변부의 여자가 되었다. 혹은 그의 여자친구를 불안하게 만들 수 있는 경쟁자이거나. 그런 관계 방식이 부자연스러워 보였다.

'왜 연애는 꼭 독점적이어야 할까. 로맨틱은 왜 배타적이어야만 할까.' 배타적 연애에 대한 고민은 이때부터 시작되었다.

20대 중반까지 만난 대부분의 남자친구는 내 사생활까지 구속하려 했다. 메시지를 몰래 보거나, 일기장을 훔쳐보기도 했다. 밤늦게 남자 선배나 동료로부터 전화가 오면 몹시 경계했다. "그 사람들 다 너랑 자고 싶어서 그러는 거야. 그렇게 늦은 시간에 연락 받아주면 안 돼." 진심으로 나를 걱정하듯 이야기하는 남자친구도 있었다. 나는 내 사회적 관계를 존중해주지 않는 그의 태도에 화가 났다. "날 구속하려 들지 마. 내가 그 사람들이랑 자든 안 자든 내가 알아서 해." 한바탕 싸우고 나서도 같은 레퍼토리로 갈등이 반복됐다. '밤거리를 늦게 다니면 위험하니까 늦게 다니지 마라, 치마를 너무 짧게 입으면 위험하니까 그렇게 하고 다니지 마라, 남자들이 쉽게 보니까 연락을 받아주지 마라, 늦은 시간까지 술자리에 있으면 위험하니까 일찍 들어와라.' 모든 구속은 사랑의 얼굴, 걱정의 얼굴을 하고 나를 옥죄었다. 여성이 혼자 밤거리를 다니기에 위험한 세상인 건 맞지만, 그는 그걸 빌미로 자기 옆에 나를 묶어두려는 것 같았다. "남자는 다 늑대야. 믿을 게 못 돼. 그러니까 나만 믿어"라고 말하는 이중성이란. 그는 내가 다른 남자와 있을까봐 전전긍긍했고, 결국 내가 다른 남자가 생겼다는 핑계를 대고서야 나와 헤어져줬다. 그의 배타적 사랑은 내가 다른 남자를 사랑하게 되었을 때(더 이상 자기만을 사랑하지 않을 때) 모래성처럼 무너질 만큼 허약한 것이었다.

사랑이냐 우정이냐

　　　　　　　스무 살 무렵, 정서적으로 친밀한 이성 친구가 있었다. 그는 호모소셜에서 별로 적응하지 못하는, 바보라고 불릴 정도로 섬세하고 헌신적인 친구였다. 나를 여자 이전에 인간으로 대해줬기 때문에 나도 편하게 만나서 장난치고 놀 수 있는 친구였다. 우리는 도서관에 가서 책을 읽거나, 집으로 놀러가 요리를 해 먹고, 가끔은 섹스를 했다. 섹스를 하고 나면 사귀어야 하나? 우리가 어떤 관계인지 정리해야 하나? 걱정했던 때도 있었지만, 이 친구와 나는 진심으로 만나고 소통하고 있었기 때문에 그런 관계 규정이 별로 중요하다고 생각하지 않았다. 거의 매일 만나고 다정하게 다니는 우리를 보고 사람들은 눈치를 챘는지 '너네 사귀는 거 아니냐' '사귈 거면 사귀어라'라고 장난치듯 말했다.

어느 날 나는 친구에게 말했다. "나는 다른 사람들이 뭐라 해도 우리가 고유한 관계라고 생각해. 나는 너에게 여자친구 아니면 여자 사람 친구가 될 사람이 아니라고 생각해. 나는 그냥 지금 우리가 좋아." 친구도 내 말에 동의했다. 우리가 가끔 섹스를 하고 집에서 요리를 해 먹는다는 이유로 주변 사람들로부터 관계를 규정하라는 압박이 오는 게 이상하게 느껴졌다. 그러나 친구는 시간이 갈수록 확실한 관계가 되기를 원했다. 나는 그러고 싶지 않은데. 아니, 굳이 기존의 이름 붙인 관계에 우리를 가두고 싶지 않은데……. 나는 그 친구에게 그러고 싶지 않다고 했다. 친구에게 여자친구가 생긴 후 우리는 점점 멀어졌다.

이후로도 나는 그런 '애매한' '우정도 사랑도 아닌' 관계를 맺었다. 그러나 소수 이성 친구를 제외하고는 대부분 나를 잠재적 연애 상대로 여겼다. 어떤 사람은 나를 '어장관리녀'라고 했다. 왜 나는 그들에게 여자 이상이 되지 못할까. 내가 남자였다면 우리는 좋은 친구가 될 수 있었을까. 아니면 그들은 이성과 친구가 될 수 없다고 믿었던 걸까. 우리는 왜 친구 아니면 연인이 되어야만 하는 걸까.

우정과 사랑을 가르는 기준은 섹스인가. 친구끼리도 얼떨결에 섹스할 수 있고, 섹스하고 서로 느낌이 별로라면 안 할수도 있고 좋으면 계속할 수도 있는 것 아닌가. 그게 왜 문제인지, 그걸 왜 사랑인지 우정인지 애써 규명해야 하는 건지 모르겠다.

내게 필요한 게
'연인 간의 사랑'일까

청소년기에 부모님의 이혼으로 일찍이 가족의 울타리가 무너졌다. 정서적 안정이 부족해 가족처럼 친밀한 관계에 대한 갈증이 있었다. 연인관계로 규정되는 것이 언짢았지만, 스무 살 때 만난 연상의 남자와 연인이 되면서 동시에 동거를 시작했다.

내게 연애는 나를 동등한 인간으로 대해주는 사람과의

관계이자 가족의 빈자리를 채워주는 안전망이었다. 연애를 하면서 동거를 시작했던 이유도 이와 같다. 함께 잠자리에 들고, 아침을 맞이하고, 요리를 해 먹고, 일상을 가꾸어가는 관계는 내 삶의 토대였다. 내게 전통적인 가정을 만들고 싶은 욕구가 있고 순결주의를 내면화했다면, 일찍이 결혼을 했을지도 모른다. 내 부모님이 그랬던 것처럼.

그런데 남자친구와 동거를 하면서 나는 점점 힘들어졌다. 관계를 규정하고 만나면 안정적일까 싶었지만, 나는 그와의 관계가 끝날까봐 불안했다. 질투심에 상대를 힘들게 하기도 했다. 그가 여자 후배와 단둘이 만나면 무슨 일이 있을까봐 전전긍긍했고, 다른 여성들이 내 경쟁자처럼 느껴지기도 했다. 그와 나는 함께 정당에서 활동하고 학교를 다녔지만, 내게는 친밀한 관계망이 부족했다. 겉으로는 만나는 사람도 많고 연대하는 공동체도 많았지만, 깊은 속내를 교감하는 친구나 공동체는 적었다. 내 빈약한 관계망만큼 그와의 관계에 집착하게 되었고, 집착은 질투와 불안을 더욱 커지게 만들었다. 내가 기댈 수 있는 건 '연인'이라는 관계뿐이었다. 집착과 질투에서 해방될 수 있었던 것은 남자친구 이외의 다른 관계에서 깊은 교감을 할 때였다. 다른 사람들과 깊이 연결될수록 집착에서 해방될 수 있었다.

사회의 거의 모든 관계망이 부실해지고 개개인이 파편화되면서 의지할 관계라고는 '이성애의 낭만적 사랑 신화'밖에 없게 되었다. 현대인은 섹슈얼리티 신화에 빌붙어 상대적으로 빠른 시간 내에 도달할 수 있는 인스턴트식 연애와 사랑에 중독된 것이 아닐까. 정서적으로 결핍될수록 무언가에 중독되듯, 섹스로 정서적 결핍을 채우려 했던 나다. 나는 연애와 낭만적인 사랑의 남자/여자 역할극을 의심하기 시작했다. "연애는 하냐" "남자는~, 여자는~"을 남발하는 사람들을 만나면 답답함을 느꼈다. 그들 삶에서 기댈 관계라고는 이성애 연애밖에 없어 보였다. 삶의 총체적 빈곤이 느껴진달까. 옛날 사람들은 원가족에서 벗어난 후 성인이 되자마자 결혼을 했다. 사람들은 마을과 가족공동체 내에서 소속감과 안정감을 느꼈고, 꼭 남녀 간의 사랑이 아니더라도 마을공동체의 다양한 관계망 속에서 교류하며 결혼 생활을 했을 것이다. 내게 필요한 건 남녀 간의 사랑이기 이전에 친밀한 사람들과의 정서적 유대가 아니었을까. 어쩌면, 대부분의 사람이 그렇지 않을까.

이런 고민을 거치면서 나는 내 정서적 안정을 채우기 위해 관계를 규정짓는 연애 말고, 관계를 규정짓지 않고 교감할 수 있는 성숙한 관계를 만들고 싶었다.

우리가 왜 꼭
이별해야 하는 거지?

　　　　　　　　함께 생활하던 남자친구와 이
별하게 됐을 때 살점이 떨어지는 듯한 고통을 느꼈다. 가족
보다 가깝고, 친밀하고, 뜻을 함께했는데 왜 꼭 이별해야 하
는 걸까. 이런 소중한 인연이 세상에 또 어디 있을까. 그런
우리가 다시는 보지 못하게 될 수도 있는 이별을 하는 게 안
타깝기보다 비합리적으로 느껴졌다.

　연애관계에 대한 규정이 답답했다. 사귀지 않았다면 이별
할 필요도 없었을 텐데. 상대와 '당신만 바라보겠다'고 약속
하지 않고도 믿음의 관계가 가능하지 않을까 고민했다.

　대부분의 사람과는 이별한 후 연락이 끊겼지만, 여전히
연락을 하면서 지내는 사람도 있다. 누구보다 서로를 잘 알
고 깊은 정을 나눴던 사이이기 때문에 여전히 진심으로 서
로를 걱정하고 생각해준다. 그러나 그들은 나와 다르게 '다
시 만나서 섹스를 하게 될까봐' 불안해했다. 우리 관계가 다
시 어물쩍하게 애매해지고, 이도저도 아닌 관계가 되는 게
싫다고 했다. 그들은 섹스를 연애관계에서만 하는 엄청나게
중요하고 신비로운 것, 아니면 원나잇이나 섹스 파트너와만
하는 은밀한 것으로 여겼다.

헤어진 연인과 섹스하는 것을 두려워하는 마음이 내게는 이상하게 느껴졌다. 이런 고민을 하면서 깨달았다. 우정과 사랑을 나누었던 건 섹스를 하느냐 안 하느냐였다. 나하고만 섹스하는 파트너를 만나기 위해 연애를 하고 결혼 계약까지 맺는 것이다. 나는 아이를 낳을 생각도 없고, 그저 만나는 사람들과 원할 때 교감을 하고 싶을 뿐이다. 나에게 섹스는 함께 식사하는 일처럼 자연스러운데. 함께 식사를 하기 싫은 사람이 있는가 하면, 언제는 싫었는데 다시 만나니 함께 식사할 수도 있는 그런 교감 말이다.

폴 리 아 모 리

:

비 체 의 사 랑

동거를 하던 남자친구가 다른 여성과 섹스를 할까봐, 로맨틱
끌림이 있을까봐 불안해하던 시절이 있었다. 하지만 그 불안
과 질투심이 사랑의 본질은 아니라고 깨닫게 된 계기가 있다.

오랜 시간 좋은 선후배로 지내던 사람이 있다. 남자친구
와 헤어진 후, 나는 그 사람과 밤새 대화를 하면서 눈물을
나누고 손을 잡았다. 자연스럽게 섹스를 하게 되었다. 심장
이 뛰는 것을 느낄 수 있을 정도로 설렜다. 며칠이 지나도록
섹스할 때의 느낌이 사라지지 않을 만큼 그와 교감하는 것
이 좋았다. 그 이후로도 그의 집에 찾아가 같이 밥을 해 먹
고 섹스를 했다. 그에게는 여자친구가 있었는데, 그는 여자

친구에게 나와의 관계를 말하지 않았다. 나는 당시 폴리아모리를 알지 못했지만, 이렇게 계속 다 같이 만날 수 있다면 어떨까 생각했다. 그의 여자친구 생일을 앞두고, 그녀가 좋아할 만한 선물을 함께 고민하고 여자친구와 다툰 후 상담을 해주기도 했다. 질투심이 생기지 않았다. 그저 그가 행복하면 좋겠다고 느꼈다. 그가 다른 사람과 섹스하고 깊은 감정을 나누어도, 그가 행복하다면 그냥 좋았다. 그와 같은 하늘 아래 있다는 것만으로도 감사함을 느낄 정도로 사랑했으니까.

하지만 그는 여자친구에게 내 존재를 말할 용기를 내지 못했다. 나도 그때는 내 감정과 관계에 확신이 없었고, 그의 마음과 함께 그의 옆에 있는 사람도 존중해줘야 한다고 생각했다. 만약 그때 '폴리아모리'를 알았다면, 나는 그를 설득하지 않았을까.

그와 나는 점점 멀어졌고, 가끔 안부를 묻는 사이가 되었다. 그와의 관계를 통해 처음으로 질투심이나 불안, 나만 바라봐야 한다는 약속 없이도 사랑할 수 있다는 걸 알았다. 그 관계에서 나는 내가 건강하고, 강인하며, 사랑할 수 있는 사람이라는 걸 느꼈다. 내가 안심하고 그를 사랑할 수 있었던 건 그가 나를 여성이기 전에 인간으로서 존중하고 애정하고 있다고 느꼈기 때문이다. 그런 그가 다른 사람과 친밀한 애정을 나누거나 섹스를 한다고 해서, 나와의 사랑이 줄어들거나 늘어나는 건 아니었다. 사랑은 한 사람 몫을 퍼주면 다른 사람 몫이 줄어드는 제로섬 게임이 아니다. 관계의 믿음은 상대가 다른 사람도 사랑하느냐 사랑하지 않느냐와는 별개로 존재했다. 그가 내게 믿음을 갖게 한 만큼, 혹은 내가 그에게 믿음을 준 만큼 마음껏 사랑할 수 있었다. 다른 관계를 질투하고, 불안해하고, 비교할 필요도 없었다.

이후부터 나는 성애적, 로맨틱 끌림이 있는 사람과 만나면 '관계를 규정하지 않을 것'과 '상대에게 다른 사람이 생겨도 계속 만날 것'을 이야기하며 관계를 시작했다. 연인관계로 서로를 규정하지 않기 때문에 여자와 남자의 역할극에 갇히지 않을 수 있었다. 또 그가 만났던 여자친구 목록의 한 '여자'로 분류되지 않아서 좋았다. 연애가 아니라서 이별도 없으니 자연스럽게 서로의 삶이 흐르는 대로 만나고, 헤어지고, 다시 만나게 되었다.

어떤 사람은 내가 다른 사람과도 섹스를 한다는 사실을 견디지 못하겠다며, 섹스 도중 나와 만나지 못하겠다고 고백하기도 했다. 어떤 사람과는 다른 연인이 생기면서 자연스럽게 멀어지기도 했다. 하지만 나는 이런 갈등과 과정이

'비독점적 연애관계'이기 때문에 발생하는 문제가 아니라, 모든 인간관계의 자연스러운 과정이라고 생각한다. 사랑에 실패가 어디 있겠는가. 둘이서 좋아하다가도 멀리 거리를 둘 수도 있고, 이별할 수도, 다시 가까워지거나 잊힐 수도 있다. 이별은 실패가 아니다. 소수이긴 하지만 폴리아모리를 지향하면서 깊은 교감을 나눈 사람들도 있다.

마초의 궤변으로서의 폴리아모리

폴리아모리를 왜곡하는 모습을 많이 봐왔다. 나를 추행했던 진보적인 교수는 늘 폴리아모리를 말했다. 직접적으로 '폴리아모리'라는 단어를 쓰지는 않았지만, 양다리와 외도, 개방적인 섹스에 대해 수업 시간마다 이야기하곤 했다. '여자들도 성에 대해 더 주체적으로 요구해야 한다' '자기가 여자로 태어났다면 문란하게 해볼 거 다 해봤을 거'라며 여성에게 성적으로 개방적일 것을 요구했고, 그렇지 않은 여성들을 답답해했다. 그에게 폴리아모리는 '개방적인 섹스'였다.

문단 내 성폭력 가해자들이 폴리아모리를 운운하며 피해자에게 자유로운 성생활을 설파했다는 얘기를 듣고 그 교수

가 떠올랐다. 그들은 모두 자신이 '바람처럼 자유로운 영혼'
이고 '구속되기 싫고 쿨한 폴리아모리스트'라고 말했다. 하
지만 '문란한' 여성에게는 걸레라는 딱지가 붙고 '문란한' 남
성에게는 카사노바, 바람둥이라는 귀여운 별명이 붙는 이
사회에서 남성이 폴리아모리를 말하는 것은 성적 권력을 휘
두르는 일이 될 수도 있다. 또한 그들이 말하는 폴리아모리
는 '내가 아내가 있든 여자친구가 있든 아무하고나 섹스하
겠다'는 선언이다. 그것은 지금까지 많은 마초가 해왔던 너
무나 진부한 행동이다. 마초의 오래된 행동 양식에 굳이 폴
리아모리라는 새로운 용어를 갖다 쓸 필요는 없다. 폴리아
모리는 그동안 억압되어온 여성과 성소수자의 섹슈얼리티
해방의 맥락에서 이해되어야 하지 않을까.

그들이 말하는 것처럼 폴리아모리는 '내가 내 욕망대로
하겠다!'는 선언이 아니다. 지금 만나고 있는 사람을 소유하
고 독점하지 않고도, 인정하고 존중하고 믿을 수 있는 마음
의 근육을 키우는 일에 가깝다. 일대일 독점연애, 결혼관계
로 우리를 규정짓지 않을 자유, 또는 어떤 것으로든 규정할
자유를 포함하는 사랑의 적극적인 창조 행위다. 내가 아는
폴리아모리스트는 선천적으로 인격이 훌륭하거나 특별한
사람들이 아니라, 온전하게 사랑하고 살아가려고 노력하는

평범한 사람들이다.

비체의 사랑

　　　　　　내가 사랑하는 사람들이 더 많은 감각과 행복을 느꼈으면 좋겠다. 폴리아모리는 꼭 '다른 사람도 만나야지!'라는 태도가 아니라 상대의 감각과 감정을 존중하려는 마음이다. 이 마음이 폴리아모리의 알맹이라고 생각한다. A는 종종 말했다. "만약 너에게 사랑하는 사람이 생긴다면, 그가 여자든 남자든 어떤 사람이든, 힘들겠지만 견뎌야겠지. 진짜 수행을 하겠네." 살아가는 게 그렇듯 만나는 과정도 모두 수행이 아닐까. 불확실한 삶을 받아들이는 연습일지도 모른다. 어려운 일이다. 어렵기 때문에 의미 있다. 그 마음은 점점 더 우리를 투명하고 단단하게 만들어준다. 그러나 내가 B를 만나게 된 후 A는 힘들어하고 불안해했다. 자신과의 고유한 사랑이 다른 사람이 생김으로써 약화될까봐, 내가 떠나갈까봐 두렵다고 했다. A는 정말 수행을 하고 있다. 성적 소유욕이 심해질 때면 자신의 성적 취향과 성 정체성을 처음부터 다시 생각해본다고 한다. 왜 자신은 소유욕을 느끼는지, 소유욕은 정말 자연스러운 감정인지 계속 질문하다보면, 모든 게 역할극이라는 걸 깨닫는다고 한다. 계속 울다가 웃고 아프고 다시 웃는 반복 속에 있던 그가 어느 날 내게 진지하게 말했다. "너무 고통스러워." 질투심에 힘들어하고 무기력해지는 그를 달래줄 힘이 없었던 나는 "이렇게 계속 고통스러우면 우리는 어떻게 만나. 나도 힘들어"라고 말했다. 그와 나는 허무하게 이별을 말하고 헤어졌다. 그와 헤어진 후 혼자 산책을 하면서 생각했다. 우리가 왜 고통스러워야 하는 거지? 질투심은 무엇일까. 우리는 우리를 연인관계라 규정지은 적도 없는데, 왜 헤어져야 할까. 어느새 서로에게 기대하고 바라는 게 많아진 건가. 서로에게 개별적이고 고유한 존재가 되고 싶은 마음은 자연스러운 것이다. 그 감정을 애써 부정할 필요는 없다. 감정이 올라오면 올라오는 대로 솔직하게 말하면서 파도 탈 수는 없는 걸까. 그냥, 무엇도 아닌 관계로 오늘을 함께 살아가는 이웃이자 도반이자 오타쿠적 동료로서 밥먹고 섹스하고 정서적으로 교감하며 생활할 수는 없을까. 이전처럼 말이다. 그가 이야기한 고유한 관계에 대한 욕망과 질투에 대해서도 생각해봤다. 나는 질투심이 없는 인간인가? 그렇지 않다. 시기심, 질투심, 집착도 많다. 사랑하는 사람이 내 옆에만 붙어 있는 게 좋기도 하다. 만약 내가 사랑하는 사람에게 다른 연인이 생긴다면, 나 역시 질투심에 밤잠을 이루지 못할 수도 있다. 우리 둘의 고유한 사랑의 관계가 다른 이들에게도 열려 있다는 건 내 실존을 위협하는 일처럼 다가올 수도 있다. 나만의 개별성을 부정당하는 느낌이 들지도 모른다. 내 개별성이 부정당하고 내 세계가 폭발해버릴 수도 있는 위험한 짓을 나는 하고 있는 것이다!

그러나 나를 위로해주는 진실이 있다. 우리는 영원한 타자이고, 영원히 서로를 모를 수밖에 없다는 것. 평생을 함께해온 내가 나를 알 수 없듯 말이다. 그와 헤어진 후 나는 그가 타자라는 진실을 다시 한번 깨달았다. 이대로 관계를 끝내는 건 아닌 것 같았다. 달라진 것은 없지만, 우리에게 묻은 먼지를 털어내면 괜찮지 않을까, 관계에 붙은 관성은 없는지 성찰하면 둘 다 좀더 자유로워지지 않을까 생각했다. 그날 밤 우리는 바닷가에서 만나 다시 이야기를 나눴다. 내가 먼저 말을 꺼냈다. "우리가 언제부터 연인이었지?" 그가 대답했다. "그러게. 우리는 처음부터 누구도 서로를 연인이라고 규정짓지 않았어. 그런데 왜 이렇게 된 거지?" 그도 동의하고 공감했다. 그는 우리가 연인관계도 아니고, 그래서 폴리아모리라고 규정짓게 되는 것도 답답하다고 했다. 심정적으로는 나도 그랬지만, 폴리아모리 자체를 불편해하는 그의 태도가 불편했다. 규정이 싫어도 폴리아모리라는 용어를 굳이 쓰는 이유는 있다. 관계의 고유함을 규범과 이름에 가두려는 압박에 저항하기 위해 소수자 언어는 필요하다. 일대일 이성애 독점연애가 표준인 사회에서, 이것이 아닌 다른 방식의 사랑이 폴리아모리이기도 하다. 폴리아모리스트 우주해달님의 말처럼, "폴리아모리라고 규정지을 필요도 없지만, 구태여 그것을 피할 필요도 없는 것"이다. 의식하든 의식하지 않든 우리는 독점적 소유관계를 지양하는 폴리아모리스트였다. 내가 사랑하는 사람이 다른 사람과 교감을 하고 그 사람과 섹스를 하고 밥을 먹고 고유한 무엇을 나눈다 해도 나와 그의 고유한 무엇은 사라지지 않는다. 잊힐 순 있겠지만. 이 쓰라리고 허무한 고통을 마주할 용기가 필요하다고 생각했다. 죽는다는 걸 알면서도 살아가는 것처럼. 살아가는 동안에는 모든 게 사라질 것을 알지만 무언가를 열정하고 사랑하는 나에게 취할 수 있는 것처럼 말이다. 개인주의사회에서 사랑의 이미지는 일직선의 삶과 삶이 만나고 헤어지는 것으로 그려진다. 하지만 거대한 바다 속에서 만나고 흩어지고 다시 만날 수도 있는 조류의 흐름이 사랑의 이미지가 아닐까. 자연스러운 죽음을 애써 회피하고 싶진 않다. 언약이나 계약의 형태로 영원한 사랑을 맹세하고 싶지 않은 이유다. 우리는 각자의 방에서 거리를 두고 지

내면서 습관처럼 행했던 표현과 관계 규정, 여러 애정 의식을 낯설게 바라보기로 했다. 허심하게 불안과 질투와 애정을 나누면서. 사랑으로 환원되기 쉬운 다양하고 섬세한 감정과 느낌이 참 많다. 아직 언어가 되지 못한(될 수 없는) 고유한 포말들이. '사랑한다'는 말로 퉁치지 않고, 고유한 언어를 만들어가면서 매일 낯설게 서로를 느끼고 있다.

폴리아모리스트도 성소수자로 분류된다. 당연한 일이다. 내 안에 무수한 소수자성이 있듯, 모든 고유한 관계는 소수자 서사일 수밖에 없다. 비체의 사랑은 고유하다. 두 사람과 사랑하고 있는 승은 언니는 폴리아모리를 "내 찌질함을 직면하는 일. 그럼에도 계속 찌질함을 직면하고 극복하고 성찰하려는 노력"이라고 말한다. 맨얼굴의 나는 두려움투성이에 찌질함덩어리지만, 내 앞에 있는 사람들에게 집중하고 이 순간을 믿기로 한다. 어리석을 수밖에 없는 모든 사랑이 그렇듯.

웹툰 〈독신으로 살겠다〉에 나오는 폴리아모리스트 필립포유는 이런 말을 한다. "사랑이나 자유, 존엄 같은 건 재벌이 독점하지 않았는데, 당신들 손에 쥐고 있는데! 그걸 제대로 할 생각은 왜 못 하지? 우리 개개인이 진짜 사랑을 하는 날, 혁명의 날은 온다."

「사랑의 뿌리」, 2015

다양한
사랑의 형태
:
이성에 대한
끌림만이
사랑일까

동성애

감정은 정치적이다. 내가 '자연스럽게' 이끌리는 감정도 사회·문화적 산물이다. '나는 정말 이성애 로맨틱 끌림의 이성애자일까?' 페미니즘을 공부한 뒤부터 더 자주 드는 생각이다. 남성에게 로맨틱 끌림을 느끼기가 점점 힘들어진 것이다. 미디어와 문화에서 주입된 남성과 여성의 낭만적 대사와 장면들을 보고도 감응이 없어졌다. 남자가 여자를 바라보며 '널 지켜주겠어', 여자는 남자에게 '당신뿐이에요'라고 말하는 걸 보면 낭만은커녕 거북해지기만 한다. 연애관계에서도 마찬가지다. 남자 역할에 매력을 느끼지 못하고, 나 역시 뻔한 여자 역할을 수행하는 것이 불편하다. 남녀의 '연애'는 공기 빠진 풍선 같다. 그러나 몸의 습관은 여전히 이성애를 지향했다. 대화도 잘 안 통하고, 주파수도 다른 남자들과 왜 꼭 교감해야 하는 걸까. 생각이 많아졌다. 그리고 지금 나는 끌리는 사람이 있다면 그가 여자든 남자든 트랜스젠더든 만날 수 있다. 진지하고 찐하게, 관능적으로.

몇 해 전, 시민단체 모임에서 한 여성을 만났다. 우연히 옆자리에 앉게 된 그녀와 나는 처음 만났지만 오랜 친구처럼 진솔한 이야기들을 나누었다. 긴 속눈썹을 깜빡이면서 내 이야기를 진심으로 경청해주는 그녀를 바라보았다. 큰 눈망울에 빠져들 것 같은 느낌, 고요하고 포근한 느낌이 좋아서 내내 눈을 마주치며 긴 이야기를 나눴다. 그녀는 나와 말하는 방식, 생각하고 느끼고 느낌을 표현하는 방식이 비슷했다. 우리는 흔들리는 버스에서 이어폰으로 함께 좋아하는 음악을 듣고, 여성의 날 행사에 나가 길거리 부스를 구경했다. 헤어지고 나서도 그녀가 계속 생각나고, 그립고, 보고 싶었다. 이런 내 마음이 뭘까 이상했다. 그녀와 손을 잡고 거리를 걷고 싶기도 했고, 더 많은 장소를 함께 구경 다니고 싶었다. 그러나 내 감정이 뭔지 몰랐고, 어떻게 표현해야 할지도 어색해 연락을 미루고 미뤘다. 그러던 중 그녀는 외국으로 떠났고, 연락이 끊겼다.

그녀와의 만남을 통해 나는 처음으로 내가 동성에게 끈적하고 긴밀한 끌림을 느낄 수 있다는 걸 알았다. 그리고 내가 이성에게 로맨틱 끌림을 느끼고 성적 끌림을 느끼던 것이 '이성애 신화 사회'에서 학습된 것은 아닐까 생각했다. 생각해보면 중학교 때에도 동성 친구를 은근히 좋아한 적이 있다. 머리가 짧고 재치 있는 친구였는데, 여자 친구들 사이에서도 인기가 많았다. 나는 그 친구의 의리 있고 강단 있는 모습이 좋았다. 함께 손을 잡고 잠에 들려고 할 때 밤새 설레서 잠 못 이룬 적도 있다. 이런저런 뒷소문으로만 들리는 것이었던 동성애에 대해서 당시 나도 편견을 갖고 있었다. 친구에게 끌림을 느끼면서도 나는 내가 일시적으로 이상한 거라고 느꼈다. 이런 내 감정을 친구들이 눈치채지 못하게 갖은 애를 썼다. 동성애가 뭐라고. 그게 뭐 그렇게 특이한 거라고 나는 내 감정을 숨기고 불안해했을까.

퀴어 플라토닉

1년 전, 한 강연을 통해 무성애자 K씨를 알게 되었다. K씨는 누구에게도 성적 끌림을 느끼지 않는다. 그는 퀴어플라토닉 관계queer-platonic(육체적 끌림 없이도 애정을 나누는 관계)를 맺고 있었는데, 폴리아모리를 지향할지 일대일 모노아모리를 지향할지는 만나는 사람과 함께 결정하고 만들어간다고 했다. 기존 질서가 만들어낸 사랑의 규칙이 아니라 파트너와 함께 그들만의 규칙을 만들어갔다. 생각해보면 너무나 자연스러운 관계 방식이다. 그런데 왜 대부분의 사람들은 고유한 관계들을 기존의 질서대로 계약하고 규정하고 이름 붙이려 하는 걸까. 우리가 우리 방식으로 창조해가면 되는 건데 말이다. 그는 나중에 무성애자들과 공동 주거를 하면서 대안가족공동체를 이루며 살고 싶다고 했다.

그를 만난 후, 나는 나의 퀴어플라토닉 관계에 대해 생각해봤다. 예를 들면, 매일매일의 기운과 꿈까지 통하는 친언니. 언니와 나는 서로를 소울 메이트라고 부를 정도로 정서적으로 긴밀하고 서로 아끼고 사랑한다. 우리가 '가족'관계가 아니었더라도 나는 언니와 깊은 영혼의 친구가 되었을 것이다. 단순히 '자매간의 애정'이 아니라, 실은 우리 같은 관계가 퀴어플라토닉이 아닐까 생각했다. 우정으로 치부되고 분류되었던 많은 관계가 실은 '퀴어플라토닉 관계'인 것이 아닐까.

그렇게 생각하니 세상에 사랑의 관계는 너무도 많았다. 사랑의 범위가 확장되는 느낌이 들었다. '세상에 나 혼자가 아니구나!' '사랑할 사람들이 이렇게나 많구나.' '기존의 규칙을 따르지 않고 우리만의 사랑의 규칙을 만들어가면 되는구나.' 따뜻한 연결감과 해방감이 느껴졌다.

'남녀 간 배타적 연애'가
사랑의 일부일 뿐이라면

이성애, 일대일 독점연애, 그리고 결혼이 '사랑'의 서사를 독점해왔다. 사실 '연애' 담론이 보편화된 건 오래되지 않았다. 개인과 개인은 그들이 속한 사회적 차별을 뚫고 주체적인 사랑, 자유연애를 할 수 있게 되었다. 문제는 성 역할과 이성애 신화, 그리고 가족 이데올로기는 여전하다는 것이다. 그래서 연애는 결혼 상대를 고르기 위한 과정으로 취급되고, 연인 간의 동거는 '임시' 결혼 상태로 여겨지곤 한다. 자유연애도 결국 결혼제도, 가족제도를 위한 과정으로 환원되는 것이다.

한 사람의 진실된 친구도 없는 사람이 사랑을 할 수 있을까. 한 사람도 사랑하지 못하는 사람이 두 사람을 사랑할 수 있을까. 제대로 된 친구, 성숙한 사랑 하나 경험하기 힘든

현대인은 '연애'에 집착할 수밖에 없다. 사실 우리에겐 진실되고 친밀한 정서적 관계가 필요한데, 연애과잉시대에서 사람들은 '우정이냐 사랑이냐' 관계를 규정하기 바쁘다. 일대일 독점연애와 일부일처제가 '정상성'이 되고, 내 위치(내 애인)를 빼앗을 수 있는 동성은 잠재적인 적이 된다. 내 가족, 내 연인만을 사랑하게 되는 것이 나는 이상하다. '다른 여자(남자), 남의 가족이 어떻게 되든 말든 나는 내 여자(남자)랑 내 가족만 지키면 돼'라고 생각하는 것은 얼마나 무서운 일인가.

우리는 지금껏 다양한 관계와 섹슈얼리티를 경험할 자유를 박탈당했다. 다행히도 다양한 성적 지향의 사람들이 목소리를 내고 있고, 관계의 방식도 고유한 존재만큼이나 다양하다는 걸 목격하고 있다. 동성결혼-평등결혼이 생겨나기도 하고, 결혼과 가족제도를 선택하지 않는 비혼주의자들도 많아졌다. 일대일 배타적 독점연애로 관계를 규정짓지 않는 폴리아모리와 성적 끌림을 느끼지 않는 무성애자, 성적 끌림 없이도 애정을 교감하는 퀴어플라토닉 등, 관계의 방식과 끌림의 내용도 다양하다. 다양한 존재에 이름을 붙이는 것은 그것을 분류하고 평가하기 위해서가 아니라, 각 관계와 존재를 자체로 존중하고 존중받기 위함이다. 내가 여러 성 정체성과 성적 지향을 공부하고 연대하는 이유는 나 스스로의 해방을 위해서다. 한 사람 안에는 모든 타자가 있다. 내 안에도 다양한 타자가 있다. 그 타자를 배제하는 건 내 안의 어떤 가능성을 가두는 일이다. 계속해서 내 닫힌 감각을 열어내고 싶다. 일대일 이성애 연애관계와 여성이라는 역할극의 베일 뒤에는 무궁한 감각이 헤엄치고 있다. 지구상에 존재하는 생명의 개체 수만큼이나.

몇 년 전까지만 해도 나는 내가 이성애 로맨틱 끌림의 이성애자인 줄로만 알았다. 지금 나는 스스로를 판섹슈얼(범성애자)로 규정짓는 중이다.

남녀 간의 정상적 '연애' 담론은 많은 스펙트럼 중 하나일 뿐이다. 모든 사람이 이 사실을 알게 된다면 연애 정상성뿐 아니라 결혼신화와 가부장적 가족신화, 그리고 모성신화까지 부술 수 있을 거라고 생각한다. 우리에게 더 많은 퀴어플라토닉 관계가 생긴다면 얼마나 좋을까. 다양한 섹슈얼리티 담론은 새로운 가족공동체, 그러니까 인류 문명의 새로운 생활 방식과 새로운 관계의 작동 방식이 되지 않을까 하는 거창한 상상도 한다. "연인들의 공동체의 궁극적 목적은 사회를 붕괴시키는 데 있다"고 말한 모리스 블랑쇼의 말처럼.

페미니스트의 연애

내게는 무의미한 인생을 견디기 위한 몇 가지 뿅이 있는데, 그중 하나가 연애라고 불리는 관계다. 이성애 연애관계의 구속과 규정이 싫어서 폴리아모리를 해왔다. 당시에는 그것이 폴리아모리인지도 몰랐지만. 어쨌든 서로의 껍질을 벗겨주고 삶을 고양하게 하던 관계가 좋았다. 그러나 시간이 지날수록 점점, 특히 페미니즘을 만난 후에는 이성애 관계를 지속하기가 힘들어졌다. 일 대 일 배타적 관계에서의 답답함, 일부일처제와 결혼제도의 부조리함, 여자로 대상화되는 내 몸과 호모소셜에 속한 남자 연인과 만날 때의 소외감이 견디기 힘들었다. 그런 관계에서 나는 예민한 여자, 불평 많은 괴물이 되곤 했다. 이 불편하고 찝찝한 감정을 표현할 언어를 페미니즘과 퀴어 이론을 통해 얻었다. 페미니즘은 내 몸의 언어를 발견할 수 있도록 도왔고, 폴리아모리 철학은 내가 원하는 관계를 내가 원하는 방식으로 만들어갈 수 있도록 이끌었다. 나를 괴물로 만드는 세계에서 탈주해, 내가 더 좋은 사람일 수 있도록 해주는 관계와 세계를 만난 것이다.

7년 전까지만 해도 내 이상형은 '남자다운 사람'이었다. 그때 소개받았던 사람은 군인 같은 인상과 말투를 가진 과묵한 남자였다. 여자로서의 역할에 익숙했던 나는 순조롭게 사랑하는 남녀의 역할극을 수행할 수 있었다. 그러나 지금은 아니다. 페미니즘을 알게 된 후로는 점점 한국 남자와 만남을 이어가는 게 어렵다. 한국 남자가 아니어도 마찬가지다. 인도에 있을 때 만난 인도 남자, 스위스 남자, 이스라엘 남자 모두 나를 인간이기 전에 여성으로 바라봤다. 젠더라는 껍데기는 국경과 인종을 초월했다. 여자 역 남자 역의 역할극 연애 말고, 인간으로 만나는 사랑을 하고 싶은데 그런 사람을 만나기도, 교감하기도 쉽지 않다.

페미니즘을 공부하는 사람을 만나면 다를까. 그런데 그것도 아니다. 낙태수술 후 잠수를 탔던 남자친구는 페미니즘을 함께 공부한 사람이다. 지금 생각해보면, 그는 페미니즘 '책'을 읽었을 뿐이다. 글과 삶은 다르고, 앎과 삶도 다르다. 취미처럼 페미니즘을 공부하거나, 공부해야 할 학문 정도로 생각하는 그들 옆에서 외로움을 느꼈다. 나에게 페미니즘은 바깥의 공부나 선택의 여지가 있는 취미활동이 아니라 잃어버린 내 몸의 언어를 되찾는 과정, 즉 실존의 문제이기 때문이다. 차라리 페미니즘을 몰라도, 말없이 내 말을(여성의 말을) 잘 경청하고 수용할 줄 아는 자세만 갖춰도 좋을 텐데. 그렇지 않으면 얕은 지식으로 맥락을 절단한 채 '진정한 페미니즘' 어쩌고 할 테니까. 본질은 각성, 성찰, 열린 감각과 태도가 아닐까.

온전한 만남이 가능할까. 여러 마주침을 겪으면서 이성을 만날 경우 적어도 마음을 열 만한 사람인가에 대한 리트머스지가 생겼다. 페미니즘, 페미니스트에 대한 편견이 있는가. 가부장제의 부조리를 인지하고 있는가. 엄마에 대한 무거운 죄책감이나 숭배 감정이 있는가. 상대방이 하는 말에 진심으로 (입을 다물고) 경청하고 공감할 줄 아는가. 대화의 맥락을 잘 파악하는가. 자신이 폭력을 저지를 수 있다는 걸 자각하는가. 폭력을 저질렀다면 그것을 인정하고 성찰하고 반성할 수 있는가. (앎과 삶의 일치를 위한) 공부를 부지런히 하는가.

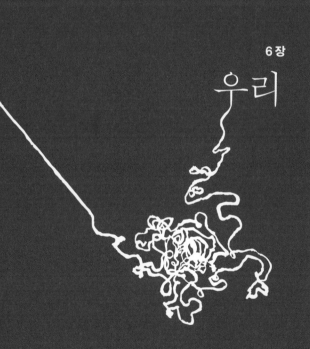

6장

우리

「우리 만의 공간」, 2016

너와 나

:

사랑의 확장

인도에서 지내면서 만난 한국인 커플이 있다. 인도로 함께 여행을 올 만큼 가치관, 세계관, 취향도 비슷해 보였던 그들은 보고만 있어도 훈훈한 커플이었다. 한국으로 돌아오고 몇 주 후 ㄱ과 다시 만나게 되었다. ㄱ은 얼마 전 남자친구와 이별했다고 했다. '여성혐오라는 표현은 극단적이야' '나는 여자를 좋아하니까 혐오한 적 없어' 등의 발언을 하는 사람이었던 그는 겉으로 보기에 참 창의적이고 재기발랄하고 좋은 사람 같아 보였다. 그녀는 남자친구와 더 이상 관계를 유지할 힘도, 필요도 느끼지 못했다며 이제라도 이별한 것이 다행이라고 했다.

나 역시 인도에서 만나 사랑 비슷한 걸 했던 사람이 있다. 한국으로 귀국 후 거의 매일 마음이 헛헛했다. 한국 땅의 답답함, 그를 포함한 인도가 그리운 내게 그는 존재만으로도 큰 힘이 되었다. 그런 그와 연락을 끊었다. 이유는 ㄱ과 비슷하다. 그는 참 창의적이고 따뜻한 사람이었지만, 페미니즘 앞에선 달랐다. 그에게 말했다. '나는 A씨가 페미니즘을 진짜 공부했으면 좋겠어요. 나를 위해서가 아니라 A씨 자신을 위해서.' 그랬더니 돌아온 답장. '저는 공부하기 싫어요. 우주라는 진리를 알면 되지요.' 페미니즘은 위대한 우주철학보다 덜 중요해 보이는 걸까? 너와 내가 여자와 남자이기 이전에 인간으로 온전히 만나기 위해 공부하자는 것이 그렇게 귀찮은 일인가? 남자로서 당신이 저지르는 폭력이 있을 수도 있고, 나도 나보다 약한 존재(동물, 성소수자 등)에겐 폭력일 수 있으니 함께 공부하고 성찰하자는 것이 이해가 되지 않는 걸까. 나도 우주철학 좋아한다. 주역 공부도 하고 있다. '하늘은 남자 여자는 땅' 따위의 기호를 필터링하면서. 그런데 그는 '여자는 음, 남자는 양'이라고 말한다. 여성과 남성을 구분하는 이분법은 성소수자에게 폭력이 될 수 있다고, 그런 인식은 필터링하면서 공부해야 한다고 말해도 소용없었다.

A에게 마지막 작별 인사를 했다. '나는 함께 공부하고 성장하고 삶을 나누는 오늘을 꿈꿔요. 그렇지 않은 관계는 서로를 더 외롭게 할 뿐이라는 걸 알아요. 잘 지내요.' 폴리아모리에 대해서도 공감하던 그는 여자/남자의 이분법은 깨지 못했다. 자신이 폭력을 저지를 수 있는 존재라는 사실도 인정하지 못했다. 인도에서 만난 대부분의 한국 남자는 그러했다. 인도철학을 사랑하고 우주의 소리를 들을 줄 아는 그들은 여성이 받는 차별, 성 역할 이분법 앞에서는 태도를 바꿨다. '내 주변에는 나보다 돈 많이 버는 여자도 있어. 왜 아직도 여성이 차별받는다고 생각해?' 착하게도 나는 여성과 남성의 노동임금과 맞벌이 부부의 가사노동시간 차이를 보여주는 통계와 함께, 성차별이 왜 사회문제인지 부랴부랴 설명했다. 마지막으로 페미니즘을 공부할 것을(책 한 권쯤은 읽어볼 것을) 추천하면 그들은 당당하게 말했다. '내가 왜 공부해야 돼? 나는 페미니즘 공부 안 해도 여자 좋아해서 여자혐오 안 해' 혹은 '나는 우주의 진리를 아는 것만으로도 충분해. 페미니즘이라는 지식은 그렇게까지 중요하지 않아'라는 소리를 정성스럽게 쏟아놓았다.

차별이 존재하는데, 그걸 방치하겠다는 건가. 자신이 폭력을 저지를 수 있다는 걸 모르고, 알려고 하지도 않는 그

무지함, 게으름, 오만이 놀랍다. '우주의 소리'도 듣는 그들은 왜 곁의 비명은 듣지 못할까. '민주주의의 함성'에 환호하면서 '××년 같은 욕설은 하지 말라'는 목소리엔 귀 막는 여느 사람과 다를 게 없다. 대화를 깊이 하면 할수록, 구체적인 주제(여성혐오, 성 역할 고정관념, 비혼, 소수자 차별 등)로 이야기 나누면 나눌수록 그들에 대한 호감과 일말의 섹시함은 뚝뚝 떨어진다. 우주 얘기, 민주주의 얘기를 할 때는 참 매력적인 사람들이었는데.

손잡고
호모소셜에서 나오기

'나는 페미니즘을 공부할 생각이 없다, 언어에 갇히기 싫다, 우주의 진리를 공부하면 된다고 생각한다'고 말했던 그에게 이별을 이야기하고 연락을 끊었다. 남자와 여자이기 전에 인간으로 만나서 함께 명상하듯 섹스하고, 많은 교감을 나누었던 사람이지만 그 역시 어쩔 수 없는 한국 남자라고 느꼈다. 대화의 맥락도 모르고, 상대방의 감정에 공감할 줄도 모르고, 자신이 누리는 권력을 비판적으로 성찰하지도 못하는 사람이라고 생각했다. 가끔 그가 보고 싶었지만, 별로 어렵지 않게 그를 잊어가고 있었다. 연락을 끊은 지 몇 주 뒤, 그에게서 메일이 왔다. 인도에서 한국으로 돌아왔다며, 전해줄 편지가 있다고 했다. 잠시 편지만 받겠다는 생각으로 그를 만났다. 그가 내민 노트에는 편지 겸 독후감이 적혀 있었다. 3일 전에 한국으로 돌아와 내가 추천하던 책『빨래하는 페미니즘』을 읽은 후 편지를 쓴 것이다. 말뿐 아니라 삶을 들고 다니며 배우려는 진정성이 느껴졌다. 그와 함께하기로 한 건 그때부터다.

그는 한국사회에서의 삶이 답답해서 인도로 떠났던 사람이었다. 그의 불편함은 나와 마찬가지로 호모소셜 문화에서 오는 피로였다. 나처럼 그 역시 위계적인 학교 문화, 직장생활, 가부장적인 아버지와 이런저런 남녀 역할극에 지쳐 있었다. 우리의 불편함과 억압이 같은 곳에서 나온 것이었다. 그 역시 자신의 불편함을 설명할 언어를 찾은 느낌이라며, 나와 같은 해방감을 느꼈다. 페미니즘을 공부하며 불편함을 말할 수 있는 언어가 구체화되면서 우리는 더 자주 갈등했고, 그래서 아주 깊이 교감할 수 있었다.

공장식 축산으로 고통을 받다 살처분된 오리와 닭을 추모하는 위령제가 열렸을 때, A는 내 몸에 보디페인팅을 해주고 나는 추모의 글을 낭독했다. 퀴어문화축제에서는 변태처럼 옷을 입고 춤을 추며 나란히 행진했다. 섹스만큼이나 즐겁고 짜릿한 퍼포먼스로 연대하면서 사랑은 확장되었다. 호모소설이 만들어낸 관습과 관성은 더 이상 우리 삶에서 권위를 얻지 못한다. 우리의 해방 공간은 깊고 또 넓어지고 있다.

비혼주의자

A와 나는 힌두교와 불교를 좋아한다. 인간 중심적이지 않은 교리가 마음에 들고 영성과 사회정치적 변화를 분리시키지 않는 것 같아서다. 종교를 믿지는 않지만 다양한 종교의 의식과 분위기를 좋아하는 우리는 새로 이사한 동네 성당 미사에 참석해봤다. 미사 전 교리 시간, 교리를 진행하는 사람이 내게 물었다. "새댁 이름은 뭐예요?" "아, 새댁 아니고요." 새댁이 아니라고 했는데도 A에게 그는 또다시 물었다. "신랑은 이름이 어떻게 되세요?" 답답해서 내가 말했다. "저희 결혼 안 했어요." "아, 그럼 결혼할 예정이신가요?" "아니요. 저희는 비혼주의자예요. 동거하면서 살고 있어요." 이성애 일대일 결혼이 '정상'이라고 여기는 듯한 그의 말에 발끈해서 더 당당하게 말했다. 젊은 남녀가 연애 아니면 결혼도 아니고 비혼에 동거라니. 당당하게 말하는 나를 보면서 당황스러웠을 것이다. 내친김에

"우리는 일대일 독점연애 말고 폴리아모리를 지향해요. 저희는 서로의 애인도 존중하는 그런 관계예요. 아이도 낳을 생각이 없고 비인간 동물 가족이랑 살고 있어요"라고 말할 걸 그랬나. 우리 관계와 삶을 해명하길 요구하는 무수한 사람들을 마주치면서 느낀다. 사랑은 수많은 관습의 폭격으로부터 지금 우리 서사를 지켜내는 저항이라는 걸. 지켜내는 걸 넘어 계속 확장해가는 정치적 행위라는 것을.

우리는 비혼주의자다. 기존의 원가족처럼 결혼을 매개로, 내 핏줄을 이어받은 아이를 낳아 구성되는 가족 형태가 아니어도 우리는 이미 가족이기 때문이다. 우리 둘 모두 원가족에 대한 특별한 향수나 부모님에 대한 죄책감이 없어서 가능한 일일지도 모른다. 이런 나와 다르게 가문의 계보를 이어 자신의 핏줄을 낳아야 하는 남자들은 가족을 만들어줄 여자인 아내, 어머니, 며느리로 나를 환원하는 게 느껴졌고, 이는 외롭고 불쾌했다. 원가족에게서 심리적·사회적으로 독립하지 못해 '우리의 세계'를 새롭게 만들어갈 준비가 안 된 것이다. 기존 세계를 뚫을 만큼의 에너지가 없는 사랑은 얼마나 허약한가. 그래서일까. 온 삶을 함께하며 사랑했던 사람 대부분은 부모님과 일찍이 이별하거나 출가한 이들이었다.

섹스 껍질 벗기기

　　　　　　최근에 만났던 사람 모두 섹스
할 때 발기가 안 되면 어쩌지 하는 강박에서 자유롭지 못했
다. 몇 번이고 섹스는 성기로 하는 게 아니다, 눈빛과 마주
침으로 하는 거다 이야기했지만 페미니즘을 공부하는 그들
역시 삽입강박에서 쉽게 벗어나지 못했다. 나 역시 여전히
삽입을 꼭 해야 할 것만 같은 압박감이 있었다. 익숙하고 패
턴화되기 쉬운 스킨십, 애무의 관성을 깨는 일은 생각보다
어려웠다. 계속 대화를 나누면서 그들은 점점 삽입을 하지
않아도 괜찮다는 걸 체득해갔다.

　가끔 침대 위에서 하는 퍼포먼스도 재밌다. 서로의 몸에
까만색 물감으로 그림을 그리고, 누드 사진을 찍거나 춤을
추면서 논다. 낯설어진 몸에 키스를 하다가 나란히 누워 자
위를 하기도 한다. 또 SM이라 불리는 섹스 역할극은 우리의
폭력성을 끌어올리고 의존성을 폭발시켜서 감각을 환기시
켜준다. 서로를 규정하지 않고 애정을 표현하는 방법도 고
민한다. '사랑해요, 당신만 바라볼게요' 하는 애정표현 말고,
좀더 창의적인 것으로. '애끓음을 느껴요.' '우주 나비가 되
어 팔딱팔딱 날아다니는 느낌이에요.' '지금 내게는 당신이
특별한 존재이니까 사랑이라는 단어를 빌려서 사랑해요.'

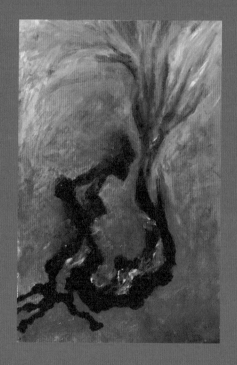

「Awake」, 2017

사랑의 확장:

비혼예술퀴어공동체

지금 나는 바닷마을 집에 살고 있다. 밤에 혼자 잠드는 것이 여전히 어렵지만, 나와 함께 살아주는 고마운 강아지 가족 커리가 있어서 외롭진 않다. 포근한 나의 동반자.

만약 나 혼자였다면 비혼, 비출산, 폴리아모리를 지향하는 내 삶과 관계 방식은 일상화되기 힘들었을 거다. 다행히 내 곁에는 하루하루 우울과 생기의 리듬을 공유하는 퀴어플라토닉, 무질서 관계, 폴리아모리라고 이름 붙일 수 있는 사람들이 산다. 폴리아모리스트인 승은 언니와 우주, 흐름님은 사랑 상담, 연애 상담이 필요할 때 전화하면 새벽에도 달려와주는 고마운 사람들이다. 호모소셜에서 탈주한 진주, 오도와 조재, 달팽이, 바다도 있다. 하는 일은 조금씩 다르고, 사는 곳도 다르다. 강아지 동물 가족인 커리, 부엉이, 달이, 참새도 있다. 나는 우리를 비혼공동체, 비혼예술공동체, 비혼예술퀴어공동체라고 부르기도 한다. 뭐라고 이름 짓든 국가, 가족, 젠더, 노동의 역할극에서 벗어날 수 있도록 서로의 이름을 불러주는 존재들이다. 공동체라는 거창한 이름을 붙였지만 자주 만나 빡빡한 조직생활을 하거나 함께 사업적

목표를 추진하는 건 아니다. 인문학카페 팀원으로 만나고, 또 어쩌다 인연이 흐르고 연결되며 만난 존재들이다. 우리에게 중요한 화두는 '우울한 열정으로, 오늘을 잘 살아내기'다. 같은 지역에 살 때, 우리는 일주일에 한 번씩 만나서 주역 타로를 뽑고 일주일 운세를 나눴다. 미신, 비이성, 비합리적이라고 불리는 점술을 활용하는 것은 우리 이야기와 의미를 주체적으로 연결하고, 발견하는 데 도움이 된다. 점술을 하는 오도는 노래도 만든다. 오도가 만들어온 새로운 곡을 들으면서 우주해달님이 만든 요리를 먹으며, 타로카드, 지난밤 꾼 꿈, 하고 있는 일들, 지난주에 있었던 일들, 지금 각자의 이슈를 나누면서 지금 여기, 우리 세계가 만들어지는 것을 느낀다. 언젠가 건물 하나를 구해 각자의 방에서 생활하면서 함께 채식으로 반찬을 해 먹고, 비인간 동물 가족들과 뛰놀고 바다 수영하고 그림 그리고 춤추고 쓰면서 살아가는 꿈을 꾼다. 이게 꿈일지 생시일지 살아봐야 하는 일이지만, 지금 이대로 좋다.

죽음과 섹스

"당신 몸속으로 들어가고 싶어. 돌아가고 싶어. 모두가 하나였던 때로. 우리는 지금 따로따로 뭉쳐진 눈사람이지만 눈이 녹아 물이 되는 것처럼 다시 하나가 되고 싶어."

"우리는 지구라는 놀이터에 놀러온 별들이 아닐까. 어머니 하느님 같은 존재가 있다면, 우리가 제 발로 집으로 돌아간다고 해서 혼내진 않을 거야. 아이고, 벌써 왔구나. 좀더 놀아도 되는데, 피곤했구나. 좀 쉬렴. 이렇게 말하겠지. 그리고 더 놀고 싶으면 놀다오라고 몇 번의 생을 더 살게 해줄지도 몰라. 그러니 우리 조금만 더 놀다가 지치면 그때 같이 죽자. 돌아가기 어려울 땐 섹스하는 거야." 섹스 후 침대에 누워 A에게 종종 했던 말이다.

섹스는 죽음 충동과 연결되어 있다고 했던가. 어머니라는 타자와 한 몸이던 시절을 그리워하는 것처럼 타자와 합쳐지고 싶은 욕망과 타자를 먹어치워 하나가 되고 싶은 충동. 죽음으로 회귀하려는 본능은 자연스럽다. 내 몸이 녹아 없어지는 것 같은 위험하고 짜릿한 오르가슴을 느끼며 달콤한 죽음을 상상한다.

  호모소설은 죽음, 질병, 소멸, 눈물을 배제한다. 더럽고
약해 보이는 것들을 혐오하는 것이다. 이런 세계를 내면화
한 사람은 정직한 죽음을 교감하는 것도, 자신의 알몸을 던
져서 타자와 뒤엉키는 섹스도 겉핥기식이다. 그런 사람들은
'자유로운' 내 삶을 동경하면서도 자신의 삶은 직업, 명예,
역할에 위치시킨다. 죽음을 이야기하는 나를 위로했지만,
자신이 하강해서 삶의 뒷모습을 직면할 용기는 없던 그들.
삶 따로 연애 따로 섹스 따로. 그들은 죽음을 이야기하는 나
를 연약해 보여 가엽다고 했지만, 나는 연약할 줄 모르는 그
들이 가엽다.

「진실을 찾아서」, 2013

섹 슈 얼 리 티
해 방 의
여 정
:
어 두 운
섹 슈 얼 리 티
창 고

나의 섹슈얼리티 창고는 어두웠다. 끈적한 쾌감과 상처의 응어리, 파괴와 창조, 죽음의 본능, 알 수 없는 감각들이 이 글거리는 음습한 공간이다. 섹슈얼리티에 대해 기억하고 기록하는 일은 내 무의식에 뒤엉켜 있던 감정과 감각을 들춰내서 의식화하는 과정이었다. 깜깜한 섹슈얼리티 창고에 '인식의 빛'을 비추고 나니, 왜곡된 것들이 말끔히 없어지진 않더라도 어떻게 어질러진 것인지 알 수 있었다. 바로 이 창고에서 내 사고방식과 행동, 욕망과 행위의 동기들이 나오고 있다.

열세 살에 했던 자위와 클리토리스 오르가슴, 열다섯 살의 첫 경험, 스물두 살에 이성 친구와 함께한 자위, 스물일곱 살의 낙태 경험과 성노동 경험을 공유하고 사람들의 반응과 마주하면서 이 사회에서 섹슈얼리티가 얼마나 억압되고 있는지 체감했다. 청소년의 섹스, 혼전 섹스와 연애하지 않는 사람과의 섹스, 거래되는 섹스 등 '정상적이지 않은' 섹스가 얼마나 금기시되는지 말이다.

이 사회에서 여전히 성은 금기시되고, 그래서 신비화된 영역이다. 섹스는 특별하고 보호되어야 하는 것으로 여겨지면서도, 획일적인 방식으로 답습된다. 여성에게는 수동적 역할을 강요하고 남성이 발기강박에 시달리게 만드는 배후에는 '아무도 들어오지 않는' 왜곡된 섹슈얼리티 창고가 있다. 섹스가 특별히 은밀하고 사적이라는 인식 자체가 성의 공론화 및 다양한 성의 목소리를 입막음한다. 가부장 사회가 만들어낸 섹슈얼리티 창고는 여성과 남성뿐 아니라 다양한 성 정체성과 성적 지향을 가진 사람들을 고정된 성 역할과 섹스 서사에 끼워 맞추려 한다.

섹슈얼리티 창고에는 폭력성, 의존성과 죽음에 대한 충동도 있지만 사회에서 주입받은 섹슈얼리티 성 역할도 뒤엉켜 있다. 누구나 대상이 되고 싶고, 의존하고 싶고, 폭력을 행하고 싶고 당하고 싶은 본능과 '변태적'이라고 불리는 성향이 있다. 문제는 이런 충동을 어떻게 알아차리고, 표출하고, 구조화하느냐다.

기존 지배 문화는 폭력성을 남성의 전유물로 여겼다. 남성에게 폭력성을, 여성에게 의존성을 강조하는 강간 문화를 성 역할로 받아들인 것이다. 이런 성 역할에 따라 사회는 남성 중심의 정복과 지배 질서로 위계화되고 구조화되었다. 차별과 억압은 성 역할에서 시작됐다. 섹스는 그 역할극의 발원지이자 종착지다.

'자유로운 섹스' 강박

> 성 해방의 물결은 여자들에게 자유와 행복을 선사한 게 전혀 아니었고 오히려 자기기만과 불감증만 더해 주었을 뿐이다. _알리스 슈바르처, 『아주 작은 차이 그 엄청난 결과』, 김재희 옮김, 일다, 2017, 19쪽

나는 한동안 섹스에서 '주체적인' 여성이 되려고 노력했다. 성 해방의 물결과 함께, 이제 여성이 자신의 욕구를 말할 때라고 외치는 시대의 손을 높이 들어주고 싶었다. 그것이 내 욕망의 해방을 가져다줄 거라고 믿었기 때문이다.

그러나 이상하게도 성 해방의 물결은 남자들이 "나는 섹스에서 주체적인 여자가 좋아. 구질구질하게 매달리는 여자는 싫어"라고 더 당당하게 말할 수 있는 권력을 주었다. 여자들은 침대 위에서 더욱 격렬하게 신음 소리를 연기하거나 섹스에 흥미가 없는 자신이 '어른 여성'이 아닐까봐 불안과 자기 의심에 시달렸다.

일찍이 자위로 클리토리스 오르가슴을 맛본 나 역시 20대 초반까지 성 해방의 물결 속에서 남자들의 장단에 맞추었다. 청소년기 때는 내내 여자 어른으로 인정받고 싶은 마음에 쿨한 척, 섹스에 능한 척하면서 피임은 제대로 챙기지도 못하고 혼자 뒷감당했다. 주체적이고 적극적으로 섹스하면서도 쉽거나 문란하거나 더러운 여자로 취급되지 않도록 주의했다. 한동안 나는 삽입섹스가 정상인 줄 알았고, 질 오르가슴을 느끼지 못하는 내가 아직 미성숙한 줄 알았다. 습관적으로 연인과 삽입섹스를 하고 여기에 불편함을 느끼면서도 솔직하게 말하지 못했다. 다른 여성들과 다르게 수동적이지 않고 섹스를 즐기는, 주체적인 성 해방의 여전사! 아마추어가 아닌 프로, 뭘 좀 아는 여자. 남성의 시선에 맞춰진 성 해방, 그들이 말하는 섹스와 오르가슴에 내 몸을 끼워 맞추려 했던 것이다.

내 안의 의존성 받아들이기:
의존 혐오 사회

섹스에서 주체적이고 개방적인 여성이 되고자 했던 마음 반대편에는, 수동적이고 의존적인 여성성을 혐오하는 감정이 있었다. 보수적인 성 관념을 내면화하고 자란 엄마, 경제적으로 아빠에게 의존하는 엄마의 모습을 보면서 나는 엄마처럼 살지 않을 거라고 생각했었다. 아마추어 같은 피해자보다는 팜므파탈 같은 주체가 되고자 했다. 성적으로 더 개방적이고, 경제적으로 독립하지 않으면 예속된 삶을 살 것 같아 두려웠기 때문이다. 나는 의존적이고 나약한 여성으로 비춰질까봐 전전긍긍했다. '다른 여성들처럼 의존적이고 수동적이지 않은 여성'이 되고자 발버둥 쳤다.

내가 의존성을 감추려고 쿨한 척할수록 타인과 깊은 애착과 유대를 느끼기는 더더욱 어려워졌다. 쉽게 만나고, 실망하고, 쿨하게 헤어지는 연애 패턴이 반복됐다. 연결되어 있는 사회적 인간이 어떻게 타인에 대한 의존성이 없을 수 있을까. 왜 나는, 우리는 의존성을 혐오하게 되었을까. 왜 성 해방은 의존성을 혐오하는 감정과 짝하게 되었을까. 무한경쟁사회에서 의존성, 특히 여성의 의존성은 나약한 것으

로 경멸받는다. 나 역시 의존성과 수동성을 혐오했고, 이는
여성적 가치에 대한 혐오로 이어졌다.

의존성과 폭력성의
이분법을 넘어

　　　　　　　　나는 가학적인 역할극 섹스를
하면서 폭력성을 표출하거나, 의존성을 극대화해 안정감을
느낀다. 상대방과 합의하에 SM 플레이를 하고 나면 개운하
고, 거룩한 느낌도 든다. 망가진 수도꼭지처럼 눈물이 멈추
지 않을 때도 있다. 이 감정이 카타르시스인지, 생명에 대한
경이로움인지, 죽음 앞에서 느끼는 해방감인지 알 수 없다.
확실한 건 꿈틀거리는 생명의 에너지가 모든 속박에서 벗어
나는 강렬한 순간이라는 점이다.

　섹슈얼리티의 해방은 멀고 험하다. 여성억압의 해방이 그
런 것처럼. 누구나 자신의 섹슈얼리티 창고 안에 있는 모든
충동을 들여다보고, 받아들이고, 사색하는 시간이 필요하다.
내가 학습해온 섹슈얼리티는 무엇이고, 아직 들여다보지 못
한 충동과 욕망은 없는지 말이다. 페미니즘이라는 손전등을
쥐고, 깜깜하고 음습한 섹슈얼리티 창고 안으로 들어가보는
것이다.

남성으로부터 대상화된 육체를 넘어, 내 본능과 욕망을 직면하게 된 섹슈얼리티 창고는 관능의 벌판과 같았다. 성역할을 걷어낸 내 섹슈얼리티 창고에는 죽음의 충동만큼 강력한 폭력성과 의존성이 함께 꿈틀거리고 있었다. 내 안의 괴물을 만난 것이다. 내게 그 괴물을 받아들이는 일은 '그'들의 성 해방과 '여성적인' 섹슈얼리티에서 해방되는 일이었다.

목을 베인 그 여자, 아가미 얻었습니다. _진은영, 「별은 물고기」, 『일곱 개의 단어로 된 사전』, 문학과지성사, 2003

검은 바다와 오물

A와 집에 돌아가던 밤, 문득 오줌이 마려웠다. 마침 그도 오줌이 마렵다고 했다. "저기 골목에서 싸." "승희는 어디서 싸." "나도 여기서 바지 내리고 그냥 싸지 뭐." "서서는 못 싸는 거지?" "그냥 바지 안 내리고 걸어가면서 쌀까?" "그래!" "자, 하나 둘 셋 하면 싸는 거야. 하나 둘 셋!" 셋까지 외친 나는 갑자기 오줌이 나오지 않았다. 걸어가면서 오줌을 싸는 건 처음이었고 장난스럽게 해본 말이기도 했다. 그런데 나보다 조금 앞서 가던 A의 바지에서 물이 졸졸졸 떨어졌다. 아스팔트 바닥에 무늬가 그려지고 있었다. 그가 정말 오줌을 싸는 걸 보고 웃다가 덜컥 오줌이 나와버렸다. "나, 나도 싸고 있어!" 우리는 낄낄거리며 걷다가 집 근처 바닷가로 엉거주춤 달려갔다. "몸 좀 담그고 나오자!" 큰 파도가 일렁이는 검은 바다 속으로 들어가기 주춤했지만 몸에 묻은 오줌을 바닷물로 희석시키고 싶었다. 검은 바다 앞 모래사장에는 이성애 커플로 보이는 두 사람이 서로를 끌어안고 키스를 하고 있었다. "키스하는 커플 옆을 지나가는 오줌싸개

「바닷속 달팽이」, 2016

들이네. 낄낄." 그가 웃으며 말했다.

오줌이 식어서 옷이 점점 차가워졌다. 추워질까봐 잽싸게 바닷물로 뛰어들었다. 싸늘해진 바람에 비해 바닷물은 미지근했다. 높은 파도가 얼굴을 덮치고, 코와 입으로 짠 바닷물이 들어왔다. 검은 물 아래로 미역 줄기 같은 게 발가락에 달라붙어서 왠지 찝찝했지만 오줌 묻은 몸이니 더러울 게 없다고 느껴졌다. 더러운 몸이라서 자유롭구나! 검은 물 위로 팔다리를 벌리고 누웠다. 낮에 바다 수영을 할 때는 햇살이 눈부셔 제대로 보지 못했던 하늘이 보인다. 검은 하늘에는 푸른색 먹구름과 별이 천천히 움직이고, 그 사이로 달이 보였다. 보름달이 되기 전의 노란색 달. '잊지 못할 것 같아. 지금 이 순간.' 오줌도, 비린내 나는 해초도, 물고기가 오줌을 싸는 바닷물도 더럽지 않다. 나도 온갖 오물을 내장 한구석에 늘 넣어 다니는 존재인걸. 우린 모두 더럽고 그래서 고유한 비체일 수밖에 없는 거구나.

검은 바다는 내게 속삭였다. 더러운 것은 없다고.

2017년 5월 12일

혼자 방에 있었다. 갑자기 빨간 옷을 입은 남자가 서 있다. 그가 어떻게 이곳에 들어왔는지는 모른다. 그는 문 쪽을 배회하면서 나를 뻔히 쳐다봤다. 아무 말도 하지 않고 그가 나가기만을 기다렸다. 나를 위협했는지는 기억나지 않는다. 그는 방에서 중요한 무언가를 훔쳐서는 밖으로 나갔다. 문을 잠그고 애인이 오기만을 기다렸다. 잠시 후 애인과 그의 친구들이 들어왔다. 그들이 들어온 뒤 나는 문단속을 하고 창문을 잠갔다. 혼자 있을 때보다 불안함은 덜했지만 긴장은 풀리지 않았다. 강박적으로 커튼을 치고 문을 잠그는 나를 그들이 이상하게 쳐다봤다. 그들에게 말했다. 여기

사실 모르는 남자가 들어왔었다고. 빨간 옷을 입었고, 뭔가를 가져갔다고, 또 올지 몰라서 무섭다고 말했다. 그들은 내 말을 믿지 않는 눈치다. 내 말을 제대로 듣지도 않는다.

빨간 옷 입은 남자보다 무서운 건 사람들이 내 말을 믿어주지 않는 것이다. 가장 가까운 사람조차 내 말을 듣지 않을 때, 내 감정에 공감해주지 못할 때다. 두려운 상황에서 믿을 만한 '그들'을 호출한 나는 또 다른 두려움에 휩싸였다.

2017년 5월 5일

늙은 남자가 나를 따라다닌다. 유카타를 입은 일본인 같다. 나를 해치려는 건 아니고 내게 무언가를 가르치려는 사람 같다. 그 사람에게서 왜 도망 다니는지는 모른다. 그냥 본능적으로 도망친다. 그 남자의 저택에서 뒤뜰, 계곡, 연못이 있는 쪽으로 도망가려고 달리다가 잡혔다. 연못에서 그가 내 어깨를 붙잡고 강간을 하려고 한다. 나는 바닷속을 헤엄치는 느낌이다. 내가 차고 있던 목걸이가 물속에 빠졌다. 갑자기 나는 투명한 몸을 한 물고기가 되어 내 목걸이를 삼켰다. 뱃속에 목걸이가 환히 비친다. 나는 그걸 배출하려고 대변을 보는데 반은 나오고 반은 안 나온다. 그 옆에 있던 다른 물고기가 되어서 목걸이를 삼킨 물고기와 유유히 헤엄쳤다. 파란색 투명한 물고기였다.

위기 상황에서 다른 존재로 변신한다. 강간당하는 여자에서 투명한 물고기로, 그 물고기가 위험해지자 그 옆에 있던 파란색 투명한 물고기로. 내 방어기제는 그런 식이다. 맞서 싸우지 못하고 무기력하게 당하다가 물고기가 되어버렸다. 현실에서도 마찬가지다. 그런데 왜 나를 가르치려는 늙은 남자를 또 호출했을까. 방어기제라 해도 물고기가 되는 것이 나쁘지 않았다. 물속에서 헤엄칠 때 편안하고 자유로운 느낌이 들었다.

몇 개월 전의 꿈 일기다. 꿈을 꾼 날 아침에 눈을 뜨자마자 꿈 일기를 적는다. 꿈은 내 안의 소우주가 나에게 일대일로 보내는 편지다. 악몽은 특별히 중요한 메시지라는 뜻이다. 꿈속에 등장하는 모든 인물과 사건은 내가 만들어내는 것이다. 그들은 내 안에 있는 나이기도 하다. 나를 강간한 사람이 내 안에 있다니. 끔찍하지만, 내가 그들을 호출했다. 현실이었다면 나는 어떻게 행동했을까, 나는 왜 꿈에서 그렇게 행동했을까 생각하면서 차분하게 과거의 기억이나 지금의 감정에 집중해본다. 나와의 끈질긴 대화다.

섹슈얼리티 해방의 여정은 끝이 없다. 아마 죽을 때까지. 무의식의 이미지는 언어화되지 못한 내 충동, 본능, 욕망을 가감 없이 보여주는 무대 장치다. 특히 섹슈얼리티는 꿈의 무대에서 활개친다. 내 섹슈얼리티 창고에는 구석구석 곰팡

이가 피었다. 빛을 비췄다고 생각했지만 여전히 왜곡된 욕
망과 해결되지 못하고 걸려 있는 것이 많다. 꿈은 내게 그
창고를 제대로 들여다보라고 말해준다.

강간당하는 꿈을 자주 꾼다. 내 섹슈얼리티를 활용해 누
군가를 유혹하는 꿈도 자주 꾼다. 유혹한 후에 버림받거나
폭력을 당하는 이야기로 이어진다. 섹슈얼리티로 내 폭력성
과 권력욕이 분출된다. 섹슈얼리티를 활용하던 내 안의 여
성혐오, 남성 중심의 대상화된 시선도 여전히 남아 있다. 이
를 글로 쓰고 그림으로 그리면서 내가 갖고 있는 시선을 알
아차리는 것이 지금 내가 할 수 있는 일이다. 대상이 되고
싶은 욕망 자체를 부정하진 않는다. 그럴 필요는 없다. 그러
나 내가 가진 욕망을 알아차리고, 그 욕망이 어떤 사회적 맥
락에서 비롯된 것인지 아는 일은 중요하다.

대부분의 사람들은 자기 꿈에 권위를 주지 않는다. 확실
하고 빛나고 건강한 것만이 권위를 얻는 사회에서 꿈은 개
꿈이나 미신으로 취급된다. 특히 혼자 자면서 내밀하게 만
났던 꿈에 귀를 기울이는 건 이 사회의 작동 방식을 거스르
는 행위다. 그래서 더 꿈에 귀를 기울이고 권위를 준다. 꿈
을 사람들과 나누면서 여러 각도에서 생각해보는 것도 좋
다. 은밀한 꿈을 타자와 나눌 때 함께 실존하고 있음을 느낀

「씨앗」, 2016

다. 꿈에게 지혜를 달라고 부탁할 수도 있다. 그럼 꿈에 힌트가 되는 이미지나 소리가 나오기도 한다. 오늘도 '지혜를 주세요'라고 되뇌며 잠들 예정이다. 또 꿈에 나온 이미지를 현실로 끄집어내 어떤 걸림을 직면하고 통제하는 방법도 있다.

꿈에 자주 등장하던 남자가 있다. 막다른 골목길이나 후미진 주차장 같은 곳에서 도망가다가 지친 내게 천천히 다가오는 모자 쓴 남자. 그의 얼굴은 보이지 않는다. 반복되는 꿈이 싫어서 다음에 그를 만나면 그의 얼굴을 꼭 보고, 현실에서 그의 얼굴을 그려보겠다고 다짐했다. 얼마 후 꿈에 또다시 그가 나왔다. 이번에는 얼굴이 자세하게 보였다. 낡은 청바지, 회색 모자, 빨간 겉옷, 동그란 눈, 뾰족한 턱, 힘없는 표정, 아무 감정 없어 보이는 인상, 처음 보는 낯선 얼굴이었다. 그를 보고 의식적으로 꿈에서 깨려고 노력했다. 일어나자마자 종이에 그림을 그렸다. 기억을 떠올려 그의 몸과 얼굴을 자세히 그리고 종이에 누워 있는 허구의 존재를 마주했다. '너는 뭔데 자꾸 꿈에 나타나는 거야. 안 무서워. 이제 그만 나타나라.' 중얼거린 후 종이를 찢어서 버렸다. 그후로 그는 더 이상 나타나지 않는다. 꿈속에서 나는 두려움에 잡아먹히기 십상이다. 하지만 꿈에서 깨어났을 때는 내

의식과 주변을 통제할 힘이 있다. 그 내면의 힘을 꿈과 현재를 오가며 기르다보면 무의식의 꿈에서도, 혹시나 부딪히게 될 미래의 어떤 상황에서도 나는 악 소리라도 지를 힘이 나올지 모른다.

3일에 한 명꼴로 여성이 남편과 남자친구에게 죽임을 당한다. 강남역 살인사건, 왁싱숍 살인사건 등 끊이지 않는 여성 살인을 마주하면서 이렇게 내면의 힘을 기르는 게 무슨 소용인가 싶기도 하다. 꿈에서 아무리 힘을 기르고, 저항하려 해도 실제 그런 인간을 만나면 내가 무슨 힘을 쓰겠는가 싶어 슬프고 무기력해진다. 도망 다니고, 강간당하고, 외면당하고, 소외되고 버려지는 내 꿈은 허상이 아니라 정확한 현실의 반영이다.

그럼에도 계속해서 내면의 힘을 단련하려 꿈 일기를 끼적이고 이런 글을 공유하는 이유는 애도되지 못하고 사라져간 그녀들의 이야기가 바로 내 이야기이기도 하기 때문이다. 나처럼 수치심과 공포에 떨었을 그녀들의 이야기를 발화하는 것이 내가 할 수 있는 유일한 애도다. 내 독방은 그녀들의 독방이었고, 내 고통은 또 다른 나들이 겪어온, 그리고 여전히 겪고 있는 고통이다. 이야기 없이 사라져간 그녀들과 연대하고 애도하며 축축한 글을 계속 써내겠다고 다짐한다.

내 이야기는
우리의 이야기다

　　　　　　　　　　의식적으로 인용한 글과 무의
식적으로 갖다 쓴 단어들 모두 온전히 내 것이 아니다. 나라
는 인간은 관계의 맥락 위에서만 소개될 수 있다. 글도 마찬
가지다. 글 속에 스며 있는 존재들에게 감사를 전하고 싶다.

　내 첫 번째 전쟁터는 가정이었다. 밤마다 아빠의 담배 연
기와 욕설에 눈치 보며 밥을 먹고 아침에 눈뜰 때마다 몸을
떨었던 내 어린 시절, 그 시절을 공유한 언니는 핏줄로 맺어
진 자매이기 이전에 싸움터에서 서로를 지켜낸 전우다. 가
부장의 권력에 맞서 서로를 지켜내고자 했던 우리는 페미니
스트일 수밖에 없을지도 모른다. 내 전우는 폐허 같은 세계
에서 내가 따뜻한 일상을 가꿀 수 있도록 도와준 구원자이
기도 하다. 내 말을 인내심 있게 들어주고 찔러주었던 언니
의 애정이 있어서 책이 완성될 수 있었다.

　낙태수술 후 도망간 남자친구가 성노동 경험을 폭로하겠
다며 협박해올 때, 내 곁에서 함께 울어주고, 나보다 더 분
노했던 인문학 카페 팀원들이 있다. 언니를 포함해 오도와
조제, 우주해달. 나까지 파괴할 뻔한 절망과 증오의 시간을
그들의 존재 덕분에 잘 견뎌냈다. 세상이 나를 뭐라 낙인찍

고 사람들이 돌팔매질한다 해도 내 존재의 집인 그들이 있어서, 나는 마음껏 금기를 말할 수 있었다. 이후에 만나게 된 달팽이님, 흐름님과 바다 역시 든든한 내 집 같은 사람들이다. 긴 식탁에 둘러앉아 두런두런 오도의 기타 연주를 들으며 해달 오빠가 요리한 음식에 환호하다가 주역 타로를 보고, 감수성이 풍부한 조재와 흐름님에게 이런저런 고민을 털어놓는 시간이 벌써 그리워진다. 이들이 있었기에 나는 여태 살아 있고, 앞으로도 함께 우울하게 열정할 예정이다. 글항아리 곽우정 편집자님은 가감 없이 내 이야기를 쓸 용기를 주셨다. 검열 없이 붉은 이야기들을 마음껏 발화하도록 응원하고 도와주신 편집자님께 감사하다. 그리고 회색빛 머리에 핑크색 부츠를 신고 다니시던 임옥희 선생님. 글과 삶이 다르지 않은 (정말 흔치 않은) 분이다. 허무하고 절망스러운 세상을 찌르는 날카로운 사유와 따뜻한 성찰을 안겨주는 임옥희 선생님의 글을 읽으며 상상력과 용기를 받아 안을 수 있었다. 잡년 페미니즘을 상상하게 해주신 박이은실 선생님은 이 글에 든든하게 연대해주셨다. 고정갑희 선생님께도 뜨거운 연대의 마음으로 감사를 전한다. 남자친구가 성노동 경험을 폭로하겠다고 협박해올 때, 언니를 통해 기형도 시인의 시 구절로 뜨거운 위로를 보내주신

은유 작가님, 출판을 앞두고 불안해하는 내게 모든 것은 먼지가 된다고 다독여주셨던 이서희 작가님께도 감사함을 전하고 싶다.

엄마는 내 엄마이기 전에 흐물흐물하고 따뜻하고 놀기 좋아하는 사람이다. 엄마가 계속 사랑하고 욕망하고 도취하고 '막' 살았으면 좋겠다. 언니, 엄마와 셋이서 다시 둘러앉아 기타 치며 맞담배를 피우고 싶다. 내게 세상과 삶의 부조리를 일찍이 깨닫게 해주고 반면교사로 나를 성장하게 해준 아빠에게도 감사를 전한다. 아빠가 이 책을 읽는다면 기겁할 수도 있겠지만, 그렇기에 아빠가 이 책을 꼭 읽어서 딸이자 여자인 나와 언니, 아내였던 엄마를 혐오하던 태도, 다른 여자에게도 보였을 태도와 발언들을 아프게 성찰하면서 성숙한 앞날을 살아갔으면 좋겠다. 그리고 애정하는 도반 진주. 우주와 영성, 섹스, 죽음과 신비에 대한 오타쿠적 감수성과 변태적 공상을 행동해내는 당신. 글이 마무리되는 내내 내 투정을 받아주고 밑반찬을 요리하고 아침밥을 차려주고 그림 사진을 찍어주었다. 그동안 많은 돌봄노동을 그에게 맡겼다. 이제 책이 완성되었으니 나도 재미있는 실험요리를 만들어줘야겠다. 나와 함께해줘서 고맙고 미안한 강아지 커리에게도 감사를 전한다. 커리에게서 환대와 사랑을 배우고 있다.

한강의 『채식주의자』, 최승자 시인의 『이 시대의 사랑』, 고정희 시인의 『모든 사라지는 것들은 뒤에 여백을 남긴다』, 존 쿳시의 『추락』은 내 뿌리를 감싸는 토양을 만들어 주었다. 언니를 통해 최근 알게 된 김선우 시인의 시집 『녹턴』은 온몸이 떨리도록 좋다. 임옥희 선생님의 책 『채식주의자 뱀파이어』『젠더 감정 정치』, 박이은실 선생님이 번역한 『Sex Work: 성노동의 정치경제학』, 승은 언니의 책 『당신이 계속 불편하면 좋겠습니다』, 하리타님의 책 『오늘부터 내 몸의 이야기를 듣기로 했어』와 영화 「엘르」「도그빌」, 드라마 「센스 8」, 늦은 새벽부터 이른 아침까지 공허한 삶을 견딜 수 있게 해준 잠언 같은 음악도 있다. 음악은 책날개에 쓰여 있는 사운드클라우드 링크에서 들을 수 있다.

하루에 1.5번씩 죽음을 생각한다. 그래서 유서를 적는 마음으로 쓰고 그릴 수 있었다. 언제나 나 자신에게 진실될 수 있게 도와주는 죽음에게 감사하다. 정말 좋은 예술은 진심 어린 편지라고 생각한다. 이 책은 불특정 사람들에게 보내는 편지다. 내 편지가 한 사람에게라도 제대로 가닿는다면 책을 만드는 데 쓰인 나무들에게 덜 미안할 것 같다.

생각해보면 글을 남긴다는 건 무시무시한 일이다. 내 삶을 서술할 수 있는 다양한 방식이 있고, 여전히 내 정체성은 규정 중이고 수행 중이다. 나는 나를 알 수 없다. 그런데 내가 나에 대해 안다는 듯 '섹슈얼리티'라는 키워드로 삶을 편집하고 기록해버렸다. 내가 나를 배반하는 일은 아닐까 조심스럽지만, 실수할 수밖에 없는 인생이라고 스스로를 다독여본다.

나와 당신의 몸처럼 흐물흐물한 세상을 꿈꾸며.

홍승은

『당신이 계속 불편하면 좋겠습니다』 저자

어린 시절, "똥!"이라고 누군가 외치면 친구들은 까르르 웃었다. "섹스!"도 마찬가지였다. 첫 생리를 시작한 초등학교 5학년 때부터 내게 '섹스'는 입에 담을 수 없는 더럽고 위험하며 고귀한 것이 되었다. 섹스의 금기는 몸으로 연결됐다. 자라나는 봉긋한 가슴이 창피해서 내 몸은 굽었지만, 같은 반 남자애들은 자신의 성기 사이즈를 자로 재며 누가 가장 긴지 순위를 매겼다. 언제부턴가 학교에서는 하루가 멀다 하고 소문이 오르내렸다. 옆 반 누가 섹스를 했고, 누구는 애를 뺐다는 근거 없는 풍문이 돌았다. 그럴 때마다 웅성

거림 속에서 꼭 빠지지 않았던 말. 더러워, 걸레 같아. 말의
한복판에서 나는 내 몸에서 일어나는 일을 침묵했다.

처음 침묵을 깬 건, 동생의 '섹스 커밍아웃'이었다. 동생이
첫 경험을 털어놓으며 울먹이던 그 밤, 내 몸의 침묵도 깨졌
다. 우리는 자유롭게 섹스 이야기를 나누는 자매가 되었다.
그러나 우리의 대화는 미처 작은 방을 빠져나가지 못했다.
동생이 데이트폭력을 당하고, 임신테스트기의 두 개의 선을
본 지 얼마 되지 않아 애인이 잠적하고 그에게 도리어 협박
당한 날에도 울먹이는 동생의 어깨를 안고 네 잘못이 아니
라고 함께 울 수밖에 없었다.

담을 수 없이 고통이 차올랐을 때, 마침내 동생은 독방을
나와 광장에서 낙태죄 폐지를 외쳤다. 우리만이 나누던 은
밀하고 고독했던, 그러나 욕망하는 목소리를 기록하기 시작
했다. 빨간 줄/ 두 개의 선/ 붉은 선은 섹슈얼리티가 불법,
공포, 낙인과 연결되어 있음을 상징한다. 여성은 몸을 가진
것만으로 이미 더러운 존재로 현상된다. 누구도 자유로울
수 없기에 대다수가 금기를 밟으며 살아가고 있다. 독방에
서 홀로 울거나 침묵하며.

펜은 칼보다 강하다. 보이지 않는 벽의 실체를 폭로하고,
생각의 혁명을 일으키기 때문이다. 그런 점에서 이 책은 가

장 사적이지만 가장 정치적인 '빨간 책'이다. 많은 사람이 이 책을 읽고 붉은 선의 허구를 느끼고, 자유롭게 춤추기를 바란다. 마지막 책장을 덮으면, 나도 모르게 초록머리 저자와 한마음으로 외치게 된다. 그래, 나 더럽다. 어쩔래?

추신. 혹시라도 책 속 이야기가 자극적이라거나 그러게 처신을 잘 했어야지 하는 생각이 든다면, 이 책은 역할을 다한 것이다. 독자 내면의 붉은 선을 인식하게 해줬으니까. 인식하는 순간 변화는 시작된다. 이 책은 가장 은밀한 혁명의 시작이 될 것이다.

박이은실

『양성애: 열두 개의 퀴어 이야기』 저자

　여성에게 성이란 쾌락의 영역이자 위험의 영역이다. 성이 오르가슴과 사랑의 영역이기도 하지만 성폭력이나 원치 않는 임신 등과도 관련되기 때문이다. 한국사회를 포함하여 많은 사회에서는 나름대로 특정한 방식의 성만이 허용되고 독려되며, 그 이면에는 규제되고 감시되는 성의 영역이 공존한다. 이런 복잡다단한 측면 때문에 성은, 특히 사회적 약자의 위치에 있는 여성들에게 그만큼 복잡한 생각과 정서를 불러일으키게 된다.

　90년대에 페미니즘이 비로소 한국사회에서 나름대로 가시적으로 약진했을 때, 적지 않은 페미니스트가 말과 글을 통해 특히 성에 대해 다루었던 까닭이 바로 여기에 있다. 여성들은 말하기 시작했다. 성적 쾌락을 경험할 권리와 차별과 폭력으로부터 자유로울 권리를 입 밖에 내기 시작한 것이다.

그때로부터 20여 년이 흘렀지만 안타깝게도 그동안 한국 사회는 진전이 아니라 오히려 숱한 퇴행의 길을 걸었다. 그럼에도 혹은 바로 그렇기 때문에 젊은 예술가 홍승희의 성에 대한 섬세하고 솔직한 고백과 성찰이 담긴 이 책을 통해 많은 청년이 공명하고, 본인의 삶을 찬찬히 돌이켜볼 수 있는 기회가 되리라 믿는다.

드러내고 직면하기 위해서는 용기가 필요하다. 포기하지 않고 끝끝내 자신의 언어를 만들어 그 언어가 듣는 이에게 제대로 가닿을 수 있게 하는 일, 이는 궁극의 정치이자 예술 행위다. 홍승희는 이 책을 통해 바로 그런 용기와 정치적 행동, 그리고 예술행위를 펼치고 있다. 많은 이들이 함께 읽게 되기를 기대한다.

고정갑희

지구지역행동네트워크 집행위원장·한신대 교수

이 책은 한 자 한 자 따라가며 끝까지 읽게 하는 힘이 있다. 독자로서 나는 과거의 나, 내 안의 나와 만나기도 하고, 내가 만난 많은 그들과 사회를 만났다. 책 속 그림들을 통해 찢긴 내 자아가 갇혀 있던 겹겹의 감옥과 그곳을 벗어나면서 봤던 만다라를 만나게 된다.

그리고 이 만다라와 페미니즘이 연결된다. '페미니즘이라는 손전등'으로 어둠의 바다를 비추고자 하는 이 책은 현재의 어둠을 똑똑히 보자고 말한다. 사회와 영성을, 여성들이 처한 상황과 남성들의 질곡을 기록하는, 여성의 몸으로 현현된 한 페미니스트의 수행 기록이다. 그 수행은 '섹슈얼리티'라는 이름을 달고 자신의 몸의 역사를 기록하는 '페미니즘적' 수행이다.

이 기록은 한 사람의 수행이 어떻게 다른 사람들에게, 그리고 나아가서는 다른 존재들에게 다가갈 수 있는지 알려준다. 이 기록을 읽는 사람들, 특히 여성들은 책을 쓴 이가 바라듯 스스로에게 가닿을 수 있는 시간을 만날 것이다. 이 책은 가부장적 사회에서 여성으로 살아온 시간이 젠더 역할극의 시간이고, 섹슈얼리티 권력에 복종하는 시간이고, 강간문화 속에 사는 시간이며, 여자에게만 피임을 요구하는 시간이고, 성노동에 낙인을 찍는 시간이며, 일대일 독점적 섹스와 연애를 강요하는 시간임을 말해준다. 그리고 현재 가부장 체제가 만들어놓은 독점적이고 배타적인 관계를 열어젖힐 수 있는 다른 관계들의 가능성을 '폴리아모리'를 통해 이야기한다.

평소 섹슈얼리티에 대한 우리의 감성이 바뀌면 세상이 변할 거라고 생각해왔다. 그래서 '감성경제 섹슈얼리티' 패러다임을 찾는 중이다. 지금 이 땅, 이 지구의 수많은 여성이 고통의 감옥 속에 있다. 감옥이 보이는 것은 이 책처럼 지금까지 금기로 있던 영역들을 여성들이 스스로 쓰기 시작했기 때문이다. 똑바로 본다는 것은 보이는 것을 바꿀 수 있는 토대를 마련한다는 뜻이다. 고백체로, 편지체로, 인터뷰 형식으로 변주하면서 개인적인 것이 정치적인 것이 될 수 있음을 확실하게 말하는 이 책은 가부장 체제가 만들어놓은 경계, 울타리, 벽을 때로는 고체로, 때로는 액체가 되어 넘나들고 있다. '사적인 섹스'가 '공적인 혁명'의 장임을 경험에 따라 조목조목 짚으며, 우리의 '섹스 무의식'과 '섹스 감수성'을 바꿀 필요가 있음을 설파한다. 홍승희는 언어에 갇힐 위험을 감수하면서까지 세상을 향해 자신을 열어젖혔다. 내가 만나는 사람들에게 꼭 권하고 싶은 책이다.

붉은 선
나의 섹슈얼리티 기록
ⓒ 홍승희

초판 인쇄	2017년 9월 15일
초판 발행	2017년 9월 22일

지은이	홍승희
펴낸이	강성민
편집장	이은혜
편집	박은아 곽우정 김지수 이은경
편집보조	임채원
마케팅	이연실 이숙재 정현민
홍보	김희숙 김상만 이천희

펴낸곳	(주)글항아리 | 출판등록 2009년 1월 19일 제406-2009-000002호

주소	10881 경기도 파주시 회동길 210
전자우편	bookpot@hanmail.net
전화번호	031-955-1936(편집부) 031-955-8891(마케팅)
팩스	031-955-2557
ISBN	978-89-6735-449-7 03810

글항아리는 (주)문학동네의 계열사입니다.

이 도서의 국립중앙도서관 출판예정도서목록(CIP)은 서지정보유통지원시스템 홈페이지
(http://seoji.nl.go.kr)와 국가자료공동목록시스템(http://www.nl.go.kr/kolisnet)에서
이용하실 수 있습니다. (CIP제어번호: CIP2017023310)